二 見 文 庫

夢見る夜の危険な香り

リサ・マリー・ライス／鈴木美朋＝訳

I Dream of Danger
by
Lisa Marie Rice

Published by arrangement with Avon,
an imprint of HarperCollins Publishers
through Japan UNI Agency, Inc., Tokyo

わたしだけのヒーロー、愛する夫に本書を捧げます。

すばらしい編集者のメイ・チェンと、すばらしいエージェントのイーサン・エレンバーグに、あらためて感謝します。

夢見る夜の危険な香り

登場人物紹介

エル・コノリー	本名エル・トマソン。神経生物学者
ニック・ロス	特殊部隊〈ゴースト・オプス〉のメンバー
キャサリン・ヤング	神経科医。マックの妻
マック・マッケンロー	〈ゴースト・オプス〉のメンバー。キャサリンの夫
ジョー・ライアン	〈ゴースト・オプス〉のメンバー
ソフィ・ダニエルズ	エルの同僚
チャールズ・リー	〈デルフィ・プロジェクト〉責任者。アーカ製薬CEO
クランシー・フリン	元アメリカ陸軍大将。セキュリティ会社経営者
オーレン・トマソン	エルの父親。元判事。故人

1

一月十日
カンザス州ローレンス　セント・メアリー墓地
オーレン・トマソン判事の葬儀

あの人が来る。

来るのはわかっている。とにかくわかる。

ゆうべ、彼の夢を見た。彼の夢はしょっちゅう見るけれど、いつもひどくなまなましくて、恋しさのあまり涙で頬を濡らして目を覚ます。

葬儀社の社員がふたりがかりで墓穴を完全に埋める前に、父の柩(ひつぎ)に手で土をかけていたエル・トマソンは立ちあがった。父がようやく、ほんとうにようやく、安らかな眠りにつく——彼の姿が見えたのはそのときだった。

チャペルの建つ低い丘の上で、彼は寒々しい冬の太陽を背に立っていた。夕暮れの薄明かりのなか、黒い影にしか見えないけれど、いつどこにいても、エルには彼だとわかる。

ニック・ロス。エルが心から愛していた少年は、一人前の男になっていた。おぼろな冬の光とは対照的に黒々とした影は、背が高く肩幅も広かった。少年のころは豹の子のようにやせていたのに。いまやライオンだ。

彼がエルに気づいた。手も振らず、うなずきもしない。エルも動かなかった。なだらかな斜面をおりてくる彼をただひたすら見つめていた。この瞬間を五年間も待っていたのだ。

肉体よりずっと早く精神が死んでいった父を介護していた空白のような五年間、エルはこの瞬間をずっと待ち焦がれていた。人生からすべてを奪われ、なにもかも失い、なにひとつ自力でできなくなった人間の世話をするだけの日々、エルに残されたものは想像力だけだった。想像のなかでは奔放になれた。

想像のなかでは、ニックはエルの恋人だ。

なかでも好んで空想したのは、しゃれた都会の街でのデートだった。ニューヨークやシカゴ、サンフランシスコ。ロンドンやパリならもっと素敵。もちろん、空想のなかの自分も垢抜けている。恋を重ねて、そこから多くを学んでいる。おしゃれで、仕事でも成功して、自信にあふれている。

そして、高級レストランで振り向くと、目の前に彼がいる。

空想のなかの自分がどんな人間なのかは、いつも決まっている——見るからにリッチで幸せそうで、落ち着いた大人の女だ。けれど、ニックがどんな男なのかははっきりしない。どんな職業についているのか。はっきりしているのは、あいかわらずりりしく、自分を愛してくれているということだけ。それ以外は——何年も会っていないのに、いまでも彼が自分を愛してくれている、ということ以外は、曖昧なままだった。

なぜあんなふうに突然姿を消したのか、ニックに訊きたかった。いまでも不可解だ。ある晩、大人になったらSFドラマ『ギャラクティカ』のアダマ艦長になりたいというニックをからかってから就寝した。翌朝、彼はいなくなっていた。身のまわりのものは部屋に残っていた。なくなったものは、ジーンズ二着とTシャツが数枚、冬用のジャケットと、スポーツバッグだけだった。

エルはひどくうろたえた。ニックがいなくなったことを警察に通報しようとしたものの、父はエルの手からそっと電話機を取り、パタンと折りたたんだ。なにを訊いても答えてくれなかった。父があらゆる質問に答えられなくなったのは、それからまもなく、ほんとうにまもなくだった。

電話もかかってこず、手紙はおろか葉書一枚届かなかった。ニックはエルのすべてを道連れに、地上からフッと消えてしまったかのようだった。裕福で高名な判事のひとり娘であり、屈託のないティーンエイジャーだったエルの生活は、地獄へと一変した。父の認知症は日増しに悪化しはじめ、先行きは暗く、それなのにニックはいない。

来る晩も来る晩も、読書をしているふりをしていた父がやっととくたびれてアームチェアで居眠りをはじめると、エルは窓の外を眺めた。男の子と出かけるなどありえなかった。夜間看護師を雇う余裕などなかった。いずれ貯金が底をつき、父を一日じゅう介護しなければならなくなるのはわかりきっていたし、せめてハイスクールは卒業しておきたかったので、夏休みを利用して単位を稼ぎ、十七歳で卒業した。

デートもできない、女友達と映画に行くこともできない、かといって家に招くわけにもいかない。一日に二、三時間ほど訪問看護師が来てくれるが、日用品の買い物をして図書館で本を借りてくるだけで終わってしまう。窓の外を眺めてニックを待つしかなかった。

ニックが帰ってくるのを願って。

待ち焦がれて。

決して帰ってこない人を。

だから、大都会でついにニックとばったり会えたらどうなるか、好き勝手に夢想するようになった。彼はお金持ちでハンサムか、そうでなければ権力者でハンサムだ。負け犬でも酒飲みでもドラッグ依存症でもない。そういうのはニックに似合わない。

やあ、と彼はいい、一歩さがってほれぼれとエルを見つめる。美人になったなあ。

ありがとう、とエルは答える。元気そうね。ゆっくりおしゃべりでもしたいけど、いますぐ戻らなくちゃならないの——。

そこで、エルの空想はつかのま停止する。戻るって、どこへ？　なんのために？　ニックより大事なことなどあるはずがないのに。

でも、そんなのはたいした問題ではない。なぜなら、ニックがこういうからだ。どこかで一杯やらないか。頼むよ。五分でいい。会えてうれしいんだ。

そう、相手はほかならぬニックなのだ。だから、エルは誘いに乗る。そして、彼はエルに愛を告白し、二度ときみを置き去りにしないという。

できすぎた夢想だが、それもそのはず、普通の女の子なら当たり前のように持っているいろいろなものをすべて手放し、その代わりに見ていた夢だ。学校生活、友人とのつきあい、初恋、将来の夢、人生設計……。

細かい部分はそのときどきで変わったが、肝心なところはいつも同じだった。ニックと再会した自分は、成功して満たされていて、幸せだ。美しく優雅で、自信を持っている。

現実のみじめな自分とはちがう。死んでいく父の枕元に付き添っていたので、四日間ほとんど眠れず、顔色が悪くやつれている。それに、唯一持っている防寒用のコートは、袖が破れているので、薄いジャケットを着てくるしかなかった。

こんなはずではなかった。けれど、これが現実だ。

歩いてくるニックをただじっと見つめた。心臓を除く全身が麻痺していた。不実な心臓だけが、彼に会えたよろこびに跳びはねている。

ニックはゆっくりと斜面をおりてくるが、長い脚のおかげでたちまち距離が縮んでいくように見える。膝丈の分厚いコートをはおり、手袋をはめた両手を体の脇に垂らしている。

手袋がないせいで寒さに色を失っている自分の両手が気になった。恥ずかしくて、両手を背中にまわした。

そして、ふたりは向きあった。エルを見おろすニックの顔は影になっていて見えない。彼の背後で、夕陽が巨大な白い円盤となっていまにも沈もうとしていた。ふたりは立ちつくしたまま見つめあった。エルは言葉を失っていた。

ここに、目の前に、ニックがいる。

ずっとずっと、この瞬間を待っていたのに。こんなふうに父の棺の脇でこのときを迎えることになるなんて。

なにかいわなければ、なにか――。

「あの、いいですか」

エルは振り返った。葬儀社の社員たちがいるのをすっかり忘れていた。「はい?」

「さがってください。棺を埋めますので」

「あ」エルがさがると、ニックもあとずさった。「ごめんなさい」

たったひとりの肉親の棺が土で覆われるのを、エルはニックと見ていた。涙は出なかった。

この五年間、涙が涸れるほど泣いた。残っているのは人間の抜け殻、肉体だけだ。

父は機知に富み、読書好きで、自分の意見をしっかりと持った魅力的な人間だった。でも、その人間はもうずいぶん前に死んでいる。

だから、エルは葬儀屋が慣れた手つきでどんどん棺に土をかけていくのを見ていた。寒いので、できるだけ早く仕事を終わらせたいのだ。穴を埋め終えると、葬儀屋のふたりはシャベルを置いてエルと向きあった。

地面の一部は、赤土がむき出しになっている。ほかの墓と同じように、いずれは雑草で覆われるだろう。けれどいまは、地面が掘り返されたばかりであることがひと目でわかる。エルは、そのうち余裕ができれば、墓石を置くつもりだった。

葬儀社の社長が提示した料金は、ばかばかしいほど高額だった。もっとも安いプランでも、二千ドルを超える。エルにとっては百万ドルも同然だ。そんなお金はない。

なにもないのだ。

葬儀屋のひとりが帽子を脱いだ。「ご愁傷様です。お悔やみ申し上げます」

エルは軽く頭をさげた。「ありがとうございます。あの……」バッグをあけてなかを覗きこんだものの、なかに入っているものを確かめる必要などなかった。紙幣が一枚しか入っていない。それも、少額だ。その二十ドル札を取り出して葬儀屋に渡した。ほんとうなら、ひとり百ドルずつチップをあげたいけれど。

葬儀屋はさりげなく札を受け取ると、同僚とあきれたような視線を交わして札をズボンのポケットに突っこみ、不満そうにエルを見た。

エルは、無理もないと思った。ふたりは重労働をこなしたのだ。凍りついた地面を掘るのは大変だった。エルの選んだ安いプランでは墓掘りの費用をまかなえないから、チップを払ってくれと、葬儀社の社長にはっきりいわれていた。

最悪だ。こんな情けないところを見られて、自分がゴミのように感じる。ニックの前でこんなことになるなんて。彼になにもかも見られてしまった。

そういえば、ニックの観察力は優れていた。子どものころからそうだった。いまも至近距離から3Dの高解像度のモニターで、屈辱の場面を見られているような気がする。

エルは咳払いをして、葬儀屋に手を差し出したが、結局その手をポケットに突っこんだ。「申し訳ないけれど、それだけしかさしあげられないんです」小声でいった。「でも——」

「どうぞ」ニックが二枚の紙幣を渡した。二枚ともベンジャミン・フランクリンの似顔絵が印刷されているのを見て取り、エルは目を丸くした。「お疲れさま」

葬儀屋のひとりがふたたび帽子を脱ぎ、ふたりでニックに礼をいうと、エルに会釈して立ち去った。

エルは地面を見おろし、懸命に呼吸を繰り返した。ニックがいなくなったのはもう何年も前だが、今日まで一日たりとも、いや一分たりとも彼を忘れたことはなく、会いたいという激しい気持ちで爆発しそうになっていた。

ずっとニックを求めていた。

そして、いまこうして会えた。最悪のときに。

「父はあなたをほんとうに愛してた」エルは地面を見おろしていった。

「ああ」ニックは静かに答えた。

少年のころから低かった声は、さらに低くなり、渋みを増していた。大人の男の声だ。ニックは大人の男になったのだ。ある冬の夜、父が裏庭で見つけた家出少年としてエルの日常に入りこんできたニックは、そのときすでに、年齢のわりに大人びていた。積もった雪のなかに横たわっていた彼は、折れた手首をひどく腫らし、瀕死の状態だった。父はやせ細っていた彼をやすやすと抱きあげ、車に乗せて病院へ連れていった。

そのときから、ニックはトマソン家の一員になった。

数年後の寒い冬の夜に、なぜか家を出ていくまでのことだったけれど。

エルは顔をあげ、ニックの顔をむさぼるように見つめた。この数年間、何度彼の夢を見たことだろう。夢はなまなましすぎて、エルの心を乱した。夢に出てきたニックは、銃撃戦の最中にいたり、飛行機から飛び降りたり、だれかと戦ったりしていた。

彼が女と一緒にいるところも夢で見た。妙に現実的で、つらい夢だった。裸で女を抱いている彼は、荒っぽくて強引で、信じられないほどセクシーだった。

いま、すぐそばに立っているニックは、夢のなかの彼と変わらなかった――たくましく強靭で、完全に一人前の男だった。感情をまったく漏らさない黒々とした瞳、短く刈りこんだ濃褐色の髪、広い肩、引き締まった筋肉。どこから見ても堂々たる男だった。出ていったときは、大人になりはじめたばかりの少年だったのに。

「判事は……悪かったのか？」ニックの声は遠慮がちだった。

「ええ」エルは、凍りついた大地のなかでそこだけ赤土がむき出しになった部分を見おろした。「もうずっと前から」

あなたが出ていったころからね、と心のなかでつけたした。父は元気がなくなって、あっというまになにもできなくなったわ。

「残念だ」エル以外には聞こえないほど、彼の低い声は小さかった。墓地にはだれもいなかったが。葬儀には三十人ほどいた参列者も、式が終わるとすぐに立ち去った。だれもが仕事を持ち、帰らなければならない場所があり、やるべきことを抱えている。埋葬まで残る者はいなかった。以前の父に弔意をあらわすと、さっさと帰ってしまった。町の人々にとって、トマソン判事は彼の肉体が死ぬよりずっと前に亡くなっていたも同然だった。

エルは喉を詰まらせてうなずいた。

「寒いのに、もっと厚着してこなければだめじゃないか」

エルは、ハッと息を吐いた。この状況でなければ笑い声になっていたかもしれない。吐息はたちまち冷気のなかに立ち消えた。ええ、もっと厚着してくればよかった。あなたのいうとおり。

「そうね」エルはぼそぼそと答えた。「あの、うっかりしていて」

わたしたち、なぜ服装の話なんかしているの？　場違いじゃない？

「車はどこにとめてあるんだ？」ニックがざらついた声で尋ねた。「早く帰ろう。凍えてしまうぞ」

エルは狼狽して彼を見あげた。もう行ってしまうの？　そんな！

ますます喉が詰まった。だめ、行かないで。そんなひどいことはしないで。

思わず声が震えた。「車はないの。葬儀社の人に送ってもらうはずだったから」墓地まではは地区検事のノーラン・クルーズが送ってくれたが、彼は最後までいられなくてすまないといって帰ってしまった。

まわりを見渡してみても、だれもいない。墓地はまったくの無人だった。どうやら、葬儀社の社員たちはエルを送っていく必要はないと判断したようだ。ニックが来たからだ。

ああ、五年ぶりに再会したのに、送ってほしいと頼まなければならないなんて。エルはなんとか体面を取り繕おうと背筋を伸ばし、薄い上着の前をかきあわせた。

「でもいいの。わたしなら――」頭のなかがむなしくまわっていた。歩いて帰るというのは問題外だ。ニックは、ここから自宅までかなり遠いことを知っている。歩けば二時間はかかる。送ってくれる人がいると、もっともらしい嘘をつこうとしたそのとき、ニックがエルの肘をしっかりとつかんで、墓地の出口へ向かって歩きだした。

「行くぞ」

エルはあわててついていった。ニックは以前から背が高かったが、さらに高くなっていた。草の生えた大地を長い脚がどんどん進んでいく。ほどなくふたりは〝安らかに憩わんことを〟と正面に彫られた石のアーチをくぐり、墓地の外へ出た。

ほんとうに。安らかに眠ってね、お父さん。

晩年の父は正気を失い、少しも安らかではなかった。一日ごとに自分が自分でなくなっていくのをわかっていたころは、つらく絶望に満ちた毎日だった。父がなにもかもわからなくなっても、エルは絶望の残滓が漂っているのを感じていた。

お父さんはもっといいところへ行ったんだよ。葬儀の参列者のなかには、そんなふうにいってくれた人もいた。昔ながらの決まり文句だが、まちがってはいない。いま父がどこにいるにせよ、あとにしたばかりの現世よりはましに決まっている。

エルとニックはだれもいない私道を歩いていった。戦没将兵記念日だけは車で埋まる道だが、一年のうちでその日を除いた三百六十四日はいつもがらんとしている。ニックはリモコンを取り出し、高級そうな黒い大型車の車内灯をつけた。ドアのロックが解除される音がした。

「いい車ね」そういうのが精一杯だった。ほかに話したいことはたくさんあるけれど、ニックの表情はそっけなくよそよそしく、つまらないことしかいえなかった。

「レンタカーだ」ニックは短く答え、エルのために助手席のドアをあけた。

頭のなかは訊きたいことで一杯だったが、ニックが運転席に乗りこんでエンジンをかけるあいだ、エルは上着の前をきつく合わせてじっと座っていた。ほどなく温風に全身を包まれ、いつのまにか震えていた体からほっと力が抜けた。

もちろん、ニックは迷うことなく車を走らせた。

ニックがエルや父のことは忘れていたとしても、一緒に暮らしていた場所を忘れるはずがない。それは、ニックの才能のひとつだ。彼は方向感覚も優れていた。いなくなるまでの数年間、父はどこへ行くにもニックの道案内を頼りにしていた。最後の二年間は、運転免許を取ったニックがどこへでも連れていってくれた。

そのころすでに父の認知力は衰えはじめていたのかもしれない。もっとも、徴候はまったくあらわれてはいなかった。以前と同じく、背筋をぴんと伸ばし、鈍い銀色の髪を後ろへなでつけ、上品で落ち着いた雰囲気をまとっていた。たったいまエルが葬ったよぼよぼの老人とは別人だった。

父のことを思い出していると、いかにも慣れた様子で車を運転しているニックのことを考えずにすんだ。彼は最初から運転が上手だった。教官は父に、この子に教えることはとくになかったといった。ニックは生まれつき運転のしかたを知っているかのようだった。

エルはまっすぐ前を向いて、ニックのほうを見ないようにしたが、そんなことは不可能に近かった。彼はなんでも吸い寄せるブラックホールのようだ。無視できない存在感があるのに、目には見えない。

たくさんの言葉が喉元まで出かかっていた。いままでどこにいたの、いまどこに住んでいるの、いまの暮らしは気に入っているの……。けれど、全部、無意味な言葉だ。なにを知りたいのか、自分でもよくわからないのだから。

どうして出ていったの？　どうしてわたしを置いて出ていったの？

声にならない言葉が喉に詰まった。口をひらけば、勝手に言葉がこぼれ出てしまいそうだ。自分には、言葉の濾過装置も防衛機制も備わっていない。それに、言葉を理解できない、話しかけられても反応できない父と長く暮らしていたため、思ったことをそのまま口にするのが癖になっている。

人とまともにつきあうことすらできなくなってしまった。

それでも、なにか話さなければならない。ニックとは五年ぶりに再会したのだから。五年七カ月と二日ぶりに。そのあいだ、一分たりとも彼を忘れたことはなかった。眠っているあいだささえ。

心のなかで彼にかける言葉を練習した。ゆっくりと、一度にひとことずつ発すれば、ほかの質問が勝手に口から飛び出すことはないはずだ。〝元気にしていたの？〟

元気に、していたの？

ほら、大丈夫。たった二語だ。彼が答えたら、あれこれ立てつづけに問い詰めたりしないようにぐっと我慢しなければ。大丈夫。わたしにはできる――。

「着いたぞ」ニックはハンドルを切り、ガレージの前に車を止めた。

エルは自宅に到着したことも気づいていなかった。

唾を呑みこむ。ガレージの扉はあいたままになっている。不注意だった。父を最後に病院へ連れていったとき、スリッパを持ってくるのを忘れたことに気づいて、あわてて取りに戻ったので、扉を閉め忘れたのだ。もっとも、車はとっくに手放した。父はキャデラックとトヨタを一台ずつ所有していたが、二年前にどちらも売ってしまった。それ以来、エルは出かける用事があれば、バスに乗るようにしていた。

ニックはレンタカーをガレージに入れなかった。

長居するつもりがないのだ。

エルは落胆をこらえながら、助手席のドアをあけてくれたニックのほうを向いた。大きな手が差し出された。ひとりで降りることはできる。けれど……ニックに触れることができるのは、いましかないかもしれない。

エルはニックの手を取った。彼はすぐさまエルを砂利敷きの地面におろすと手を離し、ふたたび手のひらを差し出した。

エルはぽかんとその手を見やり、彼の顔を見あげた。握手をしたいの？

「鍵」ニックはそっけなくいった。

あ。

寒さでかじかんだ手でバッグをあけ、玄関の鍵をニックに渡した。バッグのなかを探す必要はなかった。からの財布、そろそろ電池が切れそうな携帯電話、古いリップと鍵しか入っていない。

ニックはさっさとドアの鍵をあけ、エルを待った。

彼は、ポーチの短い階段をのぼるエルを見ていた。周囲を見られずにすんだのは幸いだった。

以前は展示見本のような庭だった。ニックがいなくなったころには、二週間に一度、ロドリゴが広大な庭の手入れに来ていた。私道の脇には、季節の花々を植えた大きなテラコッタの鉢が並んでいた。いまでは、どこにも花はなく、放置された生け垣は伸び放題になっている。

この半年間で、自宅を放棄するようにという通告が三度も届いた。

ありがたいことに、ニックは気づいていないようだ。

だが、家のなかは外よりもひどい状態だった。

以前は掃除が行き届いていた。母はエルが五歳のときに他界したが、有能で親切なミセス・グディングが家事を切り盛りし、週に何度かメイドに手伝わせて家じゅうを磨きあげ、よい香りがするようにしていた。

ミセス・グディングもメイドも、とうの昔に来なくなってしまった。エルもできるだけのことはしたが、家は広すぎ、父が亡くなる前の数カ月は一日二十四時間、目を離すことができなかった。眠れるときに眠り、疲れが取れなかったので、掃除は最低限ですませていた。

父は夜中に容態が悪くなり、急いで病院へ連れていった。それから四日間、エルはほとんど眠れなかった。それから、葬儀があった。

家のなかは荒れていた。そのうえ、凍えるほど寒い。帰れないことがわかっていたので、暖房を消しておいたのだ。

今度は、ニックも気づいた。

玄関に入って、エルは彼と立ち止まった。ニックはあおむいて、二階分の高さの吹き抜けになっている天井を見あげた。かつては、ムラノ産の豪華なシャンデリアがあり、五十個の電球がまばゆい太陽のごとく輝いていた。いまは、暗い裸電球が一個、コードにぶらさがっているだけだ。

玄関のほかの部分も、なにもなかった。水彩画や中国製の大きな絨毯、凝った彫刻をほどこした鏡と、その下のコンソールテーブル、ウィーン風の曲げ木のアームチェア、アールデコのテーブルと、その上に置いてあったポプリで一杯の銀のボウルも――なにもかもない。

ニックはなにも反応を示さなかった。静かで無表情なままだった。

彼はどう思ったのだろう?

ニックがいなくなってしばらくしたころ、彼が不良生徒とポーカーをやってこづかいを稼いでいたことを、ハイスクールのクラスメイトから聞いた。ニックはだれも見たことがないほどのポーカーフェイスのおかげで、負け知らずだったらしい。

いまなら、それもうなずける。彼は心の内をいっさい顔にあらわさない。

たぶん——たぶん、こちらを見るニックの表情に、優しさややわらかさのようなものがあってほしかったのかもしれない。でも、そんなものはなかった。

おどおどと、家の奥へ誘った。「よかったら……なにか飲んでいく?」

ニックはなにもいわず、短くうなずいた。エルは彼に背を向けてキッチンへ向かった。案内する必要はない。ニックはこの家のなかを知りつくしているから。

彼が現れたことで頭のなかが混乱していたが、エルは必死に考えようとした。彼はどこから来たのか? ここまで長旅だったのか? 今夜は泊まっていくのか?

その疑問が浮かんだ瞬間、胸のなかで心臓が大きく跳ねた。

「ええと」キッチンに入り、エルは両手を握りあわせてしまいそうなのをこらえ、笑みを顔に貼りつけてニックのほうを向いた。「なにが飲みたい?」

しまった。

ろくなものがないのを思い出すのが遅すぎた。酒を求められても、家にはアルコールのたぐいがいっさいない。父は極上のウイスキーをそろえていたが、数年前に底をついてからは買い足していない。食材もないことを、いまのいままで忘れていた。冷凍庫にピザが一枚あるだけだ。

「コーヒーを頼む」ニックの声と目は静かだった。エルはそのことを支えに落ち着こうとしたが、骨が折れた。だって、ニックがいる。ここに、うちのキッチンにニックがいるのだ。

「コーヒーね。うん、わかった」コーヒーならある。少なくとも一杯分はある。

エルはくるりと後ろを向き、両手が震えそうになるのをこらえて戸棚をあけ、コーヒー豆を取り出した。みじめなことに、挽いた豆が一センチほど底に残っているガラス瓶のほかに、戸棚にはなにも入っていない。

寓話に出てくる貧しい家そのものだ。

思ったより大きな音をたてて戸棚を閉め、震える手でニックのためにコーヒーを淹れた。

ニック。

彼がここにいる。

コーヒーを淹れながら、四客しかなかったので売らなかった美しいリモージュのカップとソーサーを出し、銀のスプーンとウェッジウッドの砂糖壺を添えると、少し気持ちが落ち着いた。

見ると、ニックは突っ立ったままで、そのことがまた、エルには堪えた。

ここはかつて、ニックの家のキッチンでもあった。以前はニックもここでくつろいでいたものだ。このキッチンでニックにからかわれ、父が笑い声をあげ、ミセス・グディングが食事を準備していた夜が、数えきれないほどあったのだ。

それなのにいま、ニックは立ったまま、椅子にかけてといわれるのを待っている。涙で視界がぼやけたが、エルは持ちこたえた。涙をこらえることには慣れている。大丈夫。

「どうぞ」エルは椅子を引いた。

ニックはコートを脱いで椅子の背にかけ、腰をおろした。コートの下には、分厚いネルシャツを着ていた。

しまった。上着を脱ぐのを忘れていた。けれど、ここも寒いし、上着の下には薄いニットしか着ていない。厚手のセーターもあるけれど、ここ数日の介護と葬儀の準備で疲れ果てて頭がまわらず、とりあえず目についたニットを着たのだ。運悪く、薄いコットンのニットだった。

それでも、手持ちのニットのうちいちばんいいものを着ているふりはできる。エルも上着を脱いで、ニックのむかいに座った。

ふたりは黙ってたがいに見つめあった。

コーヒーマシンが止まった。エルははじかれたように立ちあがり、カップにコーヒーをそそいだ。

ニックが遠慮がちにいった。「きみは？　あいかわらずコーヒーは嫌いなのか？　いつも紅茶を飲んでいたな。淹れようか？」

「ううん、いいの！」エルは咳払いした。「ありがとう」紅茶を飲みたいのはやまやまだけれど、紅茶をしまってあったガスレンジの上の戸棚はからっぽだ。からっぽの戸棚が二カ所。そんなことニックには知られたくない。

ニックはコーヒーに息をかけて冷まし、ひと口飲んだ。以前と同じように、大きな手に繊細な磁器のカップは不似合いだったが、決して割れないことは経験上わかっている。ニックの手は昔から大きかったけれど、不器用ではない。

ふたりはそのまま黙っていたが、ニックはコーヒーを半分飲み終えると、エルの顔を見た。

「判事はいつから悪かったんだ？」

エルはため息をつきたいのを我慢した。「数年前から。だけど、お医者様は五年前に病気が進行しはじめたんじゃないかといってた。いまさらだけど。ただ、父はわたしに気づかれないように隠してたわ」

なにかが——かすかな感情が、ニックの顔をよぎった。

いけない。ニックが出ていったのは五年前だ。これではまるで、彼のせいで父の死期が早まったのだといわんばかりではないか。

「つらかっただろう。きみが」

エルはうなずくだけにとどめた。ええ。とてもつらかった。

「それで――これからどうするんだ？　大学に戻るのか？」

「大学には行ってないの」

ニックは驚いていた。ちょっとやそっとでは驚かない彼を驚かせてしまった。「大学には行ってない？　きみはいつもオールAだったじゃないか。いや、もう卒業したってことか？」

エルはつい苦笑した。父の奇行の後始末に追われているうちに、オールA組からは脱落してしまった。父が病んでいるとわかったのはその一年後だった。ハイスクールの二学年は、ほとんど一日おきに欠席していた。

「ええと……あの、ちょっと事情があって」

ニックが眉をひそめた。よかった。気の毒そうな顔をされるより、しかめっつらのほうがましだ。

「でも、これからは好きなことができるんだろう？」

そうね、お金がないのと、医療費の借金があることを考えなければね……。「ええ」

それを聞いて、ニックはほっとしたようだった。ふたたび周囲を見まわしてエルに目を戻す。その目は射貫（いぬ）くように鋭かった。

「やせすぎなんじゃないか。顔色も悪いようだし。もっと食べて、外に出ないとだめだ」

その言葉はあんまりだ。ニックは、この家にはじめて現れた瞬間からずっとエルの心のなかにいた。エルはたった七歳だったが、彼の姿を目にしたとたんに恋に落ちた。あのときはまだ子どもだったけれど、いまでは一人前の女だ――自分のなかの女の部分は、ニックの凜とした顔立ちや、広い肩や、大きな手に惹きつけられている。

女性特有の細胞のひとつひとつがわななくのを感じる。そのわたしに、彼はおばさんがいいそうなことをいう。

もっと食べて、外に出なきゃ。もっと太って、日に焼けなくちゃ。

はいはい、そのとおり。

次は、もっと暖かい格好をしろといいそう。

「それに――まったく、なにを考えているんだ。こんなに寒いのに、そんな格好で出かけるとは」

ほらね。

この瞬間をどんなに夢見ていただろう。この五年間、夢見ていた。そしていま、彼がむかいに座っている、手を伸ばせば触れられるほど近くにいる――それなのに、服装の話をしているなんて。

「やめて」エルは静かにいった。「急いでたの。でも、もうこの話はやめましょう。あなたがどんな暮らしをしていたのか教えて。いままでどこにいたのかとか」

それから、なぜなにもいわずに消えてしまったのか。

けれど、エルはその疑問は口にしなかった。ニックは帰ってきてくれた。いまは空白の年月を想像で埋めたい。彼がいままでどこにいたのか、なにをしていたのか想像できれば、とにかく空白を埋めることができる。

かつては、ニックはなんでも話してくれた。

ニックはしかめっつらで椅子に深く座りなおした。「それは話せない」

「軍人だから？」

ニックは驚いたように背筋を伸ばした。「なぜ知ってるんだ？　だれに聞いた？」

なぜか怒っているような口調だった。エルはほとんどなにも考えずに軍人という言葉を口にしたのだが、疲れている証拠だ。いままでは、自分が知らないはずのことをうっかり口走ったことはなかったのに。うかつなことをいってはいけないことは、いやというほど思い知っている。

ニックの姿を見たのだ。**夢**のなかで。普通の夢ではない――普通の人が夜に見る、支離滅裂でとりとめのない幻影のようなものとはちがう。エルも、ほかの人たちと同じように普通の夢を見る。けれど、**夢**も見る。その**夢**のなかでは、いろいろな場所に行ける。そして、ほんとうにその場にいるかのような感じがする。いや、ぞっとすることに、ほ**ん**と**う**にそこにいるのだ。

どこにいるのかまったく知らないのに、ニックのもとを訪れたことがある。あのときは、あまりにも現実味を帯びていて、彼に触れることができそうな気がした。彼は百人ほどの男たちと訓練をしていた。あやつり人形のように四肢をひらいたり閉じたりして跳躍する準備運動をして、ロープをのぼり、鉄条網の下を這ってくぐり抜ける。射撃もしていた。何発もの弾丸を撃つ。それから、飛行機から飛び降りる訓練も。

女と一緒のときもあった。エルにとっては最悪の体験だ。ニックが複数の女たちと愛を交わすのを、なすすべもなく見つめるしかなかったのだから。彼が二晩つづけて同じ女を抱くことはめったになかった。女に突きこむ彼の広い背中と尻の筋肉が収縮しては弛緩するのを、エルは天井のあたりから見おろしていた。彼はいつも両腕を突っぱり、夜の女とは性器しか触れあわないようにしていた。

天井から彼を見た夜は、いつも目が覚めると頬が涙で濡れていた。

エルは、自分はおかしいのだと思っている。だが、心のどこかでは、ほんとうに体を抜け出してさまよっていたのかもしれないとも考えている。

どちらにせよ――たぶん、どちらも正しい――ニックにいってはならないことをいってしまった。

ニックは大きな手を伸ばしてエルの手首をつかんだ。

「だれになにを聞いた？」厳しく問いただす。「だれかがおれを監視しているのか？」

彼の手が手首を締めつける。痛くはないが、振りほどくのは無理だ。ニックは子どものころでさえ力が強かった。ましてやいまの彼は、たくましい大男だ。

いやがられるのを承知のうえで、エルはそろそろと彼の手に自分の手を重ねた。

「だれにもなにも聞いてないわ、ニック」優しくいった。なぜ知らないはずのことを知っているのかと尋ねられたのは、これがはじめてではない。そしてきっと、これが最後でもないだろう。ここに住んでいたころのニックは気づいていなかった。父もそうだ。エルでさえ、知らなかったのだから。「あなたは見るからに軍人って感じがする。髪は軍隊風に刈りこんであるし。それから、上着に変色している部分がある。記章をつけていたんでしょう。仕事ができそうに見えるけれど、スーツを着ていない。コンバットブーツをはいている。コンバットブーツなんてどこでも売ってるけど、全部のヒントを足したら――」肩をすくめた。

ニックは力を抜いてほほえんだ。ああ、この笑顔がどんなに見たかったか。ここにはじめて来たときから二年間、彼は一度も笑ったことがなかった。子どもだったエルも、ニックがそれまでつらい目にあっていたのだろうとなんとなく察し、彼を笑わせるのをひそかな目標にした。

ニックは一度笑顔を取り戻すと、よく笑うようになった。彼の笑みは息が止まるほど素敵だった。

いまもそれは変わらない。

ニックはかぶりを振った。「きみが賢いのを忘れていた。鋭いよな。断片をつなぎあわせて、おれが軍人だと思ったってわけか」

忘れていたというニックの言葉は悲しかった。こちらは彼のことをなにひとつ忘れていないというのに。

「ええ、でも陸海空のどれかとか、どこまで出世したとか、そこまではわからない」首をかしげて彼を見つめた。「で……当たってる？」

「大当たりだ」

エルは安心した。怪しまれずに窮地を抜け出せた。「陸海空のどれ？」

ニックの顔が曇ったが、答える声は穏やかだった。「陸軍だ」

エルの脳裏である単語がひらめいた。そんな言葉が自分の語彙にあることすら知らなかったが、**夢**のなかで得た言葉がひとりでに出てきた。その単語は、エル自身が検閲するより先に口をついて出た。「レンジャー？」

ニックは眉をひそめて、また背筋をこわばらせた。「いったいまたなんでそう思うんだ？」視線は刺すように鋭く、感情がなかった。

エルは、もはやニックの心のなかに自分のための特別な場所はないのだと思い知った。すっかりなくなっている。ニックはここで暮らすようになってからずっと、エルには甘かった。エルは、ニックが自分には怒らないのを知っていた。狼がしっぽにじゃれつく子犬に腹を立てることはないのと同じだ。

でも、いまはちがう。ニックになにをしても許されるとは思えなかった。彼の眉間のしわは深く、険しい顔つきは少し怖いくらいだった。

エルは唾を呑みこみ、嘘を並べはじめた。以前はニックに嘘をつく必要などなかったのに。

「ごめんなさい。よけいなことをいっちゃった。なんにも知らないくせにね。たまたま、この前の晩にテレビで映画をやっていて、主人公が陸軍レンジャーの隊員だっただけ。たしかそんなふうにいってた。レンジャーって。それだけなの。レンジャーってなんなのかも知らないわ」

彼がレンジャーにいる夢を見ていなくても、陸軍になにか特別な地位があるとすれば、彼がその一員になれることは、賭けてもいいくらい確実だ。

ニックはわずかに緊張をほどいた。「映画の主人公？　おれとは世界がちがうな」

そう。ニックのほうがテレビに出てくるどんな俳優よりも素敵だ。俳優は、顔つきにどこか甘いところがある。たとえ一日に八時間ジムで体を鍛えても、表情は無邪気なままだ。

ニックはちがう。ニックは本物の苦労を知っている。ここで暮らすようになる前の十一年間がどうだったのかはわからないが——本人がひとことも話さなかったので——つらく厳しい年月だったはずだ。子どもなのに、やけに大人びていた。ティーンエイジャーのころの彼は、年齢以上に成熟していた。ハイスクールの子どもたちは、彼を崇拝するか、避けるかどちらかだった。だれひとり、ちょっかいを出さなかった。そんな勇気はなかったのだ。

二十三歳のニックよりしたたかに見える俳優など、この世にいない。

つらかった子ども時代が彼を強くした。軍隊の生活がさらに彼をきたえた。

判事は知り合いが多かったし、尊敬されていただろう。人が大勢来ると思っていたんだが」
ニックは眉間にしわを寄せてエルを見た。そして、「どうしてだれも墓地まで来なかったんだ？

れど、ニックが知りたがっている。エルは彼に訊かれたことにはつい答えてしまう。
そのことは、エルは話したくなかった。過去に触れたくない。いま現在の話をしたい。け

たのよ」ごくりと唾を呑む。「父は……長くわずらっていたの」
「葬儀には来てくださった。何人かは。多くはないけれど。ただ、埋葬まではいられなかっ

「判事の職もずいぶん前に退いたの。たぶん……たぶん、父はもうみんなに忘れられてし
ニックの目が険しくなった。「ああ、さっきそういっていたな。それで？」

まったのよ」

葉を使えば、彼がエル親子を捨てたとき、父オーレン・トマソン判事は、郡で指折りの有力
ニックの顔がさらに険しくなった。無理もない。彼が出ていったとき――いや、正しい言

者だった。ニックは判事のどっしりした存在を身近に感じていたはずだ。手首を骨折して飢
え死にしそうになっているニックを裏庭で発見したとき、判事が万事を取りはからった。ひ

と月もたたないうちに、判事はニックの後見人になり、彼を学校に入れた。

ニックはよく、自分のほんとうの人生は判事に見つけてもらった日にはじまったといっていた。そんなとき、彼はエルもその場にいたのを忘れているようだった。たった七歳の小さな女の子だったとはいえ、エルのほんとうの人生も、あの日にはじまったのに。

判事の存在感に守られて、ニックは育った。だから、判事の晩年がどうだったか、ニックには理解しがたいにちがいない。

「父は……衰えてしまったの。認知能力がね。判事の職も罷免されたわ」エルはこみあげるものをこらえた。父は状況をまったく理解していなかったが、なにか大切なものを取りあげられたことだけはわかっていた。その後、丸一年のあいだ怒っていた。

「アルツハイマーか？」ニックが尋ねた。

エルはうつむいた。

「大変だったな」

あなたにはわからないでしょうけど。エルは顔をあげてうなずいた。

ふたりは黙りこくったまま見つめあった。ついにニックがため息をつき、椅子をずらした。エルはあわてた。

もう行ってしまうの！　たったいま来たばかりなのに、五年ぶりなのに。ニックの顔を見ると、細部までまじまじと眺めてしまう。角張ったあご、鬢の黒い髪に混じった二本の太い白髪、記憶にあるよりも大きな手。清潔だが、指の関節に分厚い黄色のたこができている。柔道でできたものか、それともほかの武術か。武術をやると指にたこができると、なにかで読んだことがある。

シャツの縫い目が裂けそうなほど広い肩。

無精ひげも、エルが覚えているより濃い。いまでは、一日に二度ひげ剃りが必要な男になっている。

それは、いままで知らなかったことだ。ニックについていまはじめて知ることがたくさんある。

たとえば、彼がとてもセクシーなこととか。

それは、エルがはじめて知ることだ。子どものころは、小さな女の子だったころは、ニックは……ニックだった。父の次に大好きな人。いつもそばにいて、いつも頼もしく、いつも楽しい人。どっしりとした存在感で、エルを安心させ、守られていると思わせてくれる人。エルには、守ってくれる人がふたりいた。父は、権威ある判事という地位と法律の知識で守ってくれた——父のおかげで、エルは世間の厳しさを知らずにすんだ。そしてニックは、腕っ節が強くてたくましく敏捷で、つねにトラブルに備えていた。彼のおかげで、エルに手出しする者はひとりもいなかった。

ひとりぼっちになってしまったいまだからこそ、エルは自分の子ども時代が恵まれていたことがわかる。そして、その恵まれた子ども時代に、ニックが大きく貢献してくれていたことも。

ニックは兄ではない。エルには兄がいないので、普通は兄に対してどんな気持ちを抱くのか見当もつかないが、ニックへの思いは兄に対するようなものではないことは、なんとなくわかる。ニックは友人であり、保護者でもあった。

だから、彼がいつまでもそばにいてくれると思っていた。なんて愚かなのだろう。いつか、彼に愛する人ができて家を出ていくだろうとは、考えたこともなかった。愛する人ができたのかどうかはさだかではないが、ともかく彼が出ていったのは事実だ。

女ならまちがいなくいた。それも、何十人も。エルは男性の裸を見たことはないが、夢のなかでは……ニックはまさに男そのものだった。彼が女を抱いているところも、ベッドで自慰をしているところも見た――。

エルはごくりと唾を呑みこみ、顔が赤くなっていないことを祈った。子どものころから、ニックには考えていることが筒抜けだった。どうか、ひどくみだらな彼の姿を思い出していたことを悟られませんように。

こうして向かいあって座っていると、女たちが彼に夢中になる理由がわかる。子どものころからすでにエルの気持ちは変わりはじめていた。いまや大人になったエルは、彼に性的な欲望をかきたてられている。手に負えないほど激しく。

ニックは椅子の上で腰をずらし、大きく息を吐いた。「じゃあ」と、切り出す。「そろそろおれは——」

「どこから来たの？」エルは口走った。

「え？」

「今日はどこにいたの？　昨日は？　いつここに来るって決めたの？」

「なぜここに来たのかってことか？」

「ちがうわ」ぜんぜんちがう。ここに来た理由は、エルにははっきりとわかっていた。ニックと自分をつなげる糸は、細く伸びてしまったけれど、それでもまだ切れていない。エルが心から求めたから、彼は来てくれた。それは、エルにとっては変えようのない事実だった。疑いの余地はない。

ニックは質問に答えようとしなかった。エルはべつの方向から攻めてみた。「食事も出さずに帰すわけにはいかないもの。父が……父がいたらあきれるわ」

ニックの険しい表情がやわらいだ。「この家には食べるものがあまりないみたいだが」

エルは緊張を呑みこみ、顔をあげた。「父がこの二週間ほどすごく悪かったの。買い物をするひまもなくて」ポケットから携帯電話を取り出した。「でも、〝フードワイズ〟に電話をかければいいのよ。ジェニーがよろこんで料理を出前してくれる。食事をすませてから帰るって約束して」

口座にはまだ二百ドルほど残っていたはず。葬儀社から請求書が届けば大赤字だが、いまならひとり分の食事代を払ってもまだ余る。ふたり分でも大丈夫だ。ピザやハンバーガーやフライドポテトを注文する気はさらさらない。ニックにはもっときちんとした食事を出してあげたい。

ニックはひょいと頭をさげた。「わかった」

エルは顔をほころばせた。しばらくはニックがいてくれる。まだ一緒に過ごせるのだ。彼について覚えておかなければならないことはたくさんある。たとえば、以前はなかった口角のしわ。それはほほえむと消える。首をひねると、腱が浮かびあがる様子とか。シャツに包まれた胸板とか。

そして、凛々しい顔立ちも。

彼がそばにいると、体が熱くなることだって。

ニックが引き起こすこの感覚を記憶しておかなければならない。彼がいなくなれば、二度と実感することはないのだから。それだけはわかる。性的な欲望を覚えるのはこれっきりで、ニックがいなくなってしまえば、二度と体験することはない。

エルの全身が目覚めていた。肌がひどく敏感になっている。ニットに包まれている腕とうなじの産毛が逆立った。服が軽く触れるだけで肌がひりひりと熱い。酸素が急に液体になってしまったかのように息苦しい。意識しなければ肺を満たすのも難しい。

なにより気になること。決して大きくない乳房が張りつめてずっしりと重く感じる。コットンのブラが乳首をこする。脚のあいだのこれは――まちがいなく、いつもニックの夢を見たあと目覚めたときに感じる腫れぼったい熱とむなしさだ。

体の変化は興奮と同時に不安をもたらした。興奮するのは、そう、この熱さと快感が新鮮だから。長いあいだ、エルの体は寒々しい空洞のようだった。長い眠りから覚めたような、このちりちりする感覚は――とても心地よい。不安になるのは、エルの知るかぎり、こんな気持ちにさせてくれるのはニックだけだから。

でも、ニックは食事が終わるまではここにいてくれる。ささやかな食事だけれど。

一秒一秒を抱きしめよう、と自分にいいきかせた。一秒一秒を楽しんで。

エルは電話をかけながら、ニックを見つめていた。電話にはジェニーが出た。彼女は昔からエルをかわいがってくれる。かつて、エルが生まれるずっと前、エルの父が若い娘だったジェニーをトラブルから守っていた。そんなことがあったとは、父はひとことも話していなかったが、ジェニーがそういっていたのだ。

「エルじゃないの」いつものように、ジェニーのしわがれた声は温かかった。背が高く、ほっそりとした優雅な体を壁にあずけ、わずかに背を丸めて煙草を吸っているジェニーが目に浮かぶ。「お葬式に行けなくてごめんなさいね。今日は二カ所、昼食会のケータリングがあって。ほんとに申し訳ないわ。前もってわかっていたらねえ……でも、お葬式って急なものだから、そうでしょう?」

「ええ」エルはほほえんだ。いかにもジェニーがいいそうなことだ。この先何日かは、葬儀に行けなくてすまなかったという言葉を繰り返し聞かされることになるだろう。でも、そういってくる人のほとんどは、父のことを忘れていたから来なかったのだ。ジェニーは忘れていなかった。ほんとうに仕事がなかったら葬儀に来てくれていただろう。「気にしないで、ジェニー。父はよくわかってる」

「ほんとうに、お父さんのことは大好きだったのよ。あたしになにができる? 夕食を届けてあげようか?」

ああ、さすがはジェニーだ。「ありがとう。今日のスペシャルを」エルはためらった。「ふたり分お願いします」

ジェニーは詮索しなかった。「ふたり分ね、了解。七時頃届けるわ。いいワインをつけとくからね。うちのおごりよ」

「ありが——」エルはいいかけてやめた。信じられないほど気前のよい申し出だ。ふたり分の食事が少なくとも七十ドル、それにワインとチップ。でも……これを受ければ、あとは地獄まで長い坂をまっすぐすべり落ちていくだけ。

いままでは体面を保ってきた。だれも訪ねてこなくなったので、家のなかの売れるものはほとんどすべて売ってしまったことは、だれにも知られていない。ただ、ジェニーは知っている。もしくは、察している。いまジェニーから施しを受ければ、雪だるま式に施しが転がりこんでくることになる。父の昔の友人の奥さんたちは古着をよこすだろう——ほんの一、二回着ただけなのよ、エル。ほら遠慮しないで。近所のおばさんたちは玄関ポーチにキャセロールを置いていくだろう。

想像しただけで耐えられない。

もちろん、ジェニーのしわがれた声は大きく鮮明で、ニックに一言一句聞こえている。エルは強いてきっぱりといった。「ありがとう、ジェニー。でも大丈夫よ。配達係の方に、クレジットカードで払うわ。お気持ちだけありがたくいただきます」

ニックの暗い瞳から、エルはかろうじて目をそらした。ジェニーがなかなか返事をしないことに、すぐには気づけなかった。

しばらくしてやっと「わかったわ。じゃあ、そうしましょう。でも、ワインだけは受け取って」

ええ。それなら受け入れられる。施しではなく、弔意のしるしなら。「ありがとう、ジェニー」

「あたしはあの方が大好きだったから」ジェニーの言葉に、エルは泣きそうになった。

かつての父は、まさにそんな人だった。この世でたくさんのよいことをして、だれからも好かれた人。

「ええ」エルはなんとか小さな声で返し、嗚咽してしまう前に電話を切った。

目をあげて、ニックを見た。

「おれもあの人が大好きだったよ」ニックが静かにいった。

その言葉がエルを打ちのめした。胸に鋭いパンチを打ちこまれたようだった。肌と骨を突き破るほど致命的だった。

「だったら、なぜわたしたちを置いていったの？」ささやいたとたんに、涙が頬をつたい落ちた。

2

くそっ。

エルを泣かせることだけはしたくなかったのに。ニックのむかいに座っているエルは、声もあげずにさめざめと泣いている。そのことに、ニックは立ちあがって彼女のそばにひざまずきたくなった。

いや、エルがそこにいるだけで、ひざまずきたくなる。

ニックがトマソン親子に発見されたあの冬の夜、エルはかわいらしい少女だった。ニックは四軒目の養家から逃げ出してきたところだった。養父は本物の嗜虐者で、あそこは四軒のなかで最悪だった。あの家の子どもはみな痣を作り、うつろな目で歩きまわっていた。なぜ当局が虐待の徴候に気づかなかったのか、理解に苦しむ。だが、気づいていなかったのだ。カールトン・ノリスは、続々と送られてくる子どもたちを受け入れ、小切手を現金化した。夫に暴力を振るわれていた妻は、子どもたちに粗末な食事を与え、ゴキブリを寄せつけない程度に掃除をするだけで、夫があの凶暴な目になると、自室に引きこもった。

あれは怒りではなく、嗜癖だった。ノリスは他人の痛みを喰らって生きていた。ただ、ニックは獲物ではなかった。ニックは十一歳で身長百七十五センチに達し、力も強かった。だれもニックに手を出さなかった。ノリスはどのみちニックに興味はなかった。もっと幼い子どもが好みだったのだ。

ある晩、ニックはティムという男の子が殴られるのを止めた。ティムは特有の雰囲気を持っていた。長くは生き延びることができない子に特有の雰囲気だ。彼が生き残るためにニックにできることなどなかったが、殴り殺されるのを黙って見ているわけにはいかなかった。ニックはノリスに殴りかかり、拳がヒットした。土壇場で繰り出したパンチだったので、ノリスは目に黒い痣を作っただけですんだ。あごを砕いてやるつもりだったのだが。

そのあと、ニックはまぶしさと痛みで目を覚ました。ノリスにハンマーで手首を折られ、まぶしい光を目に当てられていた。その光のむこうに、銃身が見えた。

「出ていけ、このくそがきが」ノリスがうなった。「できるだけ早く逃げることだ。いまから危険な非行少年が逃げたと警察に通報する。おれはそいつに殴られた、幼い子どもも殴られたってことにする。あのちびがおまえをかばうなどと思うなよ。痣も傷跡もおまえにやられたといわせるからな」

ニックも世間知らずではないので、ティムが恐怖のあまりノリスのいいなりになることはわかっていた。

銃のセーフティが解除された。「出ていけ、くそがき」

ニックは逃げた。

ひたすら逃げた。ヒッチハイクをして、長距離トラックにこっそり乗りこんだ。グレイハウンドのバスの荷物スペースに隠れたこともある。行き先も知らなかった。ガソリンスタンドで盗んだ食べものと水で飢えと渇きをしのいだが、手首は風船のように腫れ、熱かった。

ふらふらになって行き倒れたときには——ある町の富裕層が住む地区で——あとで聞いたのだが、四十度の高熱を出していた。

つかのま意識を取り戻した瞬間、天使がじっとこっちを見ていたので、ニックは自分が死んだと思った。天使は瞳が淡いブルーで、髪は金色で後光が差していて、こう叫んでいた。

パパ、パパ！

すげえ、と思ったのを覚えている。死んで天国に来ちまった。最高だ、と。

ほんとうは、死んで天国に来たのではなく、そこはカンザス州ローレンスだった。そこが人生の分岐点だった。助けてくれたのが、地上でだれよりも立派な人、オーレン・トマソン判事だったからだ。

ニックは病院へ連れていかれた。金髪の小さな天使がほとんどずっとそばにいた。快復すると、それまでまったく縁がなかったような家に引き取られた。その家は、すみずみまで静寂と優しさ、そして愛情と敬意が行き渡っていた。

その天使が、その後ニックのあとを影のようについてまわることになるエルだった。ニックはだれかに愛された経験がなかったが、エルが埋めあわせてくれた。エルはニックをひたむきに愛してくれた。退院したニックは、判事とエルと家に帰った――自分だけの部屋がある家に！　ベッドと清潔なシーツ、新しい清潔な服が詰まったクローゼット、本、机の上にはノートパソコン。全部、自分のものだ。ニックはまだ長い時間立っていられなかったので、ベッドに直行した。エルが料理を山盛りにしたトレーを危なっかしい手つきで運んできて、ニックが平らげるのをそばで見ていた。そのあと、本をいつまでも読んでくれた。どれもニックが知らない本だったが、とてもおもしろかった。ハリー・ポッターという魔法使いの本。ライオンと魔女と衣装簞笥の話。中つ国と呼ばれる世界の物語。

そのあいだ、トマソン判事はみずからも魔法を使った。ニックが自力で立てるようになったときには、判事が後見人となって中学校へ入れてくれた。

ニックは優しく温かい波のような思いやりをどっぷりと浴び、そのままあらがいようのない潮流に流されるがままになった。

野良犬のニック・ロスが、いつのまにか愛情にあふれる家族の一員となっていた。ニックはその愛情をひたすらむさぼった。

ところが、自分自身の体が裏切った。十八歳になったニックは、体も大人になっていた。ある夏の夕方、エルが庭から部屋に入ってきたときのことだ。急に、彼女が少女から大人の女性に変わりかけているように見えた。エルはもともときれいな娘だったが、美しい大人の女に変わりつつあった。あの夏の日、つややかな淡い金髪の髪を背中に垂らし、小さく形のよい胸とほっそりしたウエストの線があらわになるサンドレス姿のエルに、ニックは眩惑された。影のようにつきまとってきたかわいいエルが、大人になる一歩手前の美しいエルへと一瞬にして変身し——ニックの体は本能に従い、たちまち反応した。

ニックはその二年ほど前に性体験を覚えたが、相手の女の子たちはエルとはまったくちがうタイプばかりだった。

われに返り、かぶりを振ってエルから目をそらしたときには、固く勃起していた。あのときのエルは、男ならだれでも求めずにはいられないほど性欲をかきたてる存在だった。勃起したものを抑えこむどころか、自分を恥じるまもなく、ニックは判事の険しい視線に気づいた。スウェットパンツをはいていたので、エルがニックにもたらした効果は判事の目にも明らかだった。ニックの股間は大きくふくらんでいた。

それが、二度目の人生の分岐点だった。

話し合いはおこなわれなかった。その必要がなかった。

その夜、判事はニックを書斎に呼んだ。大きな金庫の扉があいていて、なかになにも入っていないのが見えた。ビニールで包んだ分厚い札束が数個、判事の机にのっていた。

机のむこうに座っている判事の目は厳しかったが、怒ってはいなかった。ニックは完全に納得した。判事は、美しい無垢な娘を持つ父親なのだ。ニックも判事の立場なら同じことをしただろう。むしろ、判事より激しやすい自分のことだから、エルのような娘がいたら、娘をじろじろ見つめて興奮している野良犬などめちゃくちゃに打ちのめすだろう。

判事は百ドル札の束をニックのほうへ押しやり、床の上で口をあけているスポーツバッグを指さした。そのなかには、洗濯してアイロンをかけたニックの服が入っていたが、金を入れるためにほとんどのスペースがあけてあった。ニックは札束をバッグに詰め、判事を見て会釈すると、書斎を出て、家を出て、それまでの生活をあとにした。

あとで数えると、バッグのなかには二万五千ドルの現金が入っていた。判事は手元にあった現金を残らずくれたのだろう。ニックには過分な金額だ。

ニックはフォート・ブラッグを目指して南下した。

なぜわたしたちを置いていったの？　エルはそう訊いた。ニックが出ていったのは、あの家にあと一分でもいてはならなかったからだが、どう説明すればいいのかわからなかった。泣いているエルを前にどうすればよいのかもわからない。エルが泣くと、こっちはうろたえてしまって、胃がしくしくと痛くなる。はじめて飛行機から飛び降りたときよりもひどい。

「なぜなの？」エルがふたたびそう尋ね、ニックのほうへ手を伸ばした。

エルにはあらがえない。五年前だったら、ニックはなにもしなかっただろう。エルはまだ子どもだった。ニックの体は正直だったが、幸い体のいいなりになるほど、ニック自身は愚かではなかった。

だがいまはどうだ？　もうエルも一人前の女性だ、それもまばゆいほどの美人だ。もはや特権階級のお嬢さんではなく、苦労を知った美しい大人の女性なのだ。やせすぎだし、ほとんど笑わないけれど、目をみはるほど美しい。

彼女の小さな手に手を握られたとたん、ニックの腕を電流がかけのぼり、ふたたび体が裏切ったのを感じた。核反応は止められない。

椅子が倒れるほど勢いよく立ちあがり、エルを荒々しく引き寄せた。彼女の体から息が抜けたのがわかったが、かまわなかった。ニックの唇を通して、ニックの体を通して息をすればいい。

ああ、エルの味わいときたら。まるで蜂蜜だ。いままで何人もの女を抱いたが、エルはどんな味がするか、絶対に想像しないようにしてきた。ともかく、目を覚ましているあいだは。ただ、夢のなかでは——そうはいかなかった。夢のなかでは、考えた……いや、ときには彼女の存在を感じた。だが、これは夢とはちがう。何百万倍もいい。

エルはあらがっているが、ニックは激情にわれを忘れていて、気づくのが遅れた。エルがもがいている、逃げようとしている……。

しまった。

最低の悪夢だ。エルを見て勃起したのを判事に見つかったときよりもひどい。あれは判事と自分しか知らないことだ。いま、ほかならぬエルから放してくれというメッセージを受け取っている。ニックは、心から自分を恥じる一方で、もう少しで達しそうになっていた。エルがいやがっている。

ニックは顔を離し、両腕を広げてあとずさった。最悪の気分だった。

「悪かった」謝ろうとしたそのとき、エルが腕のなかに飛びこんできた。不器用にニックの唇を求めている。

ああ。エルがもがいていたのは、ニックを抱きしめたいのに、両腕を押さえつけられていたからだ。

エルはつま先立ちになってニックにキスをしていたが、しばらくしてかかとをおろした。ニックは彼女の顔を見おろし、その美しさに……そこにいるのがエルであるということに、くらくらしていた。

三つ編みからほつれた髪が、あのころのように、頭のまわりで淡い金色の後光になっている。

エルがニックの肩から手を離し、あごに添えた。彼女の指先が顔をなでる。ひたいから頬骨へ、あごを通って首へおりていく。「ニック」エルがささやいた。

ニックはさらなる質問に備えたが、エルはなにもいわず、ふたたびつま先立って唇を寄せてきた。ニックはキスを引き継いだ。

やはりエルの味はすばらしかった。すばらしすぎて、ニック自身は鋼のように硬くなっている。エルが気づかないはずはない。ぴったりと密着し、腰を押しつけているのだから――痛いほど硬くなっているのがわかったのか、エルはうめいた。

フォート・ベニングのトレーニングキャンプでしょっちゅう女を抱いているのに、ここまで興奮するのはおかしい。トレーニング中にできるだけやっておけ、任務についたらまずそんなチャンスはない、あったとしても、気力も体力もなくてそれどころじゃないのだから、とだれもがいう。だから、ニックはそのとおりにしていた。

それなのにいまは、一度も女を抱いたことがないような気がしている。

腕のなかのエルは猫のようだった。完全に無防備な様子で体をこすりつけてくる。ニックは片方の手でエルの腰を支えて抱きあげた。股間に彼女の熱を感じたとたんにうめき声が漏れた。薄いパンツと下着越しに形がわかるほどきつく抱きしめた。彼女のそこは燃え、太陽のように熱を放っている。エルを少しずらすと、準備がととのっているのが感じられた。エルは腰を突き出してニックを駆り立てる。服を着ていなければ、ニックはエルのなかに入るところだった。

少し冷静になったほうがいいのではないか？　ちょっと異常だ――この寒い一月に、冷えきった家のキッチンで、何度も食事をした食卓の上で抱きあおうとしている。それも、あっというまに。唇がたがいをむさぼり、腰がこすれあう。片方の手はエルの腰を、もう片方は小ぶりな乳房をつかんでいる。

キッチンには、ふたりの呼吸の音と、唇が合わさっては離れ、ふたたび吸いつく音が響いている——ニックは唇と腰をエルに押しつけていた。

落ち着け！　ニックは自分を叱りつけた。おまえは紳士じゃないが、少しは紳士らしくしろ。両腕を放してエルを床におろし、一歩離れて冷静になろうとしたそのとき、エルがいった。「ベッドへ連れていって、ニック」

ニックの負けだった。


ほんとうに、夢のとおりだった。普通の人たちが見る、とりとめのない夢。ほんとうに、そのままだ。ただ、この状況はちょっとちがう。場所は自宅のキッチンではなかったし、こんなに寒くもなかったけれど、それ以外はすべて——そう、すべてが夢のとおりだ。

ううん、もっといい。

こんなふうに、生き返ったような気持ちにさせてくれるなんて知らなかった。指先まで熱いざわめきが広がる。ここ数年、食事はとっていたし、父の介護もしていたのだから、たしかに生きてはいたのだろうけれど、生きている実感はまったくなかった。周囲の世界は色あせ、食べものは段ボールのように味気なく、食べることそのものが苦痛だった。わざわざ思い出すようにしなければ、食事も睡眠もおろそかになった。

朝起きるのも一苦労だった。

でもいまは？　この世界で生きている実感がある。いまなら山の上から飛び立つことも、炎を吐き出すこともできそうな気がする。空だって飛べそうだ。

はじめてのキスだったが、どうすればよいのかはなんとなくわかった。唇が知っていた。胸は勝手にニックの胸板にすり寄っていった。そうするのが心地よいことを、エル自身よりよく知っていた。それに、腰もひとりでに動き、ニックのふくらんだ股間を感じている。

わたしのせいで、ニックが勃起している。興奮している。わたしが原因で――これ以上はありえないほど大きくなっている。

こうなることを想像していたけれど――現実はもっとよかった。もっと熱く、もっと興奮を煽った。

ニックとのキスは――ほかの男とキスをすることなど考えもしなかったのは当たり前だ。ニックのキスとは比較にならないだろうから。舌が触れあうたびに、肌がちりちりする。硬い棒状のものが下腹をこするたびに、太ももの内側がこわばり、下腹の奥は一刻も早く彼を引きこもうとしているかのようにぎゅっと締まっている。

あっというまの展開だったけれど、ずっとこのときを待ち構えていたような気がする。全身でニックを感じ、彼がなかに入ってくるのを。彼がほんとうに自分の一部になるかもしれない瞬間を。

意志とは関係なく言葉がこぼれ出た。低くなまめかしい声は自分のものとは思えず、最初はしゃべっているのが自分だということすら気づいていなかった。声を出しているのは声帯ではなく、脚のあいだだったような気がした。それほど体の奥深くから言葉が湧き出てきた。

「ベッドへ連れていって、ニック」

最初からこうなることが決まっていたのだ。心が躍るようなことがなにひとつなく、衰えていく父親を見ているだけの灰色の年月が過ぎたあと、まさに最悪のときにニックが帰ってきた。神に遣わされたかのように、地球と太陽と月に遣わされたかのように。生命の使節として、死の淵からエルを引きずり戻しにきてくれた。ニックがそばにいる。最初から決まっていたのだ。ふたりは一緒になると。

こんなふうに強くなにかを感じたことは、生まれてはじめてだった。ニックがいる、わたしは彼のもの。

これ以上待つことにはなんの意味もない。ただでさえ、全身が燃えている。

エルはこちらを見おろしているニックの顔を見つめ、もう一度記憶に刻みこんだ。それまでも、彼の顔ははっきりと覚えていたので、目を閉じるだけで思い浮かべることができた。けれど、この新しいニックは以前にも増して魅力的だ。もともと端正な顔立ちだったが、さらに男らしさがくわわった。以前より顔立ちがたくましくなり、目元にかすかなしわがあり、あごのあたりががっしりとしている。エルは真剣に細部を観察した。このニックが、いまから自分のものになるのだ。冷徹な顔つきのままに冷徹な男が、いつもは暗い瞳に優しさをたたえてこちらを見つめている。

「ベッドへ連れていって」エルは、ニックに聞こえていなかったかもしれないと思い、もう一度ささやいた。

ニックの口角があがった。彼がほほえむと、魅力が倍増する。エルの心臓が跳ねあがった。

「かしこまりました、お嬢さま」ニックはわずかに膝を曲げると、エルをひょいと抱きあげた。

ああ。やっと、やっとだ。

もう何年も前からこうなるのを夢見ていた。たぶん、人生の半分を費やした。ニックと、心と心がつながるのを夢見て。ニックに抱かれて、彼の好きなところへ連れていかれるのを待っていた。彼が連れていってくれるところならどこにでもついていきたい。

もしかしたら、やっぱりこれも夢なのかもしれない。ニックは、宙をすべるように階段をのぼっていく。その動きはあまりにもなめらかで、大人の女を抱きかかえているとは思えない。ニックの肩にまわした両腕に、筋肉の動きが伝わってくる――エルの知っているどんな男よりもたくましく、力強い。いままで会った男たちの声は遠い雑音に、姿はぼんやりとした影になってしまった。

ああ、ここにニックがいる。

よろこびがはじけ、エルは身を乗り出してニックに激しいキスをした。キスについて知るべきことは、彼が一瞬で教えてくれた。彼のリードに従うだけで、一秒一秒が純粋なよろこびとなった。ニックに口をあけるよう促し、首にきつく抱きついて、震えながら舌を入れた。短く刈りこんだ髪に手のひらをすべらせて頭を引き寄せる。そんなことをしなくても、ニックはキスをやめる兆しすら見せないけれど。

ニックはエルの背中を壁に押しつけ、キスの主導権を引き継いだ。ニックは深く舌を入れ、エルをわがものにし、むさぼった。

エルはこみあげる感情に息もつけず、なにも考えられなかった。よろこびに溺れ、必死にあえいだ。

突然、ニックが顔をあげ、エルはキスが彼にどんな変化をもたらしたかを見て取った。濃い褐色の髪が逆立ち、かすかな笑みは消えていた。まぶたが半分閉じて真剣な目つきになり、頬骨のあたりが紅潮している。呼吸は浅く、体の震えが伝わってきた。

すべてエルが原因だ。いい。うれしい。顔がほころびそうになったが、笑っている場合ではない。いまは大事なときだ。

「またやったら、この階段でやるぞ」ニックの声は低く、暗い響きがこもっていた。

最初、エルはニックがなにをいっているのかわからなかったが、少し考えてわかった。裸のふたりが階段でもつれあっているのを想像し、両脚をぎゅっと閉じた。

「落ち着かないわ」エルはあえいだ。「ベッドがいい」

ニックは大きくうなずいた。「わかった」

そういうと、彼は急いだ。またたくまに寝室に着くと、エルをおろそうとしたが、両脚は体を支えてくれなかった。

エルは逆巻く激流のなかで丸太につかまるように、ニックにしがみついた。ニックは片方の膝をついた。姫君にひざまずく騎士を思わせる。エルは感極まり、彼の頭に手をのせ、指で髪を梳いた。髪の色が暗いので、指先に感じる熱さが意外に思えた。

この角度からニックを見おろすと、遠近画法の教本のように小さく見えた。黒いまつげ、高い頬骨、セクシーな無精ひげ。信じられないほど広い肩、大きな手。ひそかに笑みがこぼれた。これが全部——ああ——わたしのものになる、ニックがわたしにひざまずいている。だが、そうではなかった。ニックはエルのブーツの紐をほどいて脱がせようとしていた。最初は左、それから右。エルは足を持ちあげられ、ニックの肩に両手をついた。張りつめた筋肉に指を立てる。それだけでぞくぞくした。

ブーツを脱がせると、ニックは立ちあがった。仰向くと彼の瞳を覗きこめるほど、ふたりの距離は近かった。エルは彼を自分のものにするよろこびを感じながら、ニックの脇腹に両手を添えた。ニックが手早くエルの薄いニットのボタンをはずした。大きな両手をすべらせ、ニットを肩から脱がせる。その手がエルの背中へまわり、ブラジャーのホックをはずした。

エルは強靭な体を感じたくて、彼に身を寄せた。

「離れてくれ」ニックはぼそりといい、エルのパンツと下着をおろした。離れてくれ? 絶対にいや! やっと再会できたのに、離れられるわけが――。

あっ。

ニックから離れると、ニットとブラジャーにつづいて、パンツと下着が床に落ちた。さっと抱きあげられ、エルはパンツと下着を蹴り脱いだ。ニックは片方のたくましい腕でエルのウエストを抱き、手を伸ばしてウールのソックスを脱がせた。ソックスは片方に穴があいていたが、ニックは足元など見ていなかった――エルの顔から目をそらそうとしない。

エルは裸になっていた。男の前で裸になったのははじめてだった。暖房がついていないので寒いはずだが、ニックに見つめられていては寒さなど感じるはずもなかった。

「ああ」ゆっくりとエルの全身に視線を這わせ、ニックは口元を引き締めた。「きれいだ」

エルはうつむかなかった。自分がどんなふうに見えるのかはわかっている。「きれい?」小さな声で尋ね、彼の目を見た。

「ああ、きれいだ」ニックはすかさずうなずいた。「ほら、上掛けの下にもぐれ。寒いだろう」

ニックの隣にいれば、人間と同じくらいの大きさのラジエーターの隣にいるようなものだったが、上掛けの下にもぐるには、ベッドに入らなければならない。ベッドに入れば、ニックと抱きあえる。だから、エルはおとなしく上掛けをめくり、その下にすべりこんだ。

ニックは急いで服を脱いでいく。彼の体も美しく、現実離れして見えた。どんな服を着ていたのかも思い出せない。黒っぽい服が床にたまっている。ほどなくニックが振り返った瞬間、エルは彼のすべてを目にした。その切ないほどの美しさに、思わず目をつぶってしまいそうになった。

ニックは、身長も少し伸びていたが、体重がずいぶん増えているようだった。その増えた分はすべて筋肉だ。彼の体は美しく、エルが理想とする男性の体つきそのものだった。彼は完璧だ。分厚く幅の広い肩、引き締まったウエスト、長くたくましい脚。ベルトを締めるあたりから脚のつけねまでの腱が、はっきりとVの字に浮かびあがっている。

ペニスそのものも重そうだった。浅黒く、長く太く直立し、赤みを帯びた先端が滴で光っていて、エルの目を惹きつけた。

さらに興味深いことに、エルが彼の顔から胸へ、そして股間へと視線をおろしたとたん、それはますます大きくなった。すごい。視線だけで彼がこんなふうになるなんて。

ふくらんだそれは、ニックの下腹とほとんど平行にそそり立っていた。脈を打っているのが見える。

まるで魔法だ。これほど不思議なことが起きるとは、想像もしていなかった。いったいなぜ知らなかったのだろう？　どうしてこんな気持ちになるのがわからなかったのだろう？

二種類の熱を感じた――ひとつは温めた蜂蜜のように血管を流れ、もうひとつは肌の表面を覆い、ぴりぴりとした痛みを引き起こしている。乳房も、脚のあいだも――熱の源のようだ。腫れぼったく火照り、さらに脚のあいだは濡れている。

ニックの体へゆっくりと視線をあげ、顔で止めた。彼は険しいといってもよいほど真剣な表情だった。まぶたが半分閉じ、笑みはなく、口元が引きつっている。男の勃起は快感のしるしであるということは多くの本から教わっていたので、エルは彼がつらいのを我慢しているると勘違いせずにすんだ。

少なくとも、エルのほうはつらいことなどなにもなかった。まちがいなく、いままで生きてきたなかでもっとも輝かしいひとときだ。この世のつらいことがすべて消え、よろこびだけが残ったかのようだ。

上掛けから手を出し、寒さを感じないことに驚いた。寒さもこの世から消えてしまったのだ。指を曲げ、世界のどこでも通じる〝来て〟のサインを出した。

念のために、声もかけた。「来て、ニック」

その言葉に、ニックは見えない縛(いまし)めから解き放たれたようだった。彼がすぐさま上掛けの下に入りこんできて、体が密着した瞬間、エルは感覚がショートして気を失いそうになった。彼の重み、肌をこする強い毛、強靭な筋肉。エルはとまどったが、体はどうすればいいのか知っていて、エルの助けがなくても動いた。

体がすみずみまで自然にひらいた。ニックとこうするために生まれてきたかのように、みずからを差し出していた。ニックが微笑を浮かべて覆いかぶさってきたときには、エルの口はすでにひらき、熱いキスを受け止めた。キスはエルの全身の骨をとろかした。背中が弓なりになり、乳房が彼の胸板で押しつぶされる。胸毛がくすぐったい。両脚がすべるようにひらいた。両膝を少し曲げ、彼の引き締まった腰を太ももで挟む。すべすべしたペニスが、対照的に黒く強い毛に包まれている。エルは完全に準備がととのっている。からっぽな体を満たしてほしい——。

そのとき、ニックが一気に入ってきた。とても熱く、とても硬い。痛みを感じる。でも、生きることは痛みとよろこびを伴うと、エルはわかっている。ニックがいる、わたしのなかに、ニックがいる。このうえなく幸福な心地に、涙が湧きあがる。

突然、そのすばらしい感覚が消えた。ニックが体を引き、ペニスが抜けていた。エルの全身を満たしていた熱と力はなくなり、冷たい空洞だけが残っていた。

ぞっとした。温もりを奪われ、たちまちエルは凍えていた。身震いが止まらない。

ニックは体を起こそうとしていた。シーツがたてる衣擦れの音が、静かな部屋でやけに大きく聞こえた。

「ニ、ニック？」

しまった。しくじってしまった。なにがよくなかったのかわからないけれど、し、しくじって、しまった。まちがいを犯してしまった。自然に動いているつもりだったけれど、してはいけないことをしてしまったらしい。それとも、すべきことをしなかったのだろうか。

きっとニックは怒っている。エルは思いきってちらりと彼の顔を見た。いいえ……怒ってはいないけれど、なにかを考えている。なんにせよ、不機嫌だ。それはまちがいない。ニックは長い両脚をベッドからおろすと、両手でマットレスをつかんで少しうなだれた。

怖い。ニックがこんなふうに突然よそよそしく冷たくなるなんて、いったいどんなまちがいを犯したのだろう？「ニック？」エルはささやいた。

ニックは顔をそむけているので、エルには彼の広い背中と筋肉の凹凸、たくましい首しか見えなかった。彼がなにを考えているのか、感じているのか読み取れない。なにもわからない。

なんて声をかければいいのだろう、なにをすればいいのだろう？　見当もつかなかった。ごく短時間のうちに、このうえない幸せから不安でたまらない状態に突き落とされ、エルはその衝撃にとまどっていた。自分がなにを感じているのかすらわからず、おろおろするばかりだった。

寒さと孤独、それがいまエルが感じているものだった。

ニックが振り返ったが、それでもエルは彼がなにを思っているのかわからなかった。やはり笑みはなく、冷ややかな近寄りがたさしか感じ取れなかった。

「きみは処女なんじゃないか」ニックの声は平板でよそよそしかった。まだ勃起しているペニスについた血を指さす。エルの血だ。「だった、というべきか」

それは……そのとおりだ。そうに決まっているじゃないの。経験があると思われているとは意外だった。この五年間は男の子とつきあうひまなどなかったが、もちろんニックがそんなことを知っているわけがない。ハイスクールを卒業できたのも奇跡、いや、正直にいえば、事情を知っていた教師たちの温情のおかげだ。ボーイフレンドなど問題外だった。

でも、それだけではない。同年代だろうが年上だろうが、エルは男性に興味を持ったことがなかった。ニックだけを待っていたからだ。

なんてみじめなんだろう。待ちつづけていたせいで、彼を不機嫌にさせてしまった。彼は……どう思っているのだろう？　困っている？　いらだっている？　あきれている？

ニックになんと答えればよいのかわからず、エルは咳払いした。言葉が思い浮かばない。頭から言葉がすっかり抜け落ちてしまった。

彼の濃い褐色の眉が寄った。「ちくしょ――」喉仏が上下し、彼が言葉を呑みこんだのが傍目にもわかった。「どうしていってくれなかったんだ？」

畜生、どうしていってくれなかったんだ？　彼がほんとうにいいたかった言葉が、宙に漂っていた。

ああ。ニックが怒っている。

エルは体を起こし、シーツをつかんで両膝を胸のほうへ寄せた。さっきまで、そこにニックの肌を感じて幸せだったのに——頭が吹き飛びそうな快感だった——いまでは無防備にさらされている気がした。あらゆる意味で無防備だ。

口をひらいたが、言葉が出てこなかった。息もつけない。咳払いをして、もう一度試した。

「ごめんなさい」

ほかにいうべきことがあるはずなのに、なにも思いつかない。

そのとき、ニックの表情が変わった。ほとんどとろけそうになった。「ピクシー（おちびさん）」思いがけないことに、彼の深い声は優しさで潤っていた。

ピクシー。ニックがエルにつけたあだ名だ。いたずらで髪を引っぱるのと、いつもセットになっていた。エルの体から力が抜けた。

彼が帰ってきてくれた。ニックが帰ってきてくれた。

ニックは人差し指の先でエルの頬をなぞった。「いってくれればよかったのに。ちがうやり方があったんだが」

エルはまばたきした。ちがうやり方がある？　口もきけず、ぶるりとかぶりを振った。

ニックはため息をつき、不意になにか聞こえたかのように顔をあげた。そして、あっというまに隣接したバスルームに消えた。子どものころ、ニックはふざけて〝夢の国〟と呼んでいた。たしかに、少しばかり度を超している。母が亡くなったとき、父が飾りつけをしてくれたのだ。寝室はどこもかしこもフリルだらけだし、バスルームときたらすごいありさまで――お菓子のようなピンクとクリーム色で、バスタブには薔薇の花が手描きされている――大人の女としては気恥ずかしい。

裸でバスルームへ向かうニックを見ているうちに、意識が遠のいていきそうな気がした。つかのま、自分の内側が崩れ、ぽっかりとあいた黒い穴にネガティブな引力で吸いこまれそうになった。なにも見えず、なにも考えられなくなりそうだった。

だが、歩いていくニックを目で追っていると、少し安心し、かすかな電流にも似たよろこびを感じることができた。ニックの尻は丸く、余分な肉がなく、身の締まった林檎を思わせ、とてもおいしそうだ。

晩年の父を入浴させたときに目にした、たるんだ体とはまったくちがう。だめ。そんなふうに思わないで。

父は死んだ。いまどこにいるにせよ、いままでよりずっといい場所にいる。過去は過去、いまはいまだ。朝には想像もできなかったほど、すばらしい現在がここにある。希望という糸で未来につながる輝かしい現在が。ニックがそばにいる未来、彼の姿を見て、声を聞き、ともに生きる未来につながっている。

ニックはバスルームの扉を閉めなかったので、エルには彼の姿がよく見えた。笑ってしまうほど女の子っぽいバスルームのなかでは、どこもかしこもごつごつして男らしいニックは場違いに見えた。シンクの脇に積んだタオルを一枚取り、体を洗いはじめた。手早くペニスを洗い、水気を拭き取ると、べつのタオルを濡らして絞り、エルのもとへ戻ってきた。

彼の後ろ姿と正面からの姿と、どっちがいいかなんて決められない。前からのほうが、固く締まったおなかをバックに、固くそそり立つペニスが見えていいかもしれない。

うん、絶対にそう。

ニックはベッドのそばに立ち、つかのまエルを見おろしていた。「横になって、ハニー」優しくいわれ、エルはすぐにいわれたとおりにした。ハニーという言葉が耳のなかでじんじんと響いていた。ニックにこんな表情で見つめられてハニーと呼ばれたら、なんでもいうことを聞いてしまう。たとえ、鮫の口のなかに手を入れてごらん、ハニー、といわれたとしても。

ニックが腰をおろすと、重みでベッドが沈んだ。彼はエルの顔から胸へ、そして腹から膝、足へとゆっくり視線を移し、また顔へ戻した。

彼がため息をつくのを見て、エルは体をこわばらせた。

「ああ、きれいだ」ニックはエルにほほえみかけた。「脚をひらいて」

エルはおずおずとほほえみ、脚をひらいた。

ニックは濡らしたタオルでエルの脚のあいだをぬぐった。エルは、タオルが赤からピンクに染まるのを見て顔をしかめた。ニックは自分の手元を注意深く見ながら、エルの血をきれいに拭き取った。その淡々とした手つきに、エルはなぜかぞくぞくした。

「きみがはじめてだとは思いもしなかった」ニックは一瞬、怒ったように口をつぐんだ。

「だってそうだろう！　こんなに美人なのに、この町の男はおかしいんじゃないか？　どこを見てるんだ。ちくしょ——まったく、はじめてかもしれないとか思うわけないだろう」

エルはあきれて目を天に向けた。「あのね、ニック、汚い言葉を我慢しなくてもいいんだけど。畜生っていいたいのならいえばいいのよ」

ニックはぴたりと動きを止め、目を丸くした。ぽかんと口をあける。エルは笑った。ニックはめったなことでは驚かない。でも、たったこれだけでぽかんとするなら、エルの思い違いだったのかもしれない。

「畜生」ニックがつぶやき、エルはまた笑い声をあげた。ニックはかぶりを振った。「まあいい、おれの言葉遣いのことは置いといて、どうしてきみみたいな美人がいままで一度も——」彼はほとんど自動的に口ごもった。「一度も——」最後までいえなかった。

「セックスをしたことがないかって？」エルはかわりにいってやった。

「ああ」ニックは息を吐いた。「きみみたいな美人が一度もセックスしたことがないのは変だ」

それどころか、キスをしたこともない。そこまで気づかれなくてよかった。

さらりと答えることにした。「ハイスクール二年のときに、父の症状がひどくなったの。

それまでも、ちょっとおかしかったんだけど。鍵をなくしたり、頭の上に眼鏡をのせてるのに、眼鏡がないないって探しまわったり。それからしばらくして、早期に退官することにしたといいだした。あとでわかったんだけど、ほんとうは罷免されたの。法廷に出るなんて、まず無理だった。仕事を辞めたとたん、あっというまに悪くなったわ。ある晩、午前三時に警察が来たの。父を両脇からしっかりつかまえてた。徘徊してたのよ。バスローブ姿でステイト・ストリートをうろついてるところを見つかって、連れてこられたの。警察の人たちは親切だったわ。でも十回目にもなると、ちょっと迷惑そうだった。三十回目にもなると、完全に怒ってた——あれは手強い病気よ、ほんとうに大変なの。わたしはもういっぱいいっぱい。自分も子どもなのに、まるで四人の子どもの面倒を見てるようなものだった。そんな子とつきあおうなんて男の子、この世にいないわ。現にひとりもいなかった」

さらりといえないのは——ニック以外の男性に少しも興味を持てなかったということだ。頭も心もニックでいっぱいで、ほかのだれかが近づく余地もなかった。ましてや、ハイスクールの未熟で浅はかな男の子たちなど論外だ。そのうち、彼らはみんな大学へ行ってしまい、エルはデートを断る機会すらなかった。

「ばかなやつらだ」ニックはぼそりといい、エルが笑ったのに驚いたようだった。

「そうよ」そう、ばかなやつら。そんなふうに考えると、すっきりした。

「よし」ニックはエルの体を拭き終えて、タオルを持ったままエルを見た。「終わった」

その声も表情もごく冷静だった。

エルのほうは冷静ではなかった。冷静なわけがない。「そう、終わった。わたしは裸であなたも裸で、最後までいった――一応はね――だったら、なにを待ってるの？」

ニックはほほえみながらかぶりを振った。「ピクシー」低い声でささやく。「おれはどうすればいいんだ？」

「教えてあげなければわからないのなら、あなたは救いようがないわ、ニック・ロス。あなたはちゃんとわかってるでしょ、わたしはわからないけど。あなたのほうがこういうことに詳しい。そうでしょ？」

彼の笑みが大きくなり、エルがよくからかっていた、あの魅力的なえくぼができた。「ああ、たぶん。でも――」

エルは目を丸くした。「でも？」今度はなに？

「でも、おれはバージンとしたことがない」

なんだ。エルはまた目を天に向けた。「はっきりいって、わたしはもうバージンじゃないんだから、そこは問題じゃないでしょ」

「そうか？　問題ないか？」ニックはエルの脚のあいだに触れ、人差し指を差しこんだ。エルは不意をつかれた。少しだけ痛くて、顔をしかめた。

「な？」ニックはエルの目を見た。

「大丈夫だってば」エルはニックから目をそらさずにかぶりを振った。

ニックのざらついた指先が太ももをなでおろした。エルが身震いしたとたん、ニックの顔つきが変わった。目が鋭く熱を帯び、頬のあたりがこわばった。さらに大人っぽく男らしくなった。目の前に座っている彼が裸ではないのに、興奮しているのがわかるほどだった。

「ゆっくりやろう」ニックはエルの目を見つめたままささやき、大きな手でエルの太ももを割った。

「ええ」エルはささやき返した。すべてをさらして、ニックに対して体をひらいた。文字どおりの意味だけではない。ハートもひらいていくのを感じた。心臓が筋肉の塊ではなくなり、花となってひらいたようだった。それまでは、父の介護をするために、銀行の金庫のように心を閉ざしていなければならなかった。そうしなければ耐えられなかった。なにかを感じることを、長いあいだ自分に禁じていた。

でも、いまは感じている。体じゅうで。内側でも外側でも感じている。ふたりが引きあう力は強く、ほとんど目に見えるようだった。彼とつながっているのを感じる。彼が求めるものは、エルが求めるものでもある。彼の望むとおりにしてくれればいい。

体もすっかりひらいている。父の具合が悪くなる前、何度かヨガのレッスンを受けた。講師は、体の中心に見えない線が走っているといっていた。エルはその線の両側に体をひらき、ニックを受け入れようとした。片方のむこうずねを、ニックの引き締まった脇腹にあてる。

ほんの少しだけこすりつけてみた。女として男らしい体に惹かれたからというよりも、彼のあふれる生命力に触れたかった。彼に触れるだけで自分にも生命力がみなぎり、強くいきいきとした気持ちになれたのだ。

いまこの一瞬とくらべると、以前の自分はすでに死んでいて、長いあいだ地中に埋められていたようなものだ。

ニックがそばにいてくれれば、彼に触れることさえできれば、生きていられる。

ざらざらした指先がエルの脚のあいだで円を描きはじめた。ごく軽いタッチで指先が上下する。触れられたところに火花が散り、感覚が息を吹き返す。ニックの指がそっと優しくエルを押しわけ、少しだけなかに入ってきた。

ため息が漏れ、腕が粟立った。

「気に入ったか？」ニックの低い声に横隔膜が震え、肌にさざ波が立つのを感じた。

エルは口もきけず、大きくうなずいた。

「これは？」ニックの指がさらに深く入ってきた。エルを押し広げるかのように円を描いている。

いや、まさにエルを押し広げようとしている。ふたたびペニスで貫けるように。想像しただけで、全身が期待にわなないた。脚のあいださえも。

ニックの目がさらに細くなった。「いま思い浮かべたことをまた思い浮かべろ。濡れてきたから」

ニックのいうとおりだった。彼を受け入れる準備で、体はとろとろになっている。ヴァギナだけではない。全身がひらき、やわらかくとろけていくように感じた。温かな海に浮かび、波に揺られているかのようだ。

いまでは充分に濡れているのがわかり、音も聞こえた。彼が指を動かすたびに濡れた音がするのを聞いていると、恥ずかしくなりそうなものだが、そうはならなかった。それどころではなく、この状況について考えることもままならなかった。頭のなかでは、押し寄せる快感が恥ずかしさを押し流していく。

ニックの指は出入りしながら、外側だけではなく内側で旋回し、エルを広げていった。やがて、親指がべつの部分をなではじめた。まるで電気のコンセントにつながれたような衝撃が走った。

「あっ！」エルは体を固くした。「いまのはなに？　もう一度やってみて！」

「クリトリスだ」ニックはつぶやき、もう一度同じことを繰り返した。

熱くなった頭にその言葉が浸透するのに一瞬の間があったが、エルは、ああそうか、と思った。ロマンス小説で、〝欲望の真珠〟などと書かれているあれだ。〝快楽の粒〟とか。そこを押すと、女はスイッチが入るのよね。

ただ、そのあたりをそれこそ何万回と洗ったけれど、こんなふうになったことはない。

ニックは人差し指と親指で魔法を使いながら覆いかぶさってきた。エルはほほえみ、無意識に口をあけたが、彼が求めていたのは唇ではなかった。屈みこむと、乳房に歯を立てた。ごく軽く。嚙みつかれたエルはびくりとした。

ニックは顔をあげて笑った。「ほら、いまのは効いただろ」

エルはニックの髪に両手を突っこんだ。「全部よ、ニック。あなたがやることは全部。どれも効くわ」

「そうか？」ふたたびニックが身を屈めた。「確かめてみよう」ニックはねっとりと乳首をなめ、吸いはじめた。吸われるたびに、幾何学のクラスで見たような、まっすぐな線が下腹まで伸びていった。それは、彼の口の動きと完璧に同期していた。ニックがゆるゆるとした愛撫をはじめてから何時間もたっているような気がするが、時間の感覚がおかしくなっている。頭のなかで、時間を認識する部分が働かなくなってしまった。プツッ。もはやエルはニックの時間のなかにいた。

乳房を吸われるのと同じリズムで、ヴァギナがニックの指を締めつけた。さながら体がバレエを踊っているようだ。クリトリスをなでる彼の親指だけがまったく異なるリズムを刻み、調子外れだが熱い不協和音を発していた。

ニックが乳首を軽く歯で挟み、そっと引っぱった。ほんのわずかな、痛みともいえない痛みがあったが、そのごく小さな刺激だけでエルの回路は焼き切れてしまった。時間がつかのま止まり、ふたたび動きはじめた瞬間、エルはわなないた。太ももと下腹、そしてニックの手が触れている中心部へ、全身が収縮していくような感じがした。

背中が弓なりになり、つま先が丸くなる。緊張が螺旋を描きながら内側へ向かい……爆発した。

体が痙攣したように激しく震え、エルは声をあげた。心臓の鼓動とニックの指の動きが同期している。やがて、鼓動が鎮まりかけたとたん、さっきよりも強い、痛みと紙一重の刺激がくわわり、ふたたび心臓が暴れはじめた。

ニックはゆっくりと、エルの体が刻むリズムに合わせて動いていた。エルは両腕と両脚だけでなく、心でもニックを包みこんだ。

ついに体のこわばりが解け、エルの両手は手のひらを上にしてぱたりと落ちた。ニックの腰に巻きついていた両脚もゆるみ、膝がひらいた。エルは目をあけ、天井を眺めた。心も体も満たされ、なにも考えられず、全身の細胞のひとつひとつに生気がみなぎっていることだけを感じていた。

ニックがエルの耳元でうめいた。「んーん」

エルはまばたきした。んーん？　だめってこと？

耳たぶを噛まれ、また肌の下でなにかがはじけた。止まりかけているエンジンが土壇場で息を吹き返し、火花を散らしたかのようだった。

「これじゃだめだ」ニックの唇があごをそっとなでた。彼がほほえんでいるのを肌で感じた。

「だめ？」

「だめだ」ニックは体重をかけてきて、大きな両手でエルの太ももの裏側をなでおろした。そして、驚いたことにエルの膝を胸のほうへ持ちあげた。「まだ終わってないぞ」両膝を折り曲げられ、エルは完全にあらわになっていた。ニックは腰に力を入れ、エルの奥深くへすべりこんできた。ああ、ぞくぞくするほど熱い……。

ニックは短く優しくエルを突いていたが、ほどなく動きは強くなり、長く深く、渾身の力がこもりはじめた。あまりの激しさに、エルはニックが自分を傷つけていないことを意外に思った。ほんとうに、彼はエルを少しも傷つけていない。彼に体を乗っ取られたとしかいいようがなかった。ふたりの肌の外側にあるものをすべて忘れ、エルの動きはニックのリズムとビートに同調していた。ニックはエルと頭を並べた。耳のすぐそばにある彼の口元から、呼吸の音が聞こえた。一マイル競走を走っているかのように、ぜいぜいとあえいでいる。ニックの力強い動きにベッドがきしみ、ヘッドボードが壁にガタガタとぶつかる。その速さと激しさがもたらす摩擦で火が着かないのが不思議なくらいだったが、やがて、エルはほんとうに燃えていた。全身で炎があがっていた。

最初の心地よいオーガズムとはまったくちがっていた。さっきのは楽しかったとさえいえる。けれど、今回は大地を揺るがし、貨物列車さながらに、だれにも止められない力に支配され、エルは繰り返し痙攣し、ニックのたくましい肩にきつく爪を立てた。彼にしがみついていなければ、自分がばらばらになってしまいそうだった。

ニックは枕に顔をうずめて叫び、猛然と動きはじめた。いままでの一定したリズムを刻む動きではなく、自制を失い、エルの心臓まで貫こうとしているかのように腰をよじらせていた。

エルは彼がふくらむのを感じた。ふたたび叫び声をあげながら、彼は達しはじめた。エルにとってはじめての体験で、なにかで読んだことすらほとんどなかったが、まちがいない。彼はエルのなかで精を放っている。やがてエルも彼自身も下腹まで濡れた。

ニックがついにうめき声をあげて崩れ落ちてきたとき、エルは彼が自分を押しつぶさないよう気遣ってくれていたのを知った。いま全体重をかけてくるニックは、馬のように重たかった。肋骨がかすかに曲がったような気がして、息苦しくなった。

ニックも荒い呼吸をしていたが、エルがぜいぜい音をたてていることに気づくと、大きな両手をついて体を起こそうとした。

だめ！

エルはニックの背中に腕をまわしてしがみつき、両脚でもきつく締めつけた。そのしぐさは言葉と同じくらい雄弁だった。行かないで。

ニックはうめきながらまた力を抜いた。エルは努めて静かに呼吸した。

なぜなら、すばらしい体験だからだ。すべてがすばらしい。

全身がばらばらになって飛び散ったような感覚を味わったあとでは、ニックの体はやけに重く感じられた。彼がびっしょりと汗をかいているので、体の前面が密着していた。たぶんエル自身も汗まみれだが、よくわからなかった。

ふたりから立ちのぼるにおいは、おもにニックのものだった。強烈で野性的なにおい――セックスのにおいを嗅いだことはないエルにも、すぐにわかった。これもまた、エルは知らなかったけれど、本能として体が知っていたことのひとつだ。脚のあいだはそのにおいを発しているもので濡れている――ニックの精液とエルの愛液。そのふたつが混じりあい、独特のにおいがする。

エルのなかのニックはまだ固く、そのことにエルはやや当惑した。最後まで行けなかったのだろうか？　きっとそうだ。男性は――家庭用の医学書にはなんて書いてあったかしら？萎える、それだ。たしか、男性はオーガズムに達したあと萎えるはず。それなのに、ニックはいまだに熱く固くふくれたままだ。

この謎も、いまは深く突き詰めないことにしよう。せめて、ニックに突かれているあいだは。

エルはくすくす笑った。

ニックが身動きした。「なにかおかしいか？」エルが上を向くと、けだるい笑みを浮かべている彼と目が合った。その満ち足りたセクシーな様子に、エルの胸のなかで心臓がひっくり返った。

「おかしいわ。ううん、おかしいというか……」エルは考えこみながら、視線がゆるゆるとあがり、右へ動くのを感じた。

「というか？　よかっただろ」

エルはにっこりと笑った。「おもしろかった」

ニックの黒い眉がひょいとあがった。「おもしろかった？　それだけか？」

気分を損ねたふりをしている彼は……すごくホットだ。女友達がいたころ、みんなは男の子のことをそんなふうにいうことがあったが、正直なところエルには意味がわからなかった。でも、いまならわかる。そう、よくわかる。

ニックはホットそのものだ。そして、クールそのものでもある。そのどちらも当てはまるけれど、いまはホットのほうが勝っている。炎のように熱く、強い魅力と生命力を放っている。手のひらに、体の前面に、太ももに触れる彼の肌も熱い。そして、刺激的という意味でもホットだ。むしゃぶりつきたくなるほど素敵。タフで男らしくて、男性ホルモンがにじみ出てくるようだ。

女たちが簡単に落ちるのもうなずける。

ニックがほかの女たちと一緒にいたいくつもの夢を思い出し、エルのよろこびに影が差した。**夢**には数えきれないほどの女が出てきた。ファック。まさにその言葉がぴったりだ。彼にとって性欲を満たす手段であることは、はっきりしている。**夢**のなかの彼は一度も余韻を楽しんだりしなかったから。オーガズムに達すると、すぐさまベッドから出た。女たちが脚を広げたまま、ぽかんと天井を見あげて、これはどういうことだろうと考えている一方で、ニックは別の部屋でさっさとシャワーを浴びているのを、エルは何度も見た。

もちろん、あまりにも鮮やかで、ほんとうにその場にいるように感じるあの特別な**夢**が本物なのか、それとも自分がおかしいのか、エルにはわからない。わかりようがないのだ。孤独な毎日では、相談する相手がいなかった。秘密を打ち明けられるような人もいなかった。認知症の父がいるだけだった。

ニックが眉をひそめ、親指でエルの眉間をなでた。「なにを考えてるのか知らないが、いますぐ忘れるんだ」

エルははっとした。忘れていたが、ニックはエルをよくわかっている。彼にわかられている、いるのは、ほんとうに安心することだった。理解され、たぶん愛されていた。

ニックが姿を消してから、彼のようにわかってくれる人はひとりもいなかった。透明な泡に閉じこめられているようなものだった。エルだけが泡のなかにいて、全世界と隔絶されていた。

あとで**夢**のことをニックに打ち明けてみようか。でも、そうすれば彼がほかの女といたところを何度も見たことも話さなければならない。気味が悪いと思われそうだが。

エルは作り笑いを顔に貼りつけた。「ごめんなさい、ちょっと考えごとをしてたの」

「ほら、もうやめるんだ。きみはなんでも考えすぎる。前からそうだった」

エルはニックの顔をまじまじと見つめた。ニックがほほえむと、彼のなかの少年が、エルの知っている少年が現れた。けれど、真顔のニックは完全に大人の男だ。とてつもない魅力をたたえた男。

体の下のほうが収縮し、ニックが目を見ひらいた。

「わたしの気をそらして」エルはささやいた。

「了解」ニックは低い声で答え、屈みこんだ。唇が触れあったとき、玄関の呼び鈴が鳴った。やけに大きな音だった。教会の鐘の音のように、三つの音がだんだん高くなる。

エルはびっくりして、脇の目覚まし時計を見た。七時。七時になにか用事があったんじゃなかったかしら？　頭の反応が鈍くて、なにもつながらない。いま七時で、七時には……。

「料理だ」ニックはうめき、寝返りをうってベッドを出た。「受け取ってくる」

あっというまに服を着て、手で髪をなでつけると、ニックは普段と変わりなく見えた。ただ、ほんの少しだけ頬が赤らんでいたけれど。それに、そう、まだセックスのにおいをまといつかせている。でも、エルの鼻は特別に敏感だ。エルにとっては強いにおいでも、まったく気づかない人もいる。

「お願い」エルは答えたが、ニックはもうドアを出ていくところだった。ニックにまかせるしかない。三十分以内に服を着て階段をおりることなど、エルにはとてもできそうにない。両脚が溶けてしまったように感じているのだから。体が思うように動かず、頭もぼうっとしている。

だから、ニックに料理を取りにいってもらおう。

一階で男の声がして、ドアが閉まった。キッチンで物音がしはじめた。

エルはぐったりと横たわったまま、耳を澄ませた。自分以外のだれかがこの家でなにかをしている。自分以外のだれかが。話し相手と温かい料理が一階で待っている。何年ものあいだ静まりかえっていた家で、毎日孤独を感じていたのに、こんなに気持ちを浮き立たせるようなことが起きるなんて、まるで奇跡だ。

涙がこぼれて頬をつたった。エルはその涙をぬぐった。いまは泣くときじゃない、笑顔でいなくちゃ。

深呼吸して上掛けをはねのけ、震える脚でバスルームへ向かった。ほんとうに幸せな気分だった。

3

ニックは料理の代金を払った。まいった。エルが自分のクレジットカードで支払うとジェニーに告げたとき、ニックの胸はぎゅっと痛んだ。エルのカードが利用限度額に達していないわけがない。彼女は無一物だ。

判事の病が親子を経済的に追い詰めた。ニックが知っているあの贅沢な、幸福に満ちた屋敷はもうない。いまでは冷たい空っぽの殻だ。調度品も芸術品もほとんどなくなってしまった。かつてはすばらしかった庭園も放置され、雑草がはびこっている。

そしてエルも——なんてことだ。やせ細ってやつれ、ぼろをまとっている。

それでも、信じられないほどきれいだ。

ニックの覚えているエルは、華やかな大人の女性になろうとしている美少女だった。ニックはこの家を去ったとき、それが将来の彼女だと思っていた。エルのことを心配してはいなかった。裕福で高い地位にある人物の娘として大切に育てられ、聡明で学校の成績もよく、美人のエル。ニックが去っても、エルは最高の人生をまっすぐ進んでいくはずだった。

ところが、現実は思いも寄らないものだった――貧しく孤独なエル。それでも、あいかわらず美しい。それどころか、さらに魅力が増している。ニックが知っていたエルは幸せそうだったが、それは一流の暮らししか知らない者の幸福だった。もともと容姿に恵まれていたとはいえ、裕福な家庭に生まれたからこそ、手に入ったものもある――健康的な食事、テニス、高額な歯列矯正、屈託のなさ。エルはみんなを惹きつけた。

でも、いまのエルは――痛々しいまでにやせた彼女だが――ニックの胸をわしづかみにする。

そして、どうやら股間も。

悲しみと苦悩を知りつくしたまなざしをしたあの子に――いや、あの女性に、あらがえる男などいない。落ちぶれた証拠はそこらじゅうにあるが、エルは愚痴ひとつこぼさない。判事を介護するために自分の生活をあとまわしにしてきたのは明らかだが、そんなふうにいわない。いつもオールAだった彼女が、カレッジにも行っていない。経済的に困っていて、進学など問題外だったのだろう。

エルは、本来の人生どころか、人間らしい生活すら送れていなかったのだ。

エルはバージンだった。ニックには、それがなによりも意外だった。けれど、あのとき中断してそのことを考えていたら、エルは楽しむ余地すら持てなかっただろう。

自分がエルのはじめての相手だとわかった時点で、やめるべきだった。彼女には、出ていこうとしている野良犬などふさわしくない。おれはどうしちまったんだ？　股間をコントロールするすべなら大昔に覚えたのに、なぜいまになってうまくいかなくなった？

たしかに、ベッドの上のエルは映画スターかなにかのようだった。淡い金色の長い髪が後光のように広がっていた。でも天使じゃない。あの美しいライトブルーの瞳に見て取れた表情も、ニックを抱きとめようとあげていた両腕も、誘うようにひらいていた脚も、アッシュブラウンのヘア越しに見えたピンクのふっくらしたひだも、天使のものではない。ベッドの上のエルは、あらがうのが不可能な誘惑そのものだった。自分はヒーローじゃない。あの誘惑を拒否できるわけがない。

いまのエルは、何度も夢に出てきた少女とはまったくの別人だ。ときどき、ニックはエルがそばにいるような気がしていた。たいていは夜だ。ファックしていたときに、いやになるほど何度も。

ある女とセックスに没頭していたとき、エルがいた。頭のなかに。

だから、上着にくっついた棘のある草の実をつまみあげるように、頭のなかからエルを追い出さなければならなかった。

「ニック？」さっと振り返ると、エルが戸口にいた。ニックの心臓は止まりそうになった。

ああ、二重写しになって見える。記憶のなかで愛らしく笑っている少女と、悲しみを知ってしまった美しい女が。エルはいま、ブルーのスウェットシャツを着ている——見るからに古いが、清潔でアイロンをかけてある。おそらく以前はダークブルーだったのだろうが、あちこち色あせて瞳の色と同じライトブルーに変色している。

ニックは男らしくエルの顔だけを見るようにしたが、彼女がブラジャーをつけていないことはわかっていた。彼女の肌の感触、唇の味が——記憶がニックを呑みこんだ。

エルは裸足で歩いてきた——足まできれいだ。華奢で土踏まずが高く、とてもかわいらしいつま先をしている。また股間が硬くなり、ニックは脱力しそうになった。なによりもまず、エルに食事をさせなければならない。それが第一の優先事項だ、股間に気を取られている場合じゃないだろう。

くそっ。

レンジャー部隊のみんなにも、デルタフォースで知りあった連中にも、まじめで優れた集中力の持ち主だと思われていたのだが。その自分が、自制できなくなっている、股間のものを抑えきれなくなっているなど、だれも信じないだろう。それはエルの姿を見たとたんに、うれしそうにむくりと頭をもたげた。

エルがほほえんだ。「ジェニーに受け取りのサインをしてくれたの？　あとで電話して、わたしのクレジットカードの番号を教えなくちゃ」

よし、腹が立ってきたぞ。エルに抵抗できないよりも腹を立てるほうがましだ。気が楽だ。

「ばかいうな」思ったよりも険しい声になってしまった。「おれがきみに金を払わせると思ってたのか?」大きな食卓を見やった。このテーブルは買い手がつかなかったのだろう。このご時世に、十八人が一度に着席できるディナーテーブルが必要な家庭などめったにない。ケータリングされた料理は、その大きなテーブルの半分を占めていた。ジェニーがはりきってくれたのだが、ニックが払った金額は、おそらく実際の半額にも満たないはずだ。エルのプライドを傷つけないように助けてくれたのだ。

エルが首をかしげ、淡い金髪が片方の肩にかかった。彼女は眉をひそめた。「なにを怒ってるの? わたしが払っちゃいけない?」

「きみはそんな余裕がないだろう、だから怒るんだ!」声を荒らげずにはいられなかった。気持ちを抑えられなかった。「おごってもらうわけがないじゃないか!」

エルは、標本を眺めるかのように、首をかしげたままじっとニックを見ていた。ニックの剣幕に、顔色ひとつ変えない。やがて、両手をあげて宙をぽんぽんとたたくふりをした。逆上した人間をなだめるしぐさだ。

「はいはい。信じてくれないだろうけど、食事代くらいはあるのよ。でも、あなたにご馳走してもらうわ。ありがとう」

なんだそりゃ。こっちはやりあう気満々で緊張していたんだぞ。それなのに、急にものわかりがよくなるとは。

畜生。

ニックは深呼吸した。すると、やや落ち着いた。「料理はまだ温かい。さっさと食べよう。容器からじかに食べるのがいやじゃなければな」

「まさか。人間らしくいただくのよ」エルはにっこり笑い、巨大なガラス戸棚の前へ行った。ニックがここに住んでいたころからあったものだ。この棚も売れなかったのだ。ばかでかくて、細工も凝りすぎていて、現代の家庭生活には合わないのだ。百年前、まだ大家族がめずらしくなかったころの家具だ。前に張り出した中央部には、ニックにも見覚えがある皿が並んでいる。金縁で、薔薇の柄が描かれた上等なボーンチャイナだ。これもまた、一式全部を買い取ってもらうのは難しいだろう——全部で何百枚もある。

エルは、以前メイドがしていたとおりにテーブルをセットした。大皿をマットがわりに敷き、その上に平皿とボウルを重ね、何本ものフォークとナイフとスプーンを並べた。それから、ひとり二個ずつのグラス。ジェニーがおまけにつけてくれたワインは、あの銀色のワインボトルを冷やすやつに入れられた。

彼女は子どものころからいいワインのある生活に慣れていた。判事がワイン好きで、すばらしい銘柄をそろえていることは有名だった。いまでは、あのワインも一本残らずないのだろう。

エルは椅子に腰をおろし、ほっと息をついた。ニックは彼女のほうから先に、クリスタルのグラスにワインを少しずつそそいだ。グラスをまわし、香りを嗅いで味わう。判事がワインのよしあしを教えてくれた。これは一級品だ。

「メルロー。フランス産。二〇一一年。とても出来がよかった年ね」エルはうれしそうにニックにほほえみ、グラスを置くと、ナイフとフォークを取った。「どうぞ、召しあがれ」

上品を絵に描いたような一家だった。エルの母親は、フランス人の血を引いていた。

「ボナペティ」ニックも笑みを返した。少し前までの緊張といらいらはなくなっていた。エルが目の前にいると、笑顔にならずにはいられない。墓地で再会した、打ちひしがれた顔色の悪い娘は、薔薇色の頰と輝く瞳の女性に変わった。

おれのせいだ。エルをそんなふうに変えたのが自分だと思い、ニックは当惑した。いや、セックスがよかったからだろう。エルははじめてだったが、楽しんでくれたようだ。これは生理的な反応だ。セックスは血圧をあげて血流をよくする。なんといっても、体と心を解放する。

セックスは健康によく、笑顔をもたらす。

それだけのこと。それ以上の意味はない。エルにとって悲しい一日のあとに、よいセックスをした。ニックにとっても悲しい日だった。判事は命の恩人だ。優しい人だった。でも、もういない。

エルは飢えていたかのように、料理をどんどん口に運んでいた。ニックは椅子の上でもぞもぞと体を動かした。エルは飢えていたのだろうか？　そう思うと、ぞっとして肌が粟立った。エルが食べるにも事欠いている。考えただけでおそろしい。食事代を払うくらいの余裕はあるといっていたが、もしそれが嘘だったら？　あとで彼女の銀行口座をこっそり調べて、確認しなければならない。

　口座番号も控えておこう。三万ドルの蓄えがある。軍隊生活では、ほとんど金はかからない。特殊部隊では、任務についていなければ訓練ばかりの毎日だ。食事も住居も与えられる。それに、一年か二年ほど早いが、デルタに志願したばかりだ。もし入隊できれば、給料もあがる。その金の使い道はどうする？　家も車も、買いたいわけじゃない。

　基地に戻りしだい、あり金全部、エルの口座に振りこもう。

「うわあ」エルがつぶやきながら、フォークをくるくるとまわした。「カルボナーラよ。大好きなの。炭水化物とクリームとチーズとベーコン。幸せ」

　パスタの大きな塊が、エルの口のなかに消えた。

　ふとおそろしい想像が浮かび、ニックは顔をしかめた。「ダイエットしていたんじゃないのか？」エルはやせすぎている。なんてことだ、もしやせたくてやせたのでなければ……。

「ううん」エルはかぶりを振り、口のなかのものを呑みこむと、またクリームのからみついたパスタをフォークで巻き取った。「あの、やせちゃったのは、父の介護が大変で、食事をするのも忘れることがあったからよ。これから体重が増えると思う」

　ニックはうなった。「そうか」少し安心して、自分も食べはじめることにした。最初の一口に、思わず目を閉じた。

「すごくおいしいでしょ?」エルは満面の笑みでいった。「ジェニーったら、小隊一個分くらい作ってくれたのね。きっと、あなたも軍隊でこれくらい食べてるんでしょう」

「まさか」とんでもない。ついこのあいだまでエヴァグレイズで三週間の訓練生活だったが、べとべとの携帯口糧ばかり食べていた。チキンかポークかビーフか、区別もつかない代物だ。三週間ずっと、ゴムみたいなペレットで我慢しなければならなかった。そして、帰ってきてから二日後……どういえばいいのだろう? 彼女に呼ばれた気がした? 彼女の夢を見た? なんだかわからないが、とにかくローレンス・オンラインのサイトをチェックしなければと思った。そして、すぐに判事が亡くなったのを知った。「温かい料理が出たとしても、最低レベルのものなんだぞ。ステーキかチキンかポークにポテト。それから、だれも食べない水っぽいサラダ」

「チキンといえば……」エルはべつの容器にかわいらしい鼻を突っこみ、深く息を吸った。「んーん。ローズマリー風味のローストチキン」目をあげてニックを見た。「白いお肉を食べたい? それとも赤身?」

きみを食べたい。その言葉が口から出かかったのは、ほんとうに彼女を食べている自分が頭に浮かんだからだ。脚のあいだに顔をうずめ、舌を這わせ、歯を立てている自分が。すでに勃起している股間がますます硬くなった。

エルは急に雰囲気が変わったのを察したらしく、フォークを宙で止めた。ニックも思った。絶対にいま、世界の分子配列が変わったぞ。

落ち着け、ばか野郎。

エルがまともな食事をとるのは数週間ぶり、ひょっとしたら数カ月ぶりかもしれない。彼女は笑顔で、頬に赤みも差している。自分は全身が震えるほどの欲望を覚えているからといって、彼女の食事を邪魔するわけにはいかない。

くそっ、ほんとうに体が震えている。

この子――いや、この女性がそばにいるだけで震えてしまうのをレンジャーの仲間に知られたら、仰天されるだろう。レンジャーの射撃訓練はいつも実弾を使用し、ときには至近距離で狙われることもあるのだから。

ニックは部隊屈指の冷静な射撃手として知られていた。ほとんど機械のように狙った標的に命中させることができる。自身の体を完璧にコントロールできなければ不可能な技だ。

ズボンのなかにカチカチの棒があるせいでへっぴり腰になるのが怖いから、じっと椅子に座っているようではだめだ。手がぶるぶる震えるせいで皿にカタカタぶつかるから、フォークを置くようではだめだ。女の顔から目をそらすことができないようではだめだ。

いまの自分を仲間に見られたら、隊長に報告される。

「ニック、食べないの？」エルはカルボナーラを平らげてボウルを脇にどかせ、いまは皮付きのベイクトポテトを添えたチキンの胸肉を食べていた。ミニトマトとフェタチーズのサラダが入ったクリスタルのボウルが隣に並んでいる。エルは食べるのをやめ、不思議そうにニックを見た。「すごくおいしいのに」

ニックは後悔しつつ、顔に笑みを貼りつけた。なにをやってるんだ、間抜け、おまえが我慢できないせいで、エルが食べられないじゃないか。

「うまいよ」ニックはうなずき、エルにフォークの先を向けた。「ほら、食べろ」

「了解」エルはあきれたように目を天に向け、また食べはじめた。

それでいい。

ああ、薔薇色の頰で笑っているエルに会えてよかった。墓地では、トラックに轢かれたかのように真っ青な顔をしていたが。ほんとうに、彼女に会えただけでうれしい。

自分は二度とエルに近づかないつもりだったのだろうか？　日がたつにつれて、もしかしたら無意識のうちに帰ってくることを考えはじめていたかもしれない。ほんの短い時間でも。たった一日でもいい。判事に遠慮して帰ってこないようにしていたが、エルももうすぐ二十歳だ。それに、いままではとんでもなく忙しかった。意外にも、生まれながらの軍人だったかのように、最初から軍隊生活にすんなり適応した。すぐにレンジャー部隊に引き抜かれ、入隊してまもなくデルタフォースに志願しないかと声をかけられた。

もちろん、志願したいに決まっていた。デルタは一流の狙撃者集団だ。あらゆる特殊部隊のなかでも最高の射撃手の集まりであり、ニックも腕には自信があった。これまた意外にも、言語の才能もあったらしく、フランス国家憲兵隊治安介入部隊（GIGN）とドイツ連邦警察GSG－9に派遣されたこともある。

三十四時間ぶっつづけの任務で忙しく、仕事だけに専念していた。女とつきあうひまなどなかった。とはいえ、セックスには困らなかった。基地周辺のバーへ行けば女はいくらでもいるが、セックスだけで終わっていた。ひとりの相手とは二回までが普通。ときには三回目もあった。四回となると一線を越えてしまうので、ありえない。

結局、判事と対面せずにすんだわけだが、そこで安心した自分が情けなかった。尻込みするのは男らしくない。ただ、判事の具合がそれほど悪かったとは知らなかった。

帰郷したらどうなるか。頭のなかで筋書きを考えたときは、さまざまな結末を思いついた。あのときと同じく、判事に追い出されるかもしれない。ただし、今度は札束はなしで。それとも、屋敷に招じ入れてくれるだろうか。エルはもう大人なのだから。一緒にコーヒーを飲みながら、エルはいまハーバードかマサチューセッツ工科大で核物理学を学んでいるから、おまえのようなチンピラとつきあうひまはないといいわたされるかも。いや、エルはだれかにかっさらわれて、結婚して子どもがいたりして。

もしそうだと、つらいな。

現実は、まったく思いもよらないものだった――エルはあいかわらず自宅に住んでいて、判事は精神から先にむしばまれ、肉体も滅んでいた。

「ニック、いまは忘れて。そのことは」エルの声は低く、真剣だった。

ニックのフォークが皿にぶつかって、ガチャンと音をたてた。なんだいまのは？「人の心を読めるのか？」

なんてこった。ひょっとしたら、エルが出てきた奇妙な夢は現実だったのか。エルにはおれの頭を引っかきまわすことができるのか。

「あなただって、悲しいことは忘れろといったでしょう。だからお返し。それから、わたしには人の心なんて読めないから。心配しないで」エルは両肘をついて身を乗り出し、小さな耳に金色の髪の房をかけた。「心が読めなくても、あなたがよくないことを考えてるのはわかる。悲しいことを考えてる。この家では何年も前から悲しいことしか起きていない。父はアルツハイマー型認知症と診断されて、死ぬほど怯えたわ。先が見えていたからよ。自分とわたしがどうなるのか――わたしは父のなかに楽しさを感じることのできる人格が残っているかぎり、できるだけ楽しい気持ちにさせようとしてきたけれど、そのためには気力を振り絞らなければならなかった。父はもうずっと前にいなくなったの。わたしが父を失って悲しんだのも、ずっと前のことよ。人間に耐えられるぎりぎりの悲しみを味わった。だから、そばにいる人にも悲しそうな顔をしてほしくない。ほら――」エルがテーブルをたたいた勢いで、グラスの水がこぼれた。「笑いなさいよ、くそったれ！」

ニックはびっくりし、思わず笑ってしまった。それも、歯を見せて。

エルは満足そうに笑みを返してきた。「それでいいのよ、ニック。あなたならできると思ってた」

すごいな、見ろ。子どものころにつけたあだ名のとおりじゃないか。ピクシー。美しい小さな妖精そのものだ。少しやつれているけれど、椅子の端にちょこんと腰かけ、ふわふわした金髪と夏空の色の明るい瞳の彼女が、こっちを向いてほほえんでいる。

あらがえない。あらがう必要もないだろう？　この五年間、彼女のほうがよほどつらい毎日を過ごしていたのだ。ニックも決して楽に生きていたわけではないが。

ニックはあえて地上でもっとも訓練の厳しい軍隊生活を選んだ。日々、肉体をいじめ抜き、知性を鍛えた。休めたのは実戦で撃たれたときだけで、それでも日常より少し楽になったほど、訓練は苛烈だ。何日もインドネシアの沼地に伏せ、インディアナポリスに爆弾を仕掛けた男を狙撃するチャンスを待ったこともある。インドネシアには四百五十種ほどの毒虫がいるが、ニックはそのすべてに刺された。チベットの乾燥した不毛の平原では、中国に対するクーデターを後押しするため、現地の兵士たちの訓練に協力した。海抜四千五百メートルのヒマラヤ山脈のパキスタン側で四カ月間過ごしたときは、山羊とレンジャー隊員四名だけが仲間で火の使用は禁止という状況に耐え、パキスタンが崩壊したと同時に脱出した。

そう、かわいいピクシーのいうとおり、いまは笑顔になるときだ。楽しむ時間だ。ふたりとも楽しむ権利がある。

それからセックスも。ふたりにはその権利がある。ニックにとって最高の、そしてもちろん、エルにとっても最高のセックスを楽しんでもいいのだ。もっと楽しむべきだ。

いまここで。

ニックが席を立って歩いていくと、エルは座ったまま背筋を伸ばし、身構えた。レンジャー特有の、足音をたてない歩き方を警戒している。「ニック？」

「エル」その声は、腹の底から、ニックの芯から出てきた。それ以上の言葉は必要なかった。

「ニック、どうしたの——」ニックはエルの肘を取って立たせた。彼女が立ちあがるや、スウェットシャツを脱がせて床に捨てた。「あっ」ほとんど声になっていなかった。ニックがいまなにをしているのか、これからどうするつもりなのか、訊くまでもなくわかる。

表情にあらわれていなくても、硬く勃起したものでわかる。

エルがいやがらなかったのは幸いだった。ニックは強い自制心の持ち主だが——というか、自制心の塊だが——現時点ではその自制心がこのうえなく頼りにならなくなっている。

だが、エルもいやではないらしく、スウェットパンツをおろして脇に蹴った。ニックは長大なテーブルの上に腕で場所をあけ、エルはそこに仰向けになった。むしろ積極的だ。ニックは服を脱がせて、風変わりな宗教儀式の生け贄のようにエルを横たえただけで、ほとんど触れていない。それでも彼女は早くもニック自身と同じくらい高ぶっていた。青白い左胸が、鼓動に合わせて震えている。すでに息をはずませ、なかば閉じたまぶた越しにニックを見つめている。

ニックはエルの脚のあいだに入り、膝を割ろうと手を伸ばしたが、エルに出し抜かれた。彼女は大声で命令された兵士にも負けないほどすばやく脚をひらいた。大声どころか、ささやき声でも命令する必要はなかった。エルはニックの意図をよくわかっている。

ニックは片方の手でジーンズのファスナーをおろした。下着をはかない習慣を守っていてよかった。それから、片方の手をテーブルにつき、反対の手でペニスをつかんだ。

ペニスは手につかまれていやがっていた。自分のおさまるべき場所を正しく知っている。それはニックの手ではない。僻地での訓練や任務で基地を離れているときは、おもに手を使うしかないのだが、目の前にエルが脚をひらき、濡れた輝きを帯びて待ち構えているのに、自分の手など邪魔なだけだ。

試しに指を這わせたとたん、頭のなかで警報が鳴った。血流をほとんど下半身に奪われ、まともに働かなくなった頭ですら聞こえるほど大きな音だった。

エルは濡れているが、充分ではない。たったいままでニックはエルを勢いよく貫くつもりだったが、それに耐えられるほど濡れてはいない。

オーケイ。

それなら手当の方法がある。

ニックは片方の膝をつき、身を乗り出した。彼女のにおいに陶然とし、口を近づける。キスはまだしない。においだけを吸いこむ。すばらしい。石鹸の香りに混じって、ツンとくる彼女のにおいがする。

以前、ニックは基地のなかにある歯科の待合室にあった雑誌で、ある記事を読んだ。待合室には、〈フィールド・アンド・ストリーム〉や日刊の〈スターズ・アンド・ストライプス〉、〈ガンズ・マガジン〉のなかに、〈ヴォーグ〉もあった。待ち時間が長く、ほとんどの雑誌を読みつくしてしまったニックは、ついに〈ヴォーグ〉をめくりはじめた。すると、鼻に関する記事があった。猟犬の人間版とでもいうべき嗅覚を持つ香水の調合師の話だ。ニックは、においのせいで待ち伏せしているのを悟られると訓練で学んだばかりだったので、興味を抱いた。においの管理という講義だったが、作戦行動の四十八時間前から、石鹸もマウスウォッシュもシャンプーも使わないよう教わった。だから、おびただしい種類の香りを人間の鼻がどうやって嗅ぎわけるのかという記事に目を通したのだ。

エルのにおいは独特で、ニックの股間をさらに刺激した。

まだ準備はできていないが、まもなくだ。

ニックは舌で味も試した。ああ。なんてうまいんだ。

エルは大きくため息をついた。いつものニックならにやりとするところだが、エルを味わうのに夢中で、そんな余裕はなかった。

唇と同じようにキスをし、ひだをわけ、舌を深く差しこんだ。舐めるたびにエルはあえいだ。やがてそこがぎゅっと収縮しはじめたので、ニックは立ちあがってエルの顔を見つめた。

よし。

エルの頬は、硬くとがった乳首と同じ濃いピンクになっていた。唇はまだキスもしていないのに腫れぼったい。

キスはこれからだ。

濃い褐色のダイニングテーブルの上で脚を広げて横たわっているエルはみだらで、真っ白な肌とほっそりした体つきが、震いつきたくなるほどそそる。ニックは大きくひらいた脚のあいだに立ち、薄紅色の濡れたひだの眺めを楽しんだ。ふたたび指を這わせてみて、小さくうなった。うん。

これでいい。準備完了だ。

エルの青白い乳房の横に片方の手をつき、もう片方の手を腰に添えると、ニックは屈みこんだ。ペニスを支える必要はない。自力で目的地へ向かって進んでいく。

ゆっくりとすべりこむ。心地よさに目を閉じ、根元まで入れた。

ふたり同時にため息を漏らした。

ニックは急に目をあけた。愉快なはずなのに、笑い声をあげるどころか、口元をゆるめることもできなかった。数えきれないほどの女を抱いたが、目の前にあるのは見たことがないほどエロティックな光景だった。エルの白くやわらかな肌はニックの浅黒いごつごつした肌とは正反対で、両脚は大きくひらき、ピンク色のひだがペニスを締めつけている。エルはなかば目を閉じ、淡いブルーに輝く瞳が少しだけ見えていた。浅い呼吸で胸が上下している。

エルの腕が伸びてきて、彼女の脇に立てたニックの腕に、すがりつくように巻きついた。嵐の気配を感じ取ったのだろうか。「ニック」エルがささやいた。ニックにつかまった手に力がこもった。

それが合図になった。

エルが慣れるまで待つことができなかった。そっと腰を動かし、エルが準備できているかどうか試すこともできなかった。無理だ。

嵐が来たからだ。

ニックは渾身の力でエルを貫いた。エルの腰をしっかり押さえておかなければ、テーブルのむこう端まですべっていきそうだった。室内はニックの荒い息づかいと、肌と肌がぶつかりあう音で満たされた。ニックは、自分のペニスが激しくエルに出入りする様子に見とれていた。

やめられなかった。中断したり、ペースを落としたりするメカニズムが働かない。自分ではないなにかの力に乗っ取られていた。その力は止まらず——止められず、エルの最奥まで繰り返し刺した。エルもそのひと突きひと突きに同調し、淡いブルーの瞳でニックを見つめ、口をあけて大きくあえいでいる。ニックの腕にしがみつく指先が白くなり、爪が食いこむ。だが、ニックは痛みを感じなかった。腰に集まるとてつもない熱さだけを感じながら、限界まで激しく突いた。

エルはのけぞり、長く白い喉をさらし——ヴァンパイアだったら、牙を突き立てられるのに——うめいた直後、大きな声をあげた。腹筋を引きつらせ、ニックをきつく締めつける。やわらかい万力がぎゅっと締めつけてきてはゆるみ、また締めつけてくる……。

熱さと圧力がすごい。ニックは身を乗り出してうなだれた。これ以上、エルを見ていられない。意識はすべて、彼女にぶつけている部分に集中していた。できるだけ奥へ、やわらかく濡れた組織に引きこまれるのを感じる。さらにきつく、もっと速く……。

やがて、ニックは爆発した。

頭に銃口を突きつけられたとしても、止められなかっただろう。白熱の閃光が背筋を駆けおり、全身に鳥肌が立った瞬間、ニックはエルをきつく抱きしめて果てた。鼓動と同じリズムで、いつまでも精がほとばしり出た。あまりにも長くつづくので、ニックはペニスだけでなく心臓も空っぽになったかもしれないと、ぼんやり思った。

どんな嵐もやむように、ついにオーガズムが終わった。気がつくと、ニックは前腕に体重をあずけ、屈んでエルの腹にこうべを垂れていた。青白い肌に、自分の顔から大きな汗の滴が落ち、彼女の鼓動に合わせて震えた。

ようやく顔をあげてエルの顔を見た。彼女は目を閉じ、顔をやや右に傾けて、じっとしていた。死んでしまったかのようだ。すっかり生命力を使い果たした、薔薇色の美しい死体だ。

「こら、目をあけろ」ニックはうなり、エルの腰から手を離すと、自分のほうを向かせた。「そのベイビーブルーを見せてくれ」

エルのまぶたが震え、少しだけひらいた。

ニックは彼女の頰を軽くたたいた。「ちゃんと目をあけてくれ」

目があき、ニックの顔をじっと見つめてから、またゆっくりと閉じた。

だめだ。「眠るんじゃない。そうはいかないぞ。まだ始まったばかりなのに、おれを放り出すなよ」

彼女の口角があがり、ふーっと小さく息を吐いた。「そんな元気ないわ」とつぶやく。「あとでね」

こっちは元気がありあまっているのに。「だめだ。寝かせないぞ。ほら」

ニックは大きなボウルに入ったダークチョコレートのムースに手を伸ばした。これにはふたりともまだ口をつけていない。ニックはエルに体を押しつけながら、ボウルを取った。完全に勃起しているわけではないけれど。ボウルに入っている取りわけ用のスプーンで、濃い茶色のふわふわした塊をすくった。なんともいえない香りがする。

手をつかなくても立っていられるようになったので、空いているほうの手でエルの首を支えて起こし、スプーンを口元へ運んだ。「口をあけろ」

エルは従順に口をあけ、スプーンをくわえてから、唇を舐めた。たまらない。ニックは腰を動かし、エルのなかへ押し入った。

彼女は心地よさそうにため息をついた。

「もう一口」ニックは大きなスプーンでたっぷりムースをすくい、エルの唇に当てた。また彼女はおとなしく口をあけた。「もう一口」

エルに食べさせるごとに、ニック自身が硬くなっていく。エルがムースを口に入れて呑みこむ様子を見て興奮しない男は、墓場の死人くらいだ。

「元気が出たか?」ニックは問いただしながら腰を引き、また突き入れた。ふたたび岩並みに硬くなっている。

エルが吐息を漏らした。

もう一度突くと、彼女は目をあけた。よし。元気が出てきたようだ。だが、この部屋は寒い。

ニックはエルを抱きあげた。彼女はすぐさまニックの腰に両脚を巻きつけた。「今度はベッドじゃないとな」

エルはまたため息をついてほほえんだ。乳房がニックの胸板をこする。「ええ」エルは床に落ちた服のほうへ華奢な腕をさっと振った。「拾わなくちゃ」

「いいや」ニックは階段へ向かって歩きはじめた。ほんとうは階段を駆けのぼりたかったが、プライドが許さなかった。「おれの考えでは、服はいらない」

4

その音はごく小さかったが、ニックはぱっと目を覚ました。よく知っている音だ。毎日聞いている。携帯電話の呼び出し音だ。セックスの合間に一階へおりて、シャツとジーンズを取ってきてあった。

ニックの上で四肢を広げているエルは、ふわりと軽く、女とセックスのにおいをさせていた。

レンジャー隊員はだれでも携帯電話の呼び出し音に条件反射を起こす——ひとり残らず、なにも反射しない艶消しの素材でできた黒い電話機に、一秒そこそこで飛びつく。だがいま、一秒、二秒、三秒、四秒と、時間が過ぎていく……。

だれがかけてきたのかは明らかだった。応答までに要した時間をコンピュータが記録しているはずだ。基地に戻ったら突っこまれる。だが、エルを起こしたくないから、跳び起きたくなかった。彼女はまるで昏睡状態にあるかのように熟睡している。まぶたの下の眼球すら動かない。

レンジャーは幽霊のごとく、音をたてずそっと動く訓練を受けている。ニックは暗闇のなか標的にこっそり近づくためではなく、眠っている美女の腕から抜け出すために、そのスキルを使った。

一瞬ののち、エルは枕に抱きつき、ニックはベッドのそばに裸で立ち、携帯電話のディスプレイを見おろしていた。かろうじて文字が読み取れた。ディスプレイの明るさは二段階で調節できる——明かりで位置を悟られてはならない場合には、ほとんど真っ暗にできるし、懐中電灯がわりになるほど明るくすることも可能だ。ニックはデフォルトの暗い状態にしていた。ダークモードでも充分に読める。

夜明け前に出発。M

くそっ。近く訓練ではなく実戦に出るという噂はあった。上の連中は敵地を脱出したエージェントからの情報を待っていたのだが、どうやら連絡が来たようだ。行き先はまだわからないが、いつもそうだ——知らされるのはあと。飛行機に乗ってからようやくわかる。手がかりは、渡された装備のみ。寒冷地向けか、温暖地向けか。それでだいたい緯度はわかる。では経度は？　わかるわけがない。

ニックにわかるのは、急いで出ていかなければならないが、自分はそうしたくないということだけだった。ここに、エルのそばにいたい。彼女を抱き、食事をさせ、頬に薔薇の花が咲くのを見ていたい――それが望みだ。

つかのまエルを見おろした。エルは脇腹を下に、すんなりした腕の片方を上掛けの外に出している。その横顔はぐっすり眠っている。空高くのぼった三日月がぼんやりした光を投げているだけだが、明かりは必要ない。エルの顔はまぶたの裏に焼きついている。はっきり見えなくても、彼女の肌が葬儀のときのようにぎょっとするほど白くはないことはわかっている。顔の輪郭が本来の形――笑顔になっていることも。葬儀で再会したときは、エルがこのごろあまり笑っていないのが、いわれなくてもわかった。

でも、いま彼女は笑みを浮かべている。

ここに残って、エルをほほえませ、笑い声をあげさせ、体重が戻るまで食べさせたい。体力が許すかぎりエルを抱き、自分はきれいなのだと自信を持たせたい。

そう、それが望みだ。けれど、希望と現実はまったくの別物だ。

現実には、期限までにフォート・ブラッグへ帰り、ブリーフィングに出て、準備をしなければならない。夜中に出発するのなら、今夜六時までに帰る必要があるが、基地までは車で十四時間かかる。かなり急いだとしても、それだけ見ておかねばならない。

それに、基地に帰るまでに片付けておくべき用事がふたつある。

ニックは静かに服を着た。レンジャーはいつも静かだ。狩猟者、狙撃者であり、夜に行動する者たち。黒い服をまとい、光るものや音が鳴るものは身に着けない。

服を着てからも、ニックはしばらくエルを眺めながら自分自身と闘っていた。昨年、新しく決まったルールがある。ある隊員が、任務でヴェネズエラへ赴くことを交際相手に漏らした。浅はかな女がそのことをフェイスブックに投稿したせいで、チーム全員が現地に到着して三十分後には消された。

新しいルールとは——任務につくことを明かしてもよいのは妻だけだが、いつどこへ派遣されるのかは秘密にしなければならない。隊員の妻は、一切の情報を漏らさないという宣誓書にサインしなければならない。単なる交際相手にはなにひとつ教えてはならない。

交際相手に情報を漏らすのはただの規則違反ではなく、軍法会議にかけられるほどの重罪だ。だから、いまニックが迷っていることは非常な危険をはらんでいる。よくよく考えなければならない。

エルに情報を漏らすのは規則違反であり、危険ですらある。

だが……このまま消えることはできない。とにかくできない。自分には無理だ。エルは、彼女を病んだ父親のもとに置き去りにした自分を好きでいてくれた。肌も唇もなにもかも、自分を好きでいてくれた。そんな人間は世界広しといえどもほかにいない。軍隊では重用されているが、親しい友人はいない。好きでいてくれるガールフレンドもいない。セックスフレンドには、ドアを一歩出た瞬間に存在すら忘れられる。

でも、エルにメッセージを残していくことはできない。それをすれば軍法会議の可能性がある。

ニックの葛藤は厳しかったが、すぐに終わった。軍隊とエルでは、エルの勝ちだ。ドレッサーの上に封筒を見つけ、表に〝ピクシー〟としるし、裏に〝できるだけ早く帰ってくる〟と書き、眠っているエルの隣の枕に置いた。規則違反を犯しているのは承知のうえだ。一階で判事の書斎に立ち寄り、エルの銀行口座番号と葬儀社の電話番号を記憶した。残りは出発してからだ。

このあいだの任務は四日間で片付いた。運がよければ、今回もその程度で終わるだろう。レンジャーは情報収集のために派遣されるわけではない。標的を仕留めたら、さっさと撤収する。

いつも任務から帰還したあとは二、三日の休日をもらえる。そのときに、ここへ帰ってきてエルと話しあえばいい。なんの話をするのかわからないが、とにかくなにかを決めるのだ。エルとまた会えたのだから、今度こそ彼女をひとり残すなどありえない。

ニックはスマートフォンで、五分もかけずに葬儀屋の支払いをすませた――葬儀屋は強欲で、なにからなにまで法外な値段をつけていた。ニックは、時間ができしだい、自分の口座にある金を残らずエルの口座に振り込むつもりだった。もうひとつの用事は、フォート・ブラッグに帰る途中で片付く。十五分もあれば充分だ。スーパーマーケットが開店する時刻になったら、直近の店舗に立ち寄ればいい。

エルの家に食料がないと思うと、ひどく胸が痛んだ。戸棚のなかが見えたとき、思わずたじろいだのを隠すのに苦労したくらいだ。

でも、そんな困窮した日々は終わりだ。また会えたからには、これ以上エルをつらい目にあわせるものか。

ニックはこっそり玄関を出て、静かにドアを閉めた。行きたくないが、行かねばならないのはわかっている。

かつてここを去り、いままた去らなければならない。

選択の余地はない。

けれど、今度はかならず帰ってくる。


エルは寝坊をして……満ち足りた思いで目覚めた。この二年ほどは、夢のなかから現実へと、一歩一歩じわじわと目を覚ますようになっていた。急に目覚めると、容赦ない現実にいきなり直面することになる。目をあけたら喉に刃を突きつけられているようなものだ。だから、深い海に潜るダイバーが潜函病にかからないようゆっくりと浮上するのをまねて、ゆっくりと眠りから覚める練習を積んだ。

現実よりもっと現実味を帯びている、あの奇妙な夢を見たあとは——そのなかでは、現実の生活で見えないものが見える――いきなり目が覚めることがある。ある世界から別世界へ移動するというよりも、隣の部屋に入るようなものだ。

夢は楽しいものとはかぎらない。だから、かえって目覚めるのが楽だ。知らない女をニックが抱いているのを眺めたあとに、現実の世界に戻ってきても、潜函病にはならない。心が痛くなるのは――ガラス片の上を歩くのにも似た痛みだ――幸せだったころの夢を見たあとに日常に戻ってきたときだ。

現実の生活では、壊れた人間の抜け殻の世話をし、どんどん減っていく蓄えでなんとかやりくりしなければならない。

父親はもういない。昨日、埋葬した。

けれど、エルは嘆き悲しんではいなかった。悲しめなかった。父親が苦しんでいたことは、だれよりもエルがよく知っている。ただ、抜け殻になる前の父親がいないのは悲しい。

エルは父親を愛し、介護し、埋葬した。

義務を果たし、娘としての愛情が命じるところに従った。

この先は新しい人生が待っている。

エルは目をあけて天井を見つめ、壊れた排水管から漏れた水の跡が蝶の形をしていることにはじめて気づいた。キュビズム時代のピカソが描いたような、いびつな蝶だ。

食費と暖房費を節約して排水管を修理したのに、天井に変な蝶ができているなんて。

エルはほほえんだ。

自分の置かれた状況をよく考えるため、笑顔のまま目を閉じた。

ああ。ゆうべは真夜中過ぎまでニックと抱きあった。取るに足らない子どもから一人前の女に変わることができた――未経験だったのが、ほかの女にはたぶん耐えられないくらいの回数を経験した。

伸びをすると、とりわけ脚のあいだと体の奥に鈍い痛みを感じた。ほかの場所も痛い。何度もキスをされて唇がすこし腫れぼったく、乳房にはまだ彼の口の感触が残っている。太ものの内側も、長時間ひらいていたせいでだるく、ニックの脚にこすられて、ややひりついた。

体じゅうにニックの痕跡を感じた。彼のにおいがし、肌と肌が触れあっている気がする。この体が犯罪現場だったら、すみずみからニックのDNAを検出できることだろう。幸い、犯罪ではなく、想像を絶するほどの快楽の現場だけれど。

昨夜はある意味で再起動（リブート）の夜だった。歯を食いしばってきつい義務をこなす生活から、純粋なよろこびを享受できる毎日に変わった。食事をしても糊の味しかしなかったのが、おいしく食べることができ、ワインも酸っぱくて飲めなかったのが、神に捧げる酒のような味わいだった。

それに、眠れた。ほんとうに眠れた。普通の人のようにぐっすり眠り、すっきりした気分で普通の一日を迎えることができた。

なんてありがたい。普通の一日なんて。

ニックがスイッチをつけてくれたから、普通の生活がはじまった。生活が耐え忍ぶべきものではなく、楽しむものになった。待ち遠しいこともある。たとえば朝食。目覚めてすぐに空腹を感じたのはいつ以来か思い出せないほど久しぶりだ。

今日の胃袋はとても気さくで機嫌がよく、わたしもよと笑いながら声をあげている。一階のキッチンのほうを注目している。なぜなら……最後に食事したのは昨夜で、そろそろなにか口に入れなければならない時間だから。

エルは、スノーエンジェルを作る子どものように四肢を広げた。ニックの姿はなく、温もりも感じなかったので、どうやらずいぶん前に起きたようだ。朝食を作ってくれるつもりなら申し訳ない。今朝の分のコーヒー豆はあるけれど、あとは傷んでいないミルクが少しと林檎が一個しかない。

でも、町へ行ってジェニーの店で朝食をとればいい。ゆうべのお礼もいいたいし。一石二鳥だ。

父親の介護以外にも、古くからの問題が残っていた。ヒマラヤの山を登るくらい困難な問題だ。家を担保に借りた金の返済があと二十年残っている。葬儀社のジョシュア・ベント社長は、請求書の発行を一カ月先に延ばしてくれたうえに、料金から十パーセント割り引き、割賦（かっぷ）で支払ってもいいといってくれた。そのほかに八千ドルの借金を負っている。

でも、ニックが帰ってきてくれたから、ほんとうに久しぶりに、先は明るいような気がする。

借金であっぷあっぷしてはいるけれど……所詮、お金の問題だ。自分は若いのだから、働けばいい。健康だし、頭もそれなりに働くし、コンピュータのスキルがある。なんとかやっていけるはず。

それに、ニックが帰ってきた。

いまならなんだってできそうだ。なにもないキッチンでも食事が作れそう。だって、ニックが帰ってきたのだから。

上掛けをはねのけ、バスルームへ直行し、湯気のこもる小部屋でニックと抱きあったときのことを思い出した。熱い湯の下の熱烈なセックス。んーん。そうだ、この家のすべての部屋でニックと幸せな思い出を作って、悲しい記憶を追い払おう。

あいにく、家のなかは寒かった。体のなかはとろけそうに熱いので、頭でそう感じているだけだし、分厚いセーターも着なかった。なぜなら……下で待っているニックが、きっと今日一日も温めてくれるから。

子どもっぽくはしゃいでしまうのを止められず、そんな自分をニックに見られなくてよかったと思い、エルは一瞬、自分の体を抱きしめた。

ほとんど飛び降りるようにして階段を駆けおりた。たぶんニックはキッチンで手持ちぶさたにしているだろうから、外で朝食をとって、買い物と散歩をして、午後は映画でも観ないかと誘ってみよう。

映画なんて……最後に行ったのはいつだったか。

映画を見たり、公園を散歩したり、いいセックスをしたり。これからは、そういうことが全部できる。そう、これからは。

もう孤独じゃない。恋人ができたのだから。女友達はひとり、またひとりと離れていった。そしてもちろん、ハイスクールでボーイフレンドができれば、女友達とのつきあいはおろそかになるものだ。ハイスクールの友人たちは進学し、すっかり疎遠になってしまった。

でも、友人とのつきあいも――大学進学でさえ――これからは可能になる。もうひとりぼっちじゃない。この世界は友達になれそうな人々、観たい映画、やりたいこと、行きたい場所で満ちている。

お金はないけれど、若さと体力があるし、なによりも孤独ではなくなった。ニックがそばにいてくれる。

ふたたび自分を抱きしめ、ニックにおはようをいうつもりでキッチンに入った。

ところが……ニックはいなかった。

キッチンにも、リビングにもいなかった。家のどこにもいない。エルの胸で風船のように大きくふくらんでいた期待はしぼんだ。話したいことがたくさんあるのに。その前に、ただ顔を見て、触れたいのに。そして――ふたりの関係がはじまったのだから――また抱きあいたいのに。できるだけ早く、できるだけたくさん。

リビングの窓から、左右に目を走らせた。ニックのSUVがなくなっていた。ガレージに駐めたのだったかしら？　しかし、ガレージにもやはりなかった。

ああ。ひとりで買い物に行ったのね。優しいけど……一緒に行きたかったな。気を遣って寝坊をさせてくれたのだろうけれど、ニックと一緒に町へ行き、買い物をするほうがずっとよかったのに。銀行口座にまだお金があるふりをしなければならないとしても、そのほうがよかった。

エルは一階をうろうろと歩きまわった――キッチン、リビング、ダイニング、書斎、父親の部屋、客用寝室――じっと座ってニックを待っているのがいやで、何度もまわった。ばかげた行動ではあるけれど、やめられなかった。エネルギーが、期待がくすぶっている。ニックがいなければ、なにもはじまらない。彼のいない時間は無駄だ。ただ時計を見て、一分ごとにつらくなるのを感じながらニックの帰りを待つだけ。

ふたたび時間の流れがひどく遅くなった。父親の介護をする生活が、果てしなくつづくかのように感じていたころと同じだ。大きな振り子時計が一時間ごとに時を告げるが、それが一週間ごとのようにも感じる。時間がなかなか進まないと、本も読めず、テレビやネットを観たりラジオを聴いたりするのも気が進まず、家のなかをうろつくしかなかった。

なぜニックの電話番号を聞いておかなかったのだろう？　いままで思いつきもしなかった。聞いておけば、番号のボタンを押すだけで、また声を聞けたのに。ときにこちらの横隔膜が共振するのを感じるくらい、とても低いあの声を。いまスーパーマーケットに向かっている途中か、それとも帰り道なのか訊いたり、取るに足らないことをただおしゃべりしたりできるのに。いや、ただ声を聴いて、いつ帰ってくるのかわかりさえすれば、うろうろしては時計を見るのをやめられるのに。

うんざりするような一秒一秒が過ぎ、時間はのろのろと進んでいった。エルにできることはなにもない。父親との二人暮らしは、分刻みで片付けなければならない仕事があった。けれどいまはニックを待つしかない。待つのはひどくつらい。

うろうろして時計を見て待つことを繰り返しているうちに、だんだん心配になってきた。もしかして事故にあったのだろうか？　道路は凍って危険だ。いまごろニックは大量出血で病院に運ばれ、昏睡状態にあるのでは？　警察に電話してみるべきだろうか？

でも、ニックは超人的に運転がうまい。警察に電話をかけるのはやりすぎかもしれない。電話している途中で彼が帰ってきたら、ひどく気まずい。

警察に通報するなんて正気の沙汰じゃないもの、そうでしょう？

抜け殻になってしまった人間と長いあいだふたりきりで暮らしていたので、なにが普通でなにがそうではないか、区別がつかなくなっている。普通の基準がわからない。それでも、買い物から帰ってくるのが少し遅いからといって警察に通報するのは、やはり異常に思える。心配を通り越して、束縛の域に達しているかもしれない。どんな男も束縛する女は嫌いだろう。

そう、ニックは用事をすませたら帰ってくるはず……どんな用事か知らないけれど。

正午に呼び鈴が鳴り、エルは髪をなでつけ、手のひらをジーンズでふきながら玄関へ急いだ。

普通にして、エル、普通にしなくちゃ。心のなかで何度も唱えた。安堵のあまりニックに抱きついたりしてはだめ。どこに行っていたのか問い詰めてはだめ。にっこり笑って、お帰りなさいっていうだけ。

ところが、ドアをあけると、そこには制服を着たニキビ面の若者が立っていた。エルは目を見ひらき、一歩さがった。

若者はクリップボードを見て、エルを見やり、少し背中をそらして玄関ドアの上にはまっているピューターの番地板を確かめた。「エル・トマソンさん？　リンデン・ドライヴ一一二四番地ですよね」彼の背後には、スーパーマーケットのロゴがついた配送トラックがとまっていた。

「そうだけど」住所にまちがいはないけれど、配達先はまちがっているようだ。

けれど、若者はここでまちがいないと思ったらしく、後ろにいるだれかに合図した。「よし──運びこむぞ！」

運びこむ？

「ちょっと、なにを……」もちろん、なにをするのかわかっている。ふたりの若者が台車に積んで運んでくる箱に入っているのは──何箱も何箱も──食料品だ。何百ドル分もの食料品。

「あのー、すみません。あのー？」若者の声はとがっていた。さっきからエルに声をかけているのに、気づいてもらえなかったからだ。「キッチンはどこですか？」

エルは感覚が麻痺して口もきけず、一歩さがってキッチンのほうへ腕をのばした。若者たちはひとこともしゃべらずにエルの前を通り過ぎ、箱をきちんと積みあげると、また次の箱を取りにいった。

エルはキッチンで箱をあけてなかを覗いた。さまざまな穀物が入っている。常備食ばかりだ。パスタと米と小麦粉と砂糖。あらゆる種類の缶詰。数十人分はある。そのほかにも主食が詰まった箱が数箱あった。次に運びこまれた箱には、新鮮なフルーツや野菜が入っていた。一カ月かけても食べきれそうにないほど大量だ。それから、何種類もの肉の大きなパック。ほとんどすべて冷凍庫行きだ。

配達人たちはエルのサインをもらうと、なにもいわずに立ち去った。エルはキッチンで立ちつくした。世界がぐるぐるまわり、骨に寒さがしみこんでくるような気がした。

両脚から力が抜け、立っていられなくなった。手近な椅子につかまろうとしたとき、電話が鳴った。

「トマソンさんですか?」男の声だった。エルの知っている声だが、だれのものかは思い出せなかった。

「はい。どなたですか?」

「ベントです」沈黙。「ベント葬儀社の。昨日、父上のご葬儀のお手伝いをさせていただきました」

その声はエルの耳にむなしく響いた。ハンマーで殴られたように、真実を悟ったからだ。

ああ。やっぱり椅子が必要だ。エルはなんとか息を継ぎ、椅子に腰をおろした。ニックは……行ってしまった。その事実は心臓にずしんと来て、胸から空気が締め出された。家が空っぽだったのも、南へ三キロ離れたモリスタウンから食料品が配達されたのも、ニックが去ったからにほかならない。

ニックは走りだして最初に見つけた店でガソリンを入れ、エルに食料品を買った。哀れなやせっぽちに、ささやかな思いやりを示したわけだ。

そしてミスター・ベントがいまさら電話をかけてきたのは、やはり一年間の割賦ではなくいますぐ代金を支払ってほしいというためにちがいない。

そんなお金などないのに。

ニックが行ってしまった悲しみのなか、支払いのことなど考えられそうにない。お金。ニックがいないのに、お金のことを考えられるわけがない。頭が働かない。

ミスター・ベントのキンキン声が、月の裏側から聞こえてくるかのように小さくなった。いいえ、ちがう。月の裏側に、宇宙でぐるぐると回転している冷たい真空の岩の塊にいるのはわたしのほうだ。

また耳元で声がひずんだ。なにをいっているのか聞き取れないけれど、黙っているわけにはいかない。

「あの、ベントさん。すみませんが、よく聞こえませんでした。わたしにどうしろと？」

震えをこらえるのに必死で、言葉を考える余裕がなかった。わたしにどうしろと？　答がわかりきっていることを訊くなんてばかだった。もちろん、代金を払えといわれるに決まっている。

ミスター・ベントのいったことは、やはりわけがわからなかった。「はい？」

「ですから――」いらだちを抑えているのがわかった。これで三回目なのだ。「いいですか、トマソンさん、全額お支払いいただく必要はなかったのにといってるんです。もちろん感謝していますよ。割賦ということで承ってましたのでね」

「は？」頭のなかがガンガンと鳴っていた。さっぱりわからない。

「大丈夫ですか、トマソンさん？」

大丈夫じゃない。

「あの——ええ、大丈夫です。ただ、お話がどういうことかわからなくて」

長いため息が聞こえた。「代金を全額ちょうだいしたということですよ。お礼を申し上げたかったんですよ、いったんは一年間の割賦でお支払いいただくことになっていましたでしょう」

エルはさっと背筋をのばした。ようやくベントの話が呑みこめた。「代金を支払った？全額？　だれが払ったんですか？」

ミスター・ベントは驚いたような声をあげた。そして、ゆっくりと丁寧に説明した。「あなたでしょう、トマソンさん。いや——」パソコンのキーをたたく音がした。「——ロスという方が代理で払ってくださった。ミスター・ニック・ロスという方ですね」

コードレスフォンが手からすべり落ち、床に落ちて大きな音をたてた。ミスター・ベントのエルを呼ぶ声が、幽霊の声のように聞こえた。

エルは腹部を両腕で押さえ、いまにもあふれ出てきそうな痛みを呑みこもうとした。拳で大きな穴をあけられ、心臓をえぐりだされたような感覚だった。痛みをやわらげたくて、ふらふらと揺れた。

もちろんニックに決まっている。つかのま帰ってきて、なにもかも失って捨て猫になってしまったようなエルに会い、哀れに思って食料品を配達させ、葬儀代も払った。

そしてもちろん、立ち去った。ぐずぐずするわけがないのだ。

いつのまにか、ミスター・ベントは電話を切ったようだった。床に転がっている電話機が静かになっていた。いつのまにか、太陽は空を横切ってしまっていた。いつのまにか、体の震えも止まっていた。

いつのまにか、頭だけではなく骨の髄まで悟っていた。ニックが二度と帰ってこないことを。

空から光が消えていくうちに、雪が降りはじめ、家のなかはますます寒くなった。指先とつま先が痛くなり、エルは全身をきしませながらぎくしゃくと立ちあがった。

だれかに殴られたわけでもないのに、傷をかばうかのようにゆっくりと動いた。いや、やはり殴られたのだ。ニックに。野球のバットで殴られたほうがましだった。折れた骨はいずれ治るのだから。でも、壊れた心は？　元通りにはならない。

動物的な勘で、自分が深手を負ったことはわかった。体の奥深くにあるなにかが壊れてしまった。のろのろと足を引きずり、ニックが触れたものに触れながら家のなかをさまよった。

大量の食料品をしまう元気は残っていなかった。見ただけで吐き気を催した。目を向けることもできなかった。キッチンを出て、ドアを閉めた。

一枚一枚、家のなかのドアを閉めてまわった。一階を歩きまわり、ドアを閉めながらも、なんのためにそんなことをしているのか、自分でもほとんどわからないままだった。ただ、家も同じ気持ちだろうなと思った。なかはうつろで、外と遮断された感じ。

気がついたら、暗くなっていた。明かりをつける元気すらなかった。なんとなく、暗いほうが気持ちになじんだ。

階段の下から見あげた。階段はどこまでもつづき、天国へ通じているように見えたが、もちろん天国などありはしない。二階があり、寝室があるだけだ。とてものぼれそうになかったが、なんとか一段ずつゆっくりとのぼった。長いあいだ無理をしていたのだから、いまだってできないわけがない。一歩一歩が山を登るのと同じくらい疲れるけれど。脚に力が入らず、かろうじて動いている状態だった。途中で階段に座り、ぐるぐるめまいのする頭を両膝のあいだに挟んで休んだ。しばらくしてまた立ちあがり、手すりにすがって一段ずつ階段をのぼった。百歳の老婆さながらになんとかのぼりきり、すり足で廊下を進んだ。

暗い寝室の前で足を止め、目を閉じて喉をごくりとさせた。

室内にはニックのにおいが残っていた。粗野な男のにおい。男の汗とセックスとニック特有のにおいがした。どこにいてもニックのにおいだとわかる。肌と脳裏に染みついているから。

ああ。急がなければ、張りつめているものが切れて号泣してしまう。ベッドに倒れこんでしまったら、二度と起きあがれそうにない。魂の奥底で、いったん絶望に屈してしまったら立ちなおれないとわかっていた。暗闇に抵抗するための力は残っていない。暗闇に取りこまれたら、二度と出てこられない。

長い介護生活によって、心に壁ができていた。壁の外では、すべきことをきちんとこなした——娘がだれかわからなくなった抜け殻を愛し、世話をした。自力で食事をとることができず、清潔も保てない人間を。赤ん坊と同じくらい手がかかるのに、体重は八十六キロもある人間を。やがて七十二キロになり、五十四キロにまで落ちたけれど。

父親の介護をし、医師とやりとりし、医療費を払い、家事をした。けれど、壁はずっとそこにあり、エルはときどき内側にこもった。壁のなかでは、以前と同じエル・トマソンでいられた。少女としてのエル、そして若い娘らしい夢を抱いた若い娘としてのエル。父親がぐっすり眠ってくれれば、壁のなかで本を読み、テレビを観て笑い、ネットで読んだニュースに憤慨した。

壁の外側には、義務に縛られたロボットがいたが、内側には人間がいた——エル・トマソンという人間が。

でも、その壁は崩れ落ち、もはやこもる場所もない。自分と冷たい現実を遮るものがなくなってしまった。

ここから逃げなければ。空気と同じくらい、逃げることが必要だ。父親の幽霊と、温もりと官能と生きている実感を味わい、見捨てられた哀れな娘ではなく一人前の女としてニックと過ごした数時間の思い出が残っている、この寒くて暗い空っぽの家にいたら死んでしまう。

壊れた心を守るために丸くなってうずくまってしまったら、二度と立ちあがれなくなる。

生きたいという気力が底をつきかけている。骨の髄まで無気力に冒されないうちに、ここを出ていかなければ。

この先どうするのか、まったくあてがなかった。勘だけが頼りだった。心の底によどんでいる頑固な部分が、とにかく行動しろ、逃げろと主張していた。

荷造りはさほど労力がいらなかった。服は最少限のものが残っているだけだ。どのみち、大荷物を運ぶ必要はない。袖の破れたダウンコートと、セーター二枚、ジーンズ三本、暖かいパジャマ、ソックス、下着、ブーツ。すべて大きなバックパック一個におさまった。

寝室をよくよく見まわした。ベッドは乱れたままだ。起床後すぐにベッドメイクをするのはほとんど儀式になっていたが、いまはこのありさま――毛布とシーツがあちこちによじれている。精液のしみと、赤黒い血のしみもついている。一瞬、ベッドへ歩いていって、寝具にくるまり、ニックのにおいを吸いこみたいという衝動に負けそうになった。

でも、そんなことをすれば正気を失う第一歩になる。正気ではない人間と長いあいだ一緒に暮らしていたので、その先になにがあるのかはよく知っている。死だ。

ここに生きがいはない。あるのは悲しみと絶望だけ。エルは静かにドアを閉め、一階へおりた。

ほかに必要なものは？　書類だ。書斎の前でつかのまためらい、ドアをあけた。この部屋は父親の隠れ場所だった。のちに、貧しいにもかかわらず父親の果てしない要求をなんとか満たすため、エルが苦悩する場所になった。ごくりと唾を呑みこみ、なかに入る。

子ども時代のエルは、この部屋に来るのが好きだった。かつてはいつも、本と家具磨き剤のレモンと、ミセス・グディングが庭から切ってきた花の香りがしていた。いまはカビと埃のにおいしかしない。

ここで銀行口座の残高を確認したのは何度目だろうか。二百ドルしか残っていないけれど、葬儀社の支払いがすんでいるので、自由に使える。だが、ローンの支払いが残っている。三年前、父親の医療費が増大したので、家を抵当に入れて金を借りたのだ。銀行の支配人は――息子が麻薬取引の微罪で逮捕されたとき、トマソン判事に助けられたのだが――じつに冷淡だった。エルは法外な条件をふっかけられ、借金の沼に引きずりこまれた。借りた金額よりはるかに高い額を返さなければならない。

家は朽ちかけ、配管も屋根もボイラーも修理しなければならない。ほんとうに、どこもかしこもだ。

でも、家は銀行が好きにすればいいのだ。出ていこう。みんな出ていったのだから、自分も出ていけばいい。

身許を証明するものが必要だが、なにを持っていけばいいのだろう。運転免許は持っていないし、外国へ行ったことがないからパスポートもない。抽斗(ひきだし)をあさっているうちに、小さな箱が指に触れた。取り出すと、母親の書類が入っていた。母親のパスポート、運転免許証、カンザス州のＩＤ。どれも有効期限が切れているが、使えないこともない。自分は母親とそっくりらしい。いろいろな人にそういわれた。運転免許証の写真は母親が三十五歳のときに撮影したものだった。その写真をじっと眺める。三十五歳なのに、二十歳のエルより若く見えた。

母親は弁護士だった。専門職なので、結婚前の名字を使っていた。

ローラ・エル・コノリー。

ちょうどいい。

本名をそのまま使うことができる。いつもミドルネームで名乗っているといえばいいのだ。そう、これからはこの名前で生きていく。母親の名で。ローラ・エル・コノリー、通称エルとして。

風が窓ガラスを鳴らし、エルは身震いした。何年も寒い思いをしてきたような気がする。これからどこに行くにせよ、海のそばで暖かいところがいい。フロリダかカリフォルニア。

机の上にあった二十五セント硬貨を、手のひらの熱で温まるほど握りしめた。

表ならフロリダ。

裏ならカリフォルニア。

硬貨をはじき、それがひっくり返るのを見て受け止め、手をひらいた。

裏。

カリフォルニアだ。

二年前、父親の愛読書だったオスカー・ワイルドの詩集の初版を取り出したとき、新しい百ドル札が二枚挟まっているのを見つけた。いざというときまで使わないと誓い、また本のあいだに挟んでおいた。いまこそ、いざというときだ。二枚の新札はバックパックにしまわれた。

バックパックを背負うと、玄関を出て表通りへ歩いていった。鍵は郵便箱に入れた。長距離バスの停留所は十ブロック先だ。時刻表を見ると、午後八時にサンフランシスコ行きのバスが出ることになっていた。運賃は、だいたい手持ちの金の半額だ。

ローラ・エル・コノリー、通称エルは、古い家と古い自分を残して右へ曲がり、バス停留所と新しい人生に向けて長い道のりを歩きだした。

5

三カ月後

ノースカロライナ州　フェイエットヴィル
フォート・ブラッグ

ようやく外界とつながったぞ。

ニック・ロスは片方の脚を引きずりながらミーティングルームを出る前に、携帯電話を手のひらで受け取った。特殊部隊の隊員が携帯電話で友人たちに機密を漏らすなど、まず考えられない――だが、血迷ってとんでもないことをしでかさないともかぎらないので、大事な任務の前は携帯電話を没収され、任務終了後に返却される。

そしていまやっと、ニックもまた世界とつながることができるようになった。

終わらない悪夢のような任務だった。インドネシアのある島のジャングルに三カ月潜伏し、標的が現れるのを待った。だが、標的はなかなか現れなかったので、三名のレンジャー隊員と森のなかのカモフラージュした小型テントで寝起きし、冷たい携帯口糧を食べつづけて、ついには胃腸がおかしくなるという、悲惨な三カ月間を過ごすはめになった。

食事も睡眠もまともにとれないみじめな生活は完全に外の世界と遮断され、唯一、一日に一回だけ暗号化された同じメッセージが送られてくるだけだった。〝異状なし〟と。

そして三日前、インドネシアの空に〝やった（ガッチャ）！〟のサインが輝いたも同然のできごとがあった。ウサーマ・ビン・ラーディンの後継者として悪党の首領の座についたアブ・アル－ワヒシは、新兵獲得のため世界各国を巡っていた。米軍はイエメンで彼を取り逃がし、ソマリアでも失敗した。だが、インドネシアのバンダー島でついに成功したのだ。彼の容貌は、ニックたち隊員ひとりひとりの脳細胞に焼きついていた。暴発した爆弾の破片にやられた右頬の長さ三センチの傷痕、わずかに曲がった鼻。

ニックはそのとき、マングローブの木の上で八時間にわたる監視を終えようとしていた。不意に近づいてきたジルのトラックに、ミスター悪党その人が乗っていた。ニックはぞくぞくしながらアル－ワヒシをライフルのサイト越しに目で追いかけた。やがて、アル－ワヒシはトラックの助手席から出てきて、伸びをした直後、肉の袋となってその場にくずおれた。古きよきアメリカ合衆国製の七・六二ミリ弾によって。

島での三カ月が不快だった理由のひとつが、まともなテントを張らなかったことだ。いつでもすぐに撤収できるようにするためだ。アル－ワヒシの鼻梁がニックに撃ち抜かれ、後頭部から脳が噴き出た直後、レンジャーは小型テントをたたんで二キロ先の海岸を目指した。

ところが、アル-ワヒシの護衛数名がAK47をぶっ放しはじめた。ニックはサイレンサーを使ったので、護衛たちはどこに標的がいるのかわかっていなかった。そして、やみくもに発射された銃弾の一発が、ニックの右太ももをえぐった。骨と動脈はぎりぎり無傷だったが、海岸までおそろしく痛んだ。国際水域で待機しているヘリコプターまで波立つ海をゾディアックボートで渡るあいだ、ニックは気を失っていた。

幸い、ヘリコプターでたっぷりモルヒネを注射してもらったおかげで痛みは消え、十七時間後に病院で目覚めるまで熟睡できた。

目を覚ますと、太ももに包帯を巻かれて、ひどい痛みが戻っていたが、報告を終えるまでこれ以上の鎮静剤は投与できないといわれた。報告をすませて鎮痛剤をもらったいま、ニックにはやらなければならないことがあった。

三カ月と二日と十七時間、ずっと待っていた。

エルに電話するのを。

ニックに許されている権限を超えないためには、どこにいたのか、なにを見てなにをしたのか明かしてはならない。かえって好都合というものだ。好きな女に〝ある男の脳味噌を撃ち抜くチャンスを待って木の上に住んでたから電話できなかったんだ〟などと話したい男はいない。

エルは賢い。ニックが軍人であることを見抜いた。任務について話せないことも理解している。どのみち、任務の話などできなくてもいいじゃないか。エルと話したいことならほかにも山ほどあるし、そもそも話なんかしていられないだろう。まあ、最初の二、三日は。

　トマソン家に入ったら、まずはエルを寝室へ連れていき、彼女がひりひりして歩けなくなるまでベッドにこもる。休憩するのは、食事と睡眠のときだけ。よし。想像すると——エルと一緒にいつまでもベッドで過ごすことを想像すると、最悪だった三カ月間を忘れて元気が出てきた。

　ニックはデルタフォースの入隊候補者名簿に載っている。デルタの隊員は特定の交際相手を持たないのが普通だ。ほとんどはニックと同じで、男がなにもいわず立ち去ったり、予告もなくふらりとまた現れたりしても気にしないような女と体だけの関係を結ぶ。ただ、全員がそうではない。結婚した者もいる。

　ニックは、エル以外の女と真剣につきあいたいとは思わなかった——エルは特別だ。どうすればうまくいくかわからないが、きっと方法はある。こっちへ引っ越すよう、エルを説得してもいいかもしれない。近くに州立大学がある。エルはずっと成績がよかった。どんな学部でも、やすやすと好成績をおさめるだろう。それに、オフの日はずっとエルと一緒にいられる。

　こっちは、帰ってきてはまたすぐにいなくなるわけだが——虫のいい予想図を描くのはやめたほうがいい。男が帰ってくるのをじっと待つ、それも棺に入って帰ってこないことを祈りながら待つのを好きな女などいない。でも、エルを説得することはできる。エルは自分を好きでいてくれる。まなざしに、手つきにそれを感じた。

うう。エルに触れられるのを想像してはだめだ。羽虫をたたき、携帯口糧を吸って過ごした三カ月間、あえてエルを思い出さないようにした。任務中に勃起すると困る。三名の隊員と肘を突きあわせて生活していたのだから、ばれずにすむわけがない。仲間の前で自慰をしたことなら何度もある。みんなそうする。性的な発散がストレスを緩和することは知られている。だが、仲間に聴かれ、からかわれるのを承知のうえで、エルを思って自慰などできない。ありえない。絶対に。

だが、ようやく任務から解放され、もうすぐエルに会える。運がよければ、こっちへ連れてくることもできるかもしれない。ローレンスまで十四時間、車を運転するなど、考えただけで脚が痛くなる。だが、必要ならそうするまでだ。飛行機でカンザスシティ空港まで行き、そこで車を借りてローレンスへ向かう手もある。

とにかく、方法はなんでもいいから、日没までにエルのもとへ行くぞ。

よし。

エルの自宅の電話番号も、携帯電話の番号もわかっている。まず自宅のほうへかけてみたが、最初の衝撃が襲ってきた。

現在、この番号は使われていません。

ニックはあわてた。料金が払えなくて、電話を解約せざるをえなかったのか？　畜生！　時間がなくて、インドネシアへ出発する前に送金できなかったせいだ。

つづいて、携帯電話も通じなくなっていることがわかり、ニックは最高度の警戒態勢（デフコン1）に入った。この番号は使われていません。

自分の携帯電話でエルの名前を検索し、なにもヒットしないことに安心して、ほとんど倒れそうになった。つまり、事故にあったわけではないらしい。つまり——ニックは不意に喉の奥に現れた石を呑みこんだ——死んではいない。

だが、金に困っているのはたしかだ。金については手を打つつもりだったのに、これほど遅くなったのが悔やまれた。もっとも、軍人生活史上最長の任務に送られるとは、知りようがなかった。いまから自分の口座にある金を全部エルに送ろう。自分には、金は必要ない。口座でどんどん増えていくだけだ。だったら、エルにあげればいい。

まずは、エルの口座にどれくらい残っているのか調べなければならない。口座番号はわかっている。地方の銀行のファイアウォールはあってないようなものだった。ニックは楽々とシステムに侵入したものの、画面を見て愕然とした。

エルは口座を閉じていた。ちょうど三カ月前に。

ニックは怖くなった。電力も三カ月前に解約していたことは、調べてすぐにわかった。なんてことだ。いやな予感はつづき、登記簿も調べてまたぎょっとした。家は銀行の所有になっていた。三年前に抵当に入っていて、ローンの返済不能で差し押さえられたのだ。エルが家を抵当に入れていたとは思いもよらなかったが、判事の介護のためにずっと前から金に困っていたのなら、それもうなずける。

金額を見て、ニックはたじろいだ。十万ドルを優に超えている。まあ、なんとかなるかもしれない。

いや、ならないかもしれない。エルは返済していなかった。家は現在、書類上は銀行のものだ。差し押さえられた家に住んでいる人は大勢いる。だが、電力のない家に住む者はいない。しかも冬のさなかに。肌が不安でちりちりしてきた。

これが任務なら、トマソン家上空にドローンを飛ばして、人の気配があるか調べるところだ。庭は手入れされているか、煙突から煙があがっているか。赤外線センサーと赤外線画像カメラを搭載したドローンを夜間に飛ばせば、人がそこに住んでいるかどうか確かめられる。蠟燭の炎すら識別できる。

くそっ。想像したくない。真っ暗な寒い家で、蠟燭の明かりだけを頼りに膝を抱えているエルなど。

なんとしてもローレンスへ行かなければならない。それも急いで。調べてみると、カンザスシティまでヘリコプターを乗り継いで行くことができるとわかった。そこからはレンタカーだ。一七〇〇時までにローレンスに到着できる。

フライトは快適とはいいがたく、脚によくなかったが、ニックは痛みに気づいていなかった。北西へ運ばれながら、わけのわからない事実の数々についてじっと考えていた。いや、ぞっとするような事実かもしれない。

なぜなら、頭のなかはべつの想像でいっぱいで、むしろそれ以外の可能性は考えにくかったからだ。家も電力も電話も、三カ月前に放棄されていた。つまり、ちょうどニックがエルを置いて出ていったころだ。彼女を見捨てたわけではない。かならず帰ってくるつもりだったし、書き置きも残した。だが、立ち去った事実は変わらない。書き置きを残すこと自体、ほんとうは許されないので、きちんとした説明もできなかった。

彼女は人生でもっともつらい日に見捨てられた。父親を埋葬した翌日に、空っぽの寒々しい家にひとりぼっちで残された。そんなふうに考えると――ああ、やはりまずい。ただでさえ落ちこんでいるときに、だめ押しの一撃を受けた人間には、さまざまな災難が降りかかりかねない。

ニックは、任務のあいだずっとエルを気にかけているわけではなかった。考えていたことは、いつもと同じだ――一、任務を完了する。二、生きて帰還する。エルは、任務を完了させたらごほうびにもらえるキャンディのようなものだった。

任務をすませて無事に帰ることに集中しようと努め、機会ができ次第、ローレンスに帰るつもりだった。

かったエルが――。

だが、もうひとつの筋書きも考えられる。そこでは、ニックが去ったことに耐えられなかったエルが――。

だめだ、考えるな。

それでも、考えてしまった。

頭のなかで燃えているのは――ヘリのスピードがあがるわけでもないのに、思わず座席で身を乗り出してしまい、着陸後には制限速度の二倍で車を飛ばしたほど激しく燃えているのは――赤外線カメラではとらえられない、あの家のなかの鮮明な映像だった。

遺体の映像。

日が沈むころ、ニックはトマソン家の私道で車を飛ばし、運転席から転がり出ると、ドアを閉めるのも忘れ、足を引きずりながらドアへ急いだ。呼び鈴を押しても、だれも出てこない。その時点で、だれもいないのを確信した。玄関の鍵はおもちゃ同然だった。一分もかからずに、ニックはホールに入った。

全身の感覚を研ぎ澄ませ、警戒して歩を進めた。もちろん明かりはつかない。念のためにスイッチを押してみたが、やはり無駄だった。どのみち、電力はいらない。軍隊仕様の懐中電灯をほかの道具と一緒に持ってきていたので、それを点灯すると、すみずみまで明るく照らすことができた。見るべきものはなにもなかったが。ただ、においがした。いやなにおいだ。なにかが……死んでいるような。

嘘だ。いままでも死のにおいは嗅いだことがある。だが、このにおいほど鼻をつく不快なものはめったにない。胸が激しく鼓動しているのを感じながら、においのするキッチンのほうへ歩いていき、入口で立ち止まると、懐中電灯で室内をくまなく照らした。

エルはいない。遺体もない。においのもとは、三カ月前から腐っている肉だった。床を埋めている何個もの食料品の段ボール箱には、ニックが立ち寄ったスーパーマーケットのロゴが入っていた。二箱ほどはあいていたが、ニックの見たところ、中身はしまわれず、もちろん食べられた形跡もない。

埃のたまった床に足跡をつけながら部屋から部屋へと移動してみたが、なにもかも三カ月前とまったく同じ場所に残っていた。

判事の書斎だった部屋の机には、請求書がきちんと重ねてあり、その上に小切手帳がのっていた。小切手の額面は、請求書とぴったり同じだった。

大きな金庫の扉がひらいたままになっていた。なかは空っぽだった。判事は相当な額の現金をここにしまっていた。ニックは、判事がその現金をすべて金庫から出して自分にくれたときのことを思い出した。当時は、現金のほかに金のインゴットや、箔押し印刷のほどこされた厚紙の束も入っていた——株券や債券だ。いまは、なにも入っていない。

引きつづき書斎を調べてみたが、手がかりはなかった。

階段をのぼるのがつらく、老人のように一段ずつのぼった。痛みにかまわず、顔をあげて鼻からできるだけ息を吸った。そうしながらも、二階から死臭が漂ってくるのではないかと恐れていた。エルの遺体のにおいを嗅ぐのを想像するとひどく怖くなった。

だが、やはり二階にもなにもなかった。冷たくうつろな、死んだ空気だけが残っていた。エルの部屋は最後にとっておき、すべての部屋を確かめた。心臓にあばらをたたかれながら、ついに彼女の部屋のドアを押し、やっとのことで一歩足を踏み入れた。

ここを出たときと少しも変わっていなかった。ベッドも乱れたままだ。三カ月前のエルのにおいが残っていないかと思い、ふたたび鼻孔を広げてみたが、もちろんそんなことはありえない。

ここにもなにもない。とうとうニックもエルが出ていったことを完全に認めた。エルは几帳面だった。部屋が散らかったまま掃除されていないという事実は、最後に棺の蓋に打ちこまれた釘のようなものだった。

クローゼットを覗き、服の少なさにたじろいだ。以前のエルは、お姫さま並みに服を持っていた。そのことでからかうと、エルは笑って受け流した。若く容姿に恵まれ、裕福な娘だったのだ。お洒落が好きに決まっている。ところが、安物の普段着数枚しか残っていない。

着替えを持っていったのかどうかも、なにがなくなっているかもわからない。空手で出ていったのかどうかも、知るすべがない。

この部屋には絶望しかない。一階から漂ってくる肉の腐臭に混じって、絶望のにおいが嗅ぎ取れた。かつて、エルと抱きあったときは、短い時間だがよろこびがあったのに。だれもいない家のなかを、ニックを探してさまようエルの姿が見えるような気がした。

でも、おれは見つからなかった。

乱れたベッドに触れ、まわりを一周した。そのとき、床の上に書き置きを見つけた。表が下になって落ちていた。エルはこれに気づいたのだろうか？　どちらにせよ、床に落としたまま置いていったのだ。もはやどうでもいい。エルは待ってくれなかったのだ。

片方の膝が折れた。それ以上、体重を支えることができなかった。

ニックはなんとかベッドへたどりつくと、突っ伏した。

エルには身寄りがない。それは知っている。おばもおじも、いとこもいない。判事だけが親族だった。判事が病を得たためにエルが外の世界と切り離されたこともわかっている。友人を頼って出ていったとしても、その友人がだれなのか調べるすべがない。エルのノートパソコンもなくなっているからだ。エルが持ち出したのは、ほぼパソコンだけだったのかもしれない。

どこへ行ったのかは、見当もつかなかった。雪のなかで飢え死にしかけているかもしれない。そんな想像が浮かんだが、ニックはただちに打ち消した。思い浮かべるだけでつらすぎる。だが、残像はしつこかった。ひとつだけたしかなことがある――どこへ行ったにせよ、エルは傷ついている。

そして、ニックも傷ついていた。

その晩は、エルとこしらえたシーツと毛布の巣のなかで、じっとうなだれて座っていた。なにも考えられず、なにも感じなかった。ただ、両手で書き置きをひねっていた。

心臓が鼓動するたびに痛むのを感じながら悟った。エル・トマソンは、自分の前から永遠に消えてしまったのだと。

6

十年後

カリフォルニア州パロアルト

池にもぐっているかのように、視界が濁っていた。男たちが急いで動いている。蟻塚を棒でつつくとわらわらと出てくる蟻にも似た、追い立てられるような動きだ。サイレンの音が耳をつんざき、あたりを満たしている。

彼女はある男を追っていた。さほど背は高くないが、胸板が厚く肩のがっしりした屈強そうな体格で、襟には赤い星が三つついている。その傲然とした様子と、まわりの者たちの服従的な態度から、彼がリーダーであることが見て取れる。

彼は横柄になにかを指さしたが、なにを指示しているのかはわからない。二枚の並んだドアがあり、そのあいだで大きな矢印が二本、たがいちがいの方向を向いている。見慣れない文字が書いてある。外国の文字だろう。横書きではなく、縦書きだ。

兵士たちは躊躇しなかった。右側のドアを全力で走り抜ける。規律正しく、敏捷に。

追いかけなくちゃ。彼女は思った。だが、すでに場面は移り、彼女はドアを抜けて白い通路を進んでいた。兵士たちは早くも通路の突き当たりに到達している。そこには、銀行の金庫室を思わせるスチールのドアがある。その右手にスクリーン。奇妙なしるしが映っている。兵士たちのリーダーは袖をまくり、キーパッドで番号を押すと、手のひらをスクリーンに押しあてた。

サイレンが鳴り響いているのに、ドアのロックが解除されたと同時に、プシューッという音が聞こえた。ガランガランとチャイムが鳴り、ドアが向こう側へゆっくりとひらきはじめた。通路からドアのむこうへ空気がどっと流れこんでいく。ドアのむこうの空間は気圧を低く保たれているらしく、気圧の高い通路から空気が流れていくさまは、兵士たちに突然の追い風が吹きつけたかのようだった。

もちろん、彼女は風を感じないが、兵士たちの軍服が背中にぺったりと張りついた。不意をつかれた兵士のひとりがよろめいた。

スチールのドアはなめらかな動きでひらきつづけた。そのむこうになにがあるのか、もう少しで見えそうだ。彼女は身を乗り出すような気持ちで待ち構えた。一万五千キロを旅してきたのだ。ドアは半分ほどあき、さらに右側へさっと動いた。とたんに、二本の長いレールの端に据えられた電磁力装置が姿を現した。兵士たちはドアのむこうへなだれこむと、その巨大な機械を守るように囲み、外側へライフルを向けた。リーダーが進み出て——。

暗転。

真っ暗な闇が周囲でぐるぐるまわっている。

吐き気が押し寄せてきて……。

「――大丈夫？」頬をたたかれる。「エル？　エル？　なんとかいって！」

体に力が入らず、エルは動けなかった。両手も両足も首も――反応しない。まぶたが震えながらあき、心配そうに見おろしているきれいな顔が見えた。

「エル？　聞こえる？」

「ええ」ひび割れて、ほとんど声にならなかった。エルは咳払いした。「聞こえるわ」心配そうな顔には見覚えがあった。同僚で親友の――「ソフィ」。たちまちソフィの眉間からしわが消え、安堵の表情になった。

「ああ、怖かった。ぜんぜん目を覚まさないんだもの」ソフィは周囲に目を走らせ、カウンターをタップして、隣室のコントロールパネルにアクセスした。「コノリー博士が目を覚ましたわ。fMRIに変化はあった？」

主の姿はなく、声だけが答えた。「うん、あった。硬膜下で。海馬傍回（かいばぼうかい）がクリスマスツリーみたいにピカピカ光ったよ」

「ありがとう、ラジヴ。データを保存しておいてね、明日また新しいデータをとるから。今日はこれでおしまい。みんな帰っていいわ」

「いま――」エルの口はからからに渇いていて、はっきりと発音できなかった。「いま何時?」

「午後七時半。あなたは六時間近く眠っていたのよ」

エルは目を閉じ、その言葉の意味を理解しようとした。六時間近く、体の外にいた。コントロール下での幽体離脱実験はこれで三度目だった。今回は座標を定めていた。エルは長い時間をかけてそこへ行き、また長い時間をかけて帰ってきた。

自分がなにをしているのか、一気に思い出した。超能力を増大させる薬品の試作品、SL-61を投与されたのだ。血液のモニター、脳波モニター、心電図モニター、脳の画像を撮影する超小型fMRIにつながれていた。しかも、体を拘束されてもいた。憤慨し、抵抗するよりも先に、手首と足首と首の拘束バンドが、カチリと大きな音をたててはずれた。

頼りがいのある両手に背中を支えられ、エルはめまいと戦いながら体を起こした。頭がぼうっとし、吐き気もする――薬の副作用、代価だ。

「データは――」舌がふくらみ、最後までいえなかった。ソフィが頭を支え、口元に水のグラスを持ってきてくれた。キンと冷えた水が夢のように喉をおりていく。「データはどうだった?」

「脳は活発に活動していた。でも、体はロックダウンされていたわ。血圧は上が八十、下が六十、心拍は六十、体温三十五度五分。六時間、まったく変化なし」ソフィの温かくも鋭い濃いブルーの瞳が、エルを探るように見つめ、また心配そうになった。「ほんとうに気を揉んだのよ」

六時間。すごい。これまでの旅の記録では——サンフランシスコからボストンまで——たかだか二、三時間だった。今回ほど消耗したことはない。「新しいSLの作用は強力すぎるわ」

ソフィは息を吐いた。「微調整が必要ね。だれもがあなたみたいに反応するわけじゃないもの」

ふたりの研究は画期的なものだった。チームのインターンが、二十年以内にノーベル賞を獲ると冗談めかしていったときも、だれひとり笑わなかった。

エルとソフィはスタンフォード大学で博士号を取得したのだが——エルは神経生物学、ソフィは疫学で——ふたりの博士論文をもとに、この〈デルフィ・プロジェクト〉が立ちあがった。プロジェクトを推進しているのは、有名製薬企業アーカ製薬の子会社、コロナ研究所という小さな研究機関だ。

ソフィは裕福な家庭の娘だが、エルは大学に入学したときからアーカ製薬の貸与型奨学金を利用した。返済のためにアーカに四年間勤務した。

仕事はおもしろく、まったくつらくはなかったが、デルフィ・プロジェクトの長であり、アーカのCEOであるチャールズ・リー博士は例外だった。彼はエルとソフィの研究に個人として興味を示していた。あからさまにそうだった。サンフランシスコの金融地区にあるアーカ製薬本社に勤務しているのに、最近はここパロアルトのコロナ研究所にやたらと顔を出す。

彼の興味は熱烈といってもよいほどで、非科学的なまでに研究を急がせようとした。ソフィは「物議をかもしかねない性質の」研究である以上、確実に足元を固めながら一歩一歩進むべきだと、何度もやんわりと伝えた。

ふたりの研究テーマは、昔から超能力や超自然的な能力などといわれている力だ。もっとも、この分野はいまや一般的な神経学に取りこまれている。ふたりが集めたデータのなかには論駁（ろんばく）の余地がないものがあるが、科学はゆっくりと進歩するものだ。いつの時代も、ひとつのパラダイムに研究者人生のすべてを費やす者がいれば、その新しいパラダイムがもたらすものに死ぬまで抵抗する者もいる。

エルは、自分自身もｆＭＲＩの画像を撮り、ほかの被験者たちと同じように脳の一部が活性化することを知ったとき、実験に参加するのを拒否しようとした。だが、リーは聞き入れなかった。研究チームの仕事と並行して被験者になるよう要求した。そのとき、エルもソフィも、研究者たちの多くが、似たように機能する脳の持ち主であることを知った。

エルは自分の科学者としての評価をさげるおそれがあるとわかっていたが、両者の役割を果たすのがいやではなかった。それまで生きてきてはじめて、**夢**が無意識の現実逃避ともいうべき不愉快でみじめなものではなく、本物の幽体離脱ではないかと考えられるようになった。

あの体験は夢の暴走などではなく旅なのだと考えることができるようになったのは、大きな進歩だった。アーカ製薬に完全な経済的支援を受け、このテーマで博士論文を書いた。エルにとって幸運なことに、ひどく常軌を逸したアイデアを温めていると笑い飛ばさない教授がスタンフォード大学にはいた。

その後で、またもや奇跡が起きて、スタンフォード大学に新しく超能力科学科ができた。超感覚的知覚(ESP)が存在することを前提に神経細胞レベルで研究する学科であり、アーカ製薬の莫大な寄付金によって設立された。

エルは寝台から両足をおろすと、脚が体重に耐えられるかどうか試しながら慎重に立ちあがろうとした。前回の実験のあと、立ちあがろうとしたとたんに倒れ、危うく脳震盪(のうしんとう)を起こすところだったのだ。

体外離脱をすると大量のエネルギーを消費する。体内の酵素レベルから、マラソンを走ったのと同じくらい消耗するとわかっている。一回の実験で、五百グラムやせるほどだ。

立とうとしたが、まだ脚に力が戻っていなかった。ソフィは科学者らしく冷静にふるまおうとしていたが、心配をあらわにした。タブレットをちらりと見やり、目をあげた。「どうだった？」咳払いをして下唇を噛む。「成功した？　あっちに行けた？」

　今回の旅はエルにとっても、プロジェクト史上でも最長となった。実際には一度も行ったことがなく、どんなところか想像すらできない場所を目指して地球を半周した。ＧＰＳの座標と偵察衛星キーホール15の画像だけを根拠に、ほとんど地下に埋まっている施設を訪れたのだ。

「行けたわ」エルは小さな声で答えた。首を左右に振ると、首の筋がポキポキと鳴った。いつも復路がきつい。今回の目的地を考えれば、いつにも増して疲弊して当然だ。

「やった！」ソフィは満面の笑みを浮かべ、拳を掲げた。それから真顔になり、そわそわと周囲を見た。室内の会話はすべて記録されている。「ねえ、すぐにあなたから報告を受けなければならないことになってるけど、すごく顔色が悪いわ。明日にしない？」

「だめよ」座っていれば大丈夫だ。できるだけ実験プロトコルに従いたかった。それに、とりあえず話をせずにはいられない。ソフィなら理解してくれるはずだ。

　エルは目を閉じて記憶をさかのぼった。普通の夢はすぐに忘れてしまうが、エルの夢はちがう。大部分がイメージとなって、いつまでも頭に残る。「暗かった」エルは静かにいった。「ということは、おそらく夜だった。なにもかも異質で見慣れないものばかり。ものの形とか、文字とか」

「習ったことのある文字？」

　エルはかぶりを振った。「蒙古語ね」体が震えた。自分の魂だかなにかが、そんなに遠くまで往復したのだ。頭がぐらぐらしている。まだ自分自身に戻ってきていないような感じがする。ただでさえ脚に力が入らないのに、胸のなかにも空洞ができている。そのあたりの内臓が消えてしまったかのようだ。

めまいはひどかった。動くのがつらかったが、それでも顔をあげて周囲のものに目の焦点を合わせようとした。首をめぐらせると、なにもかも新鮮に見えた。この一年、毎日通っている研究室が、はじめての場所のように感じた。どことなく現実離れして、別の場所のようだ。

部屋がぐるぐるまわりはじめたので、エルは目を閉じた。ソフィの声がしたので、また目をあけた。

本来なら研究者二名の立ち会いのもと、報告をしなければならないが、ほかの三名は欠勤していたのでやむをえない。

「それで、あなたが行ったところは——」

「施設だった。軍事施設。研究所のようにも見えた」報告しているうちに、だんだんいつもの自分に戻ってきた。周囲が少しずつ現実らしく見え、立体的になっていく。「モンゴル防衛軍——あの国の軍隊のシンボルが見えた。それから、ポールにはモンゴル自由共和国の青と赤の国旗が掲げられていた」

ソフィはタブレットをタップしていた。「だれかとくに注目して追いかけた人はいる?」

「ええ。背丈は中ぐらいだけど、肩幅がとても広い男性。グレーとグリーンの軍服を着ていた。襟には三つの星がついていたわ」

「あとで調べなくちゃ」ソフィがつぶやいた。

「その男性は司令官らしかった。部下を率いて、その施設を攻撃していたの。川か、下水道から施設に侵入したみたい。はっきりとはわからないけれど。警報が鳴ったときには、彼らは施設のなかを走っていた。だけど、施設内にとどまらず、突き当たりのドアを抜けて、さらに別の強化ドアへ直行した。強化ドアのむこうでは、有害物質を扱っていたみたい。陰圧室だったから。空気がそっちに流れこんで、兵士たちの軍服が背中に張りついていた。リーダーは、部屋に入る暗証番号を知っていた。ドアがあくと、先に部下を入れたわ。たぶん二十人くらい。全員が入ってから、ドアを閉めた」

「そこになにがあったか見えた？」

「ええ」エルの声は静かだった。「巨大な装置があった。電磁加速砲（レイルガン）。実際に発射できそうに見えたわ」

ソフィの口がOの字を作った。「レイルガン」ゆっくりと繰り返す。エルはうなずいた。

レイルガンは世界じゅうの軍事研究における聖杯だ。二本の電気伝導体のレールに挟んだ砲弾を電磁力によってマッハ9で飛ばす。可動部が少なく、電力で動くので爆薬が必要ない。よって、敵に探知されにくいと考えられている。

レイルガンの原理そのものは百年以上前から知られていた。非常に複雑な装置だ。数千キロ離れた対象を探知されずに攻撃することのできる強力な兵器として、開発が急がれている。エルはソフィの目を見た。ふたりとも、しばらく前から自分たちの研究が軍事的な目的に利用されているのではないかと疑っていた。いままでは、安全な電子メールのシステムを構築して、ひそかに連絡を取りあっている。今回のことは、疑惑を裏付けるできごとではないだろうか。

つまり、エルは軍事的な偵察に送られたのだ。

ふたりとも、エルが見たものの重要性を理解していないふりをしなければならない。研究所の外で、ふたりきりで話しあう必要がある。

エルは握った両手をあげて、大きなあくびをした。「失礼」申し訳なさそうに笑っていった。「ほんとに疲れちゃって」

「なにかほしいものはある？」ソフィはエルの肩に手を置いた。エルは二時間の旅から帰ってきたときも、決まって空腹で喉が乾いている。今日は六時間だ。

「いつものように、おなかがすいて喉がからから」エルはわざと嘘をついた。食べものも飲みものも、いまいちばんほしくない。「家に帰りたい。休みたいわ」

「わかった。水のおかわりを持ってきてあげる」

エルは空腹でもなく、喉も渇いていなかった。とにかく消耗していた。それから、お手洗いへ行きたかった。隣の小さなお手洗いで用を足して顔を洗い、鏡をまじまじと見つめた。

そこには、よく眠れない日が二日ほどつづいたあとマラソンを走ったのかと思われそうなほど、疲弊しきった顔をしている自分が映っていた。もともと血色はよくないほうだが、いまは氷のように白く、唇は青みがかっていた。ぎらつく電灯の明かりがいたずらし、瞳の淡いブルーがほとんど白に近く見える。瞳の色さえ白い幽霊だ。

ここまで苦労する価値はあるの？

ある。

きっと。

たぶん。

いまでは**夢**に連れていかれるのではなく、みずから選んだ場所へ旅することができるようになっている。**夢**に振りまわされるのではなく。だから、神経科学を選んだのだ——理解するために。自分は知識欲に駆り立てられた、感情に左右されない科学者だと思っている。けれど心の奥底では、なぜこれほど駆り立てられるのかを知っている。

ニックを忘れるためだ。

ああ、よかった。彼のことを思っても、胸がかすかにちくりと痛むだけだ。十年前、彼に捨てられたときのように、打ちのめされることはなくなった。

ちがう。捨てられたわけではない。捨てられたというと、切ってはならない絆があったかのようだが、ニックはそんな責任を負っていなかった。彼に責任を負う気持ちはなかった。全力で責任を避けた。だから、彼はエルを捨てたのではなく、それまでの生活をつづけるために立ち去っただけだ。

ありがたいことに、どんな生活か知らないけれど。

ローレンスでの最悪の一日から十年がたち、あれからニックの夢を見ることはだんだん少なくなり、垣間見る程度になった。以前のように、生活を覗くようなものではなくなった。いまでは、普通の夢にニックが出てくる。ただし、それすらめったにない。

強迫観念に取り憑《つ》かれている人間ですら、それを強める要因がなければ、強迫観念を失っていくのかもしれない。昼間は頭のなかからできるだけニックのことを消すようにしている。多忙な毎日なので、さほど難しいことではなかった。ただ、夜になると夢のなかに彼が侵入してくる。しかも等身大で。不本意ながら、それほどまでにニックはエルの頭のなかの一部になっているので、ほかの男性を彼とくらべてしまい、物足りなく感じてしまう。

十年間。

あの大昔にも思える寒い冬の夜、実家のドアを出て以来、エルはさまざまな努力を重ねてきた。あの日を境に、自分に割り当てられた悪運も底をつき、ようやく幸運な時期が来たようだった。カリフォルニアまでの長距離バスでエルの隣に座ったのが、アフリカ系アメリカ人の老女、コーラだった。ふたりはすぐに打ち解けた。エルはなぜバスに乗っているのか話さなかったが、コーラは事情があるらしいと察してくれた。なにも訊かれなかったので、エルも黙っていた。

サンフランシスコの停留所に到着すると、コーラの息子のダリルが待っていた。コーラはダリルに、テンダーロイン地区で営んでいるバーレストランの二階にエルを住まわせ、仕事をやるように命じた。それから五年間、エルはダリルの店でバーテンダーとして働いた。最初の一週間で、ダリルはきみほどの働き者には会ったことがないといい、給料をあげてくれた。

たしかに、エルはよく働いた。それまでは無給で働いていたのだから、給料が出るだけでボーナスのように感じた。

ダリルはいつも模範的な市民というわけではなく、エルが本物のＩＤを持っていないことを知ると、裏社会の知りあいにかけあってくれた。そのおかげで、エルはまもなくカリフォルニア州在住のエル・コノリーのＩＤを手に入れた。

エルは市立大学に聴講生として登録し、すべての科目で最優秀の成績をおさめた。当初は、自分が知的な刺激に飢えていたことに気づいていなかった。生物学で修士号を取るころには、スタンフォード大学の授業料を全額援助するという申し出を三件受けた。ダリルはいつも、母親が長生きしてエルの卒業を見届けられてほんとうによかったといっていた。コーラは満面の笑みを浮かべ、車椅子で卒業式に出席した。

市立大学に在学中、エルは夢を見て見ぬふりをすることができなくなり、スタンフォードへ進むと、専門的な興味を抱くようになった。スタンフォードには、それまでにも超能力をもたらす神経的な基盤に関心のある非公式の研究グループがあったようだが、驚いたことに、国際的な巨大製薬企業が資金を提供し、公式なグループが発足した。ｆＭＲＩの画像データにより、被験者たちにはある共通点があるとわかったのだ。

ソフィ同様、エルも被験者兼研究者として参加したのだが、ほかの研究者たちもそれまでずっと隠してきた特殊な能力を有し、脳に変異を起こした部分があることを知った。研究者たちはプロジェクトに熱中し、毎日遅くまで仕事をしたが、それはエルも同じだった。

昼間に条件を設定した夢を見たのはこれで四度目だが、いつもひどく体力を消耗した。どうやら、夜に夢を見ても、眠っているうちに回復するようだ。血液検査の結果、夢を見たあとは赤血球が減少していることがわかった。

ソフィが戻ってきた。氷水のグラスを受け渡す瞬間、彼女はさりげなくエルの腕に触れた。ソフィはめったに人と接触しない。そのことには、エルもとうに気づいていた。それに、エルと同じくデートもしない。腕に触れたソフィの手は人並み外れて温かかった。彼女はエルが水を飲み干すまでそうしていた。

温かい手と冷たい水になんらかの効能があったのか、エルは元気を取り戻した。といっても、少しだけだ。ソフィにほほえみ、すっかり元気になったふりができる程度だ。

「ありがとう」エルがほほえむと、ソフィの眉間のしわが消えた。ソフィが手を離したとたん、エルは寒さを感じた。

たぶん、ソフィは治療者(ヒーラー)なのだろうと、エルは考えている。ただ、さしあたってそのことを伏せておきたい気持ちもわかる。ソフィも、ほかの被験者同様、脳のある部分に変異が見られた。

「もう帰っても大丈夫?」ソフィは眉根を寄せて手を中途半端にのばした。もう一度、なにげないふりをしてエルに触れるべきか迷っているのだ。「よかったら送っていくわ。明日の朝も迎えにいくし」

「明日の午前中は家で仕事をするっていってなかった?」

「まあね。でも、急ぎじゃないから」

エルは背筋をのばした。くたびれはてているが、明日もソフィに車を出させるわけにはいかない。「わたしは大丈夫。明日の午後、ここで会いましょう」

ソフィはひとしきりエルをじっと見ていたが、ふっと肩の力を抜いた。「わかった。じゃあ明日ね」

ソフィが帰ってしまったあと、エルはさらに十分ほど座っていた。そろそろ帰らなければ、研究室で朝まで眠りこんでしまいそうだ。研究室に泊まったことがないわけではない。でもこのときは、住み慣れて居心地のよい、自分の小さなアパートメントに帰りたくてたまらなかった。

エルはやっとのことで自宅にたどりついた。倒れこむ寸前だった。ドアを抜けてソファに直行し、バッグとブリーフケースを床に放り出すと、座るというよりへたりこんだ。この二十四時間の疲れに押し流されないよう、頭を後ろにかたむけてこらえた。シャワーを浴びて、なにか食べなければならないが、いまは座って天井を見あげるのが精一杯だ。

サンフランシスコでの最初の一年を思い出す。昼間はウエイトレスをして働き、夜は大学に通った。でも、あのころは若くて体力もあった。そして、学位を目指して夢中だった。父親を介護するだけの長い停滞期のあとだったので、なんでも見てやろうというエネルギーに満ちていた。ついに……人生がはじまると思っていた。勉強し、好きな仕事を見つけて、愛する人と知りあう。そして、家族を持つ。ほかのみんながそうしているように。

勉強と仕事はなんとかなった。けれど、家族を作るほうは、なかなかうまくいかない。それどころか、恋愛経験もほとんどない。残酷な真実をいえば、恋愛にはまったく縁がない。

鏡を覗けば、そこには決して魅力がないわけではない女が映っている。異性の反応から判断すれば、自分はまあ魅力的らしい。最初は、デートに誘われれば応じていた。ニックに教わったことがあまりにもすばらしかったので、またそんな相手ができればと望んでいた。

もっと体験してみたかった。

ところが、どうやらニックのしたことは、ほかの人にはできないらしい。ぞっとすることに、だれひとりニックが味わわせてくれたような気持ちにはさせてくれなかった。何度かそんな雰囲気になったが、触れられたくないどころか、突き飛ばしたい衝動に駆られた。

エルは同性愛者ではないので、それが理由ではない。確実に異性愛者だが――閉ざされた門をあける鍵は永遠に失われてしまった。だから毎晩、きれいに飾りつけた小さなアパートメントにひとりで帰ってきて、だれかと一緒にいたいという願いを忘れるようにした。

疲れ果てたエルは、コートも脱がずにソファで眠りに落ちた。そして、夢を見た。

またあの日の夢だ。この十年間、何度も見た夢。

何カ月も寒くどんよりした曇りの日がつづいたが、久しぶりにようやく太陽が顔を出した。陽光が雪を溶かし、寝室を明るく照らしているのが、目を閉じていてもわかる。

エルは口元をほころばせ、あくびをして両腕をのばした。勢いよく上掛けをはねのける。

さらに頬がゆるんだ。体がひりひりしてだるかったが、心地よいだるさだった。まだニックの温もりが残っている。温かい。体の芯まで温まっている。そして――軽い。重い荷物をおろし、楽に動けるようになった感じ。

目をあけて、乱れたベッドを眺めた。くしゃくしゃになったシーツと上掛けが、朝の日差しを浴びてくっきりとした光と影を作っている。寝室のなかがきらめいていた。銀の花瓶、ドレッサーの上の鏡、真鍮のランプが、まばゆい日光を反射している。

エルも輝いていた。新しく生まれ変わり、きらきら光っているような気がした。

そして、エルはきらめく新しい愛を手に入れた。ニックだ。

それなのに、彼は寝室にも、隣のバスルームにもいない。

一階にもいない。

もはや心臓が激しく打っていた。切迫したリズムを。恐怖のリズムを。あちこち探しまわったが、静まりかえった家のなかで、自分の鼓動の音だけがうるさい。頬を濡らしながらニックの名前を呼んだ。いらいらと涙をぬぐうが、胸の鼓動が激しすぎて耳鳴りがしてきた……。

エルははっと目を覚まし、夜の静寂のなか、ぜいぜいとあえいだ。また泣きながら目を覚ましたのが情けなかった。昼間は努力しなくても、少しも泣かずにいられる。泣くくらいなら拷問を受けたほうがましだ。だが夜、眠っているあいだは、防御壁が崩れてしまい、そのことがほんとうにいやだった。

耳鳴りが止まらない。いつも自分を取り戻すまでしばらく時間がかかる。それは、普通の夢で迷ったあとも、**夢**から戻ってきたあとも同じだ。

ぎくしゃくする両手でバッグを拾った。手が震えるのも夢の残滓のせいだ。携帯電話の画面を見ると、笑顔でシャンパングラスを掲げているソフィが映っていた。アーカ製薬が主催したデルフィ・プロジェクトの発足パーティで、エルが撮った写真だ。

　ヒキガエルのような声が出ないよう咳払いをしてから、親指でテレビ電話機能をオフにした。ソフィに涙の跡を見られたくなかった。いま美容マスクをしている最中だといえばいい。

「もしもし、ソフィ」さりげなくいった。「どうしたの――」

「エルよく聞いて時間がないの。テレビ電話にして」いわれたとおりにすると、自室を歩きまわっているソフィの顔が上下に揺れて映った。顔色が悪く、汗ばんでいて、不安そうに目を大きく見ひらいている。声はごく小さく、切羽詰まっているようだ。肩越しにさっと後ろを見て、また画面に目を戻した。「レスとロジャーはさぼったんじゃないわ。モイラも連絡が取れない。みんな捕まったのよ――どこかへ連れていかれたの。どこかわからないけど、まずいわ、エル。わたしたち……囲いこまれてたのよ！」ソフィは部屋から部屋へとうろうろしていた。「十五分前にナンシーから電話がかかったの、ナンシーはモイラから電話があったそうよ。すぐ切れちゃったんだけど、ナンシーの家の裏に黒装束の男たちがいるっていうの。武装してるらしいわ。ナンシーはクローゼットに隠れてるっていってたけど、もう電話が通じないの。モイラとレスとロジャーの電話も通じない。エル、逃げて。できるだけ急いで。武装した連中がだれだかわからないけど、まずいわ。わたしたちがつけられたセンサーは追跡装置よ、ナンシーがいってた。わたしは――」ソフィがぴたりと止まった。エルにも音が聞こえた。なにかが床に倒れた。

彼らがこそこそせずに堂々と乗りこんできたことが、さらに恐怖をあおった。

携帯電話の映像がぼやけ、不意に数人の人影が映った。

「センサーを取り出して、電話を捨てて逃げて！」ソフィの叫び声を最後に、電話が切れた。

エルは震える手で携帯電話を体から離した――不可解にも、プラスティックの薄い透明な板が、ガラガラヘビ並みの危険物に変わってしまった。

手を広げて携帯電話を落とした。もちろん、それくらいで壊れはしない。最新機種で、銃弾が当たっても壊れないところを撮った映像がネットじゅうにあふれている。爆弾処理班が着用する防護ベストと同じポリマー素材でできているのだ。

床の上で携帯電話が鈍く光っている。これを通じて追跡されかねない。

逃げなくちゃ！

すばらしい。逃げる、逃亡する。でも、体内に追跡装置があるのなら、逃げても無駄だ。

明かりはつけなかった。つける必要がない。家のなかはすみずみまで知りつくしている。

キッチンへ急ぎ、よく研いである小さなナイフを取り出し、バスルームへ走った。外に面した窓はないので、ドアを閉めれば、だれかが外で見張っているとしても明かりに気づかれる恐れはない。

早く早く早く！　頭のなかで唱えながら、上腕に消毒薬をどぼどぼとかけた。ほとんど見えない程度の皮膚のくぼみに指先を当てると、感触があった——コロナ研究所がバイオセンサーだといっていた極小のチップが、そこにうまっている。一年後に取り出す予定で、データはグラフに記録されている。

センサーの中身はランダムに与えられていた。被験者兼研究者の半数には、実験中の薬品であるSL－61が投与され、残りの半分はプラセボが投与されていた。エルは自分がどちらのグループか知らないが、どちらにせよ、センサーが追跡装置なら、やることは同じだ。いますぐ取り出さなければならない。

痛みを緩和するものはなかった。基本の救急セットがバスルームにあるきりだ。おまけに時間もない。

エルは歯を食いしばり、ナイフで皮膚を切開して手を止めた。ひたいに汗がにじむ。電撃のような灼熱の痛みに慣れようとした。だめだ、慣れるわけがない。できるだけ手早くすませるしかない。刃先を返して正しい角度で抜いた。また手を止め、シンクにこうべを垂れた。痛みのあまり吐き気を催した。それがおさまるのを待ち、切れ目を入れた皮膚を持ちあげ、親指と人差し指を差しこんだ。それは思ったより深いところにあり、探らなければならなかった。二度、気を失いそうになって手を止めた。

やっと人差し指の先がセンサーの端に触れた。関節ひとつ分が埋まっていた。顔をあげる。

鏡に痛みにひきつり、唇からも血の気がなくなった青い顔が映っていた。深く息を吸い、指先をセンサーの下に差しこんで引き抜こうとした。

悲鳴が漏れ、膝が折れた。左腕がシンクの縁に引っかかったおかげで、床に倒れこまずにすんだ。痛い！　切開したときよりもはるかに痛む。骨まで電流が流れているかのようだ。

ああ。ソフィは急げといっていたのに！　でも、この……これを外に出さないかぎり、どこにも行けない。バスルームのなかがやけに騒々しかったが、それが自分のあえぎ声と泣き声だと気づくのに、一分はかかった。

いったん指を抜いたら、二度と突っこむ勇気はない。まるで生きているようなセンサーの抵抗を右手に感じながら、さらに力をこめて引っぱった。

これはだめだ。もっと深いのだろうか？　いや、指先に触れている。もうすぐ取り出せる。左手でカウンターから清潔なタオルを取り、口に突っこむと、ためらいが出てこないうちに両足を踏ん張って、思いきりセンサーを引っぱった。タオルで悲鳴をくぐもらせ、痛みのあまり息もできずにのけぞった。

頭のなかがぐるぐるまわり、目の前で黒い斑点が躍った。失神寸前になったそのとき、センサーが動いた。さらに力をこめる。痛みは鋭く、生きものじみていたが、ついにセンサーが外に出てきたとたんにじんわりやわらいだ。

エルはタオルを吐き出してシンクの前でうなだれ、大きくあえぎながら、なんとか吐き気をこらえた。しばらくして、視界がぐらぐらするのがおさまった。腕がずきずきし、涙がシンクに落ちた。

だが、センサーを目の前に掲げてじっくりと眺めた瞬間、痛みもなにもかも忘れた。センサーには、小さな王冠が三個重なったコロナのロゴが入っていた。なんの変哲もないチップに見えたが、妙なものがついている——うねうねとのたうつ触手がのびている。生きている。

エルはそれを目の前に掲げたまま、ピンセットで触手に触れてみた。恐怖にとらわれながらも目をそらすことができなかった。イソギンチャクのように、触手が引っこんだのだ。

触手はセンサーからのびている。なかになにが入っているにせよ、それは半分生きている。

いや、訂正。完全に生きている。

だが、じっくり観察するひまはない。エルはセンサーをシンクの端に置き、傷の手当てに取りかかった。縫合するより傷口をしっかりとふさぐ皮膚用接着剤を塗り、痛み止めのジェルつき抗菌絆創膏を貼った。

よし。これが精一杯だ。

痛みは鈍い疼きに変わったものの、ひどく痛い。だが、エルの動きを邪魔することはなかった。エルは暗闇のなかでてきぱきと動き、クローゼットから冬用のスポーツウェアを取り出した。アーカ製薬が社員の服に送信機をつけている可能性がわずかでもあるならば、職場に着ていった服は避けたほうがいい。

暖かいカシミアのセーター、ウールのパンツ、防寒ソックス、ブーツ、ダウンのロングコート。リビングの棚に指を走らせ、読み慣れた一冊の本を探した。タイトルを読めなくても、どれが目的の本かわかる。生化学の分厚い専門書で、だれかの興味を惹くことはまずない。エルはこの本のページをくりぬいて、現金を隠していた。一枚残らず札を取り出す——全部で二万ドルある。現金を持たずに逃亡するとどうなるかは、知りすぎるほど知っている。

エルは窓辺へ駆け寄った。ソフィの声は恐怖があらわになっていた。いつも冷静で気丈なのに。そのソフィがパニックに陥っている声を聞いたせいで、エルも狼狽していた。

室内は暗くて外から見えるはずがないので、正面の窓の端から外の様子をうかがった。頭の奥では、自分がなにを見たがっているのか知っていたが、望みどおりのものが見えた。家の前の小さな庭は無人で、そのむこうの通りにもだれもいない。通りの先は袋小路になっていて、近所にだれが住んでいるか、どんな車に乗っているかはわかっている。

動きはない。暗く静かで、安全だ。大げさに反応しすぎだろうか？　ソフィはストレスかなにかで不安定になっているのだろうか？　でも、センサーには気味の悪い触手がついていた。とりあえず、当分は行方をくらませたほうがよさそうだ。エルは窓に背を向けようとして、ぴたりと動きを止めた。視界に黒いものがすべりこんできた。

見たことのない車が——黒く、無粋なまでに大きい——アパートメントの前に止まり、四人の男が降りてきた。ドアがひらいても車内灯はつかず、男たちは影となってすべり出てくる。黒装束のおかげで闇に溶けこんでいるが、彼らがどこを目指しているのかはわかる。

このアパートメントだ。

無人の通りで車が前進し、Uターンして建物の駐車場の出入口をふさぐようにぴたりと止まった。

四階建てのアパートメントは、通りから少し引っこんだところに建っていて、正面は小さな庭になっている。庭は胸の高さの錬鉄の柵で囲まれ、まんなかに高さ百八十センチの門がある。

男たちは全身を黒い服で包み、フルフェイスのヘルメットをかぶり、レンズが艶消しブラックの暗視ゴーグルをつけていた。

そのうちふたりが影のように柵の両端へ行ってしゃがんだ。ほかのふたりは姿が見えなくなった。どこへ行ったのかは見当がつく——路地を通って、アパートメントの裏手へ向かったのだ。エルが見ていると、正面に残ったふたりは耳元をタップしてじっと立っていた。ふたりがなにを聞いているのかはだいたい見当がついた。残りのふたりが裏口に到着し、これから行動を開始するのだ。オリンピックでメダルが獲れそうなほどシンクロした動きで、ふたりの男はひらりと柵を跳び越え、じりじりと進みはじめた。

彼らは建物の入口へ向かってくる。そして、最終的には二階のエルの部屋へ来る。

ああ、ソフィのいうとおりじゃないの！

もう時間がない。逃げなければ——でも、どこへ行けばいいのだろう。どこであれ、急がなければならない。エルはバッグを床から拾い、走りだした。

アパートメントは四棟の団地のうちの一棟で、ほかの棟とは外から見えない地下通路でつながっている。心臓が激しく打っていたが、一階まで階段を駆けおり、さらに走りつづけた。地下一階の入口のセンサーにカードキーを通し、静脈認証センサーに手のひらをたたきつける。大きく息を吐いたと同時に、正面玄関のロックが解除される音が聞こえた。建物のセキュリティは優秀で、暗証番号と生体認証の二種類を運用している。エルは安全を優先して、この狭いアパートメントを借りたのだ。その高度なセキュリティを突破したのなら、彼らはかなりのやり手だ。プロだろう。ドラッグ依存症者が侵入してきたほうがましだと思えるほど怖い。

車は使えない。黒装束の男たちは駐車場の出入口をふさぐ形で車をとめている。できるだけ遠くまで自分の足で逃げなければならない。立っているのがやっとなのに。

建物のなかで音はしない。彼らが部屋に侵入しようとしているのなら、ずいぶん静かにやっているようだ。もっとも、部屋のセキュリティは、連中が楽々と破った建物のセキュリティよりも一段落ちる。

地下通路は長くてほとんど真っ暗だった。三メートルごとに薄ぼんやりした化学照明がともっているだけだ。通路が果てしなくつづいているように感じた。脚が疲れ、腕もずきずきし、エルは壁にもたれた。

足を止めてはいけない。だが、進んでも進んでも、通路はどんどんのびて一キロ先までつづいているかのように見えた。まるで映画の特撮効果だ。顔も胸も冷や汗でじっとりと覆われた。ふらつきながらも、壁に手をついてなんとか体を支えた。

ほんの一瞬、壁に背中をあずけてずるずると座りこみ、階上にいる連中が地下へおりてくるのを待ってみようかと思った。念入りに準備してきたのなら、建物の構造くらい調べてあるだろう。地下通路はこの建物ならではの特徴だ。

ここでじっとしていれば、彼らはきっと捕まえにくる。

プロジェクトチームから三人が消えた――いまではソフィを入れて四人だ。おそらく四人は誘拐された。いまここに、まさにこの瞬間に、エルの部屋に押し入っている連中を送りこんできた者によって。なにが目的にせよ、正しいものではないことはたしかだ。

行きなさい、と自分を叱咤した。数秒後、足が命令に従った。

エルは懸命に息を継ぎながら、通路の端にたどりついた。足を止めて壁にもたれ、呼吸を整えようとした。恐ろしいことに、すぐそこに危険が迫っているのを知らせる警報が頭のなかで鳴り響いているが、体はもはや従うことができない。頭がガンガンと痛むほど恐怖に追い詰められているのに、まっすぐ立っているのが精一杯だ。

ここでぐずぐずしていれば、それだけ捕まる可能性が高まる。黒装束の男たちが地下通路へおりてくれれば、自分はこの世でいちばん狙いやすい標的となる。最新のスタンガンは百五十メートル先の人間を殺すか、重傷を負わせることができると、なにかで読んだ覚えがある。

エルは壁から体を離して前を向いた。足は腹立たしいほど動かず、のろのろと引きずるのがやっとだった。

出口は二カ所ある。一カ所は、正面玄関のそばへあがる階段で、もう一カ所は建物側面へ出られる階段だ。エルは勘で側面の出口を選んだ。そろそろとドアをあけ、外の様子をうかがった。視界に人影はない。

時間はあとどれくらいあるだろう？

建物のセキュリティ同様に、部屋のセキュリティをたやすく突破したとしても、だれもいないのを確認するまでは少し時間がかかるのではないだろうか？　少なくとも、数分は。

充分まにあうかもしれない。

近隣の地図は頭に入っているから、できるだけ急いで家々の裏庭を抜けていけば、別の地区に出られる。徒歩なら十分程度だ。彼らがこちらの思惑に気づいたとしても、車で追いかけてくればもっと時間がかかる。自宅が空っぽだとわかったら、おそらく近所をしらみつぶしに探すだろう。それでさらに時間を稼げる。

エルは家々の裏庭と狭い路地が入り組んだ地帯を抜け、まったく別の地区に出た。あたりはごみごみしている。

かえって好都合だ。彼らもこんなところへは探しにこないだろう。

立ち止まり、壊れた街灯に寄りかかって息を継いだ。五分先よりもっと先のことまで考えなければならないのに、アイデアがなにも浮かばない。痛みと緊張と疲労が、思考を妨げている。安全な場所へ行かなければ――でも、どこへ？

高級ホテルは問題外だ。会社が出張してきた学者の定宿に使っている数軒のホテルもだめ。追っ手もリストを用意してあるはずだ。それに、クレジットカードを使えば、居場所を知られてしまうかもしれない。

考えて、エル！　街灯にすがりついてうなだれ、現状を打破する方法を考えた。ひどく疲れている。実験のせいで、体力がほとんど残っていない。そのうえ、ソフィからの電話にショックを受け、痛みに耐えてみずからの腕をえぐり、センサーを取り出し、黒装束の男たちを見ておののき……。

ジェイン・メイシーも、錯乱してこんな気持ちだったにちがいない。彼女は実験のあと精神疾患の症状を呈するようになり、姿を消した。エルが事情を尋ねると、会社はプライバシーの保護を理由に答えなかった。

なぜいまジェインのことを思い出したのだろう？

あっ！　突然よみがえったあざやかな記憶に、最後に残ったなけなしのエネルギーが湧きあがってきて、エルははっと顔をあげた。

ジェインは既婚者とつきあっていた。相手は、このあたり一帯に何社もあるベンチャーキャピタル企業の一社に勤めている弁護士だった。妻は有力者で、夫の浮気を知ったら容赦なく報復しかねないといわれていた。

妻が裕福な生活をこよなく愛し、貧しい人々を目にするのもいやがることはよく知られていた。仕事で出かけるときも貧しい地区を避け、運転手にわざわざ遠まわりさせていたという。

だから、ジェインは貧しい地区で、とやかく詮索されず、IDの確認もされず、現金払いを受け付けてくれる安宿を見つけた。

その安宿の名前も、どこにあるのかも、エルは覚えていた。

ここから歩いていける距離だ。体力さえもてば。ただ、また他人の家の裏庭や路地を抜けなければならない。表通りは追っ手が車で探しているはずだし、監視カメラをハッキングされる可能性もある。

ひとつはっきりしているのは、デルフィ・プロジェクトを立ちあげたアーカ製薬は豊富な資金を有しているということだ。うなるほど金を持っている企業のセキュリティチームが全力をあげて追いかけてきたら、こちらはきわめて不利だ。

いまはとにかく休める場所を見つけることしか考えられない。エルは体を起こし、なにひとつ詮索されない安宿まで、長い道のりをとぼとぼと歩きだした。

サンフランシスコ　フィナンシャル・ディストリクト
アーカ製薬本社

チャールズ・リー博士がエル・コノリー博士の報告を録画した映像を観るのは、これで五回目だった。ダニエルズ博士の質問はいいかげんすぎるので、あとで叱責しなければならない。ただ、肝心なのは、コノリー博士がトレーニングセッションのあいだに、バヤンホンゴルの秘密基地に侵入できたことだ。モンゴルには二十名の三つ星将官がいる。リーは、あとでコノリーには顔写真を見せて確認するつもりだが、彼女が見た将官はモンゴル軍特殊部隊のイーシュ中将だろうと、ほぼ確信した。

コノリー博士に指示した座標に位置するあの秘密基地では、レイルガンの開発が進められている。

これで、中国科学技術部に対してしばらく時間を稼げるのではないか？

そう思ったとたん、胸のなかで鬱積した怒りがふくらんだ。リーは七歳にして中国からアメリカへ移住したが、心はいつも祖国にあった。小学校から大学まで飛び級で進み、アーカ製薬でも出世の階段を駆けのぼった。その目的はたったひとつ。中国を世界で唯一の超大国にする鍵を手に勝利者として祖国へ帰り、政府中枢でみずからにふさわしい地位におさまることだ。

リーは、元アメリカ陸軍大将のクランシー・フリンの協力で軍の闇資金を利用して〈ウォリアー・プロジェクト〉と名付けたドラッグ開発プロジェクトを進め、ひそかにその成果を北京へ送った。当初の反応は上々だった。研究の副産物で癌ワクチンが完成したのだ。リーは、フリンが〈ゴースト・オプス〉と呼んでいた秘密特殊部隊を利用して――所属する隊員の過去は末梢され、存在しないことになっている――プロジェクトを担った研究所を破壊し、癌ワクチンをすべて北京に送った。中国政府の幹部は全員ワクチンを接種し、現在、四千万の兵士を擁する中国国防軍で、集団接種が進められている。

ゴースト・オプスのメンバーは、自国内におけるテロリズム容疑で罪に問われている。アメリカ政府にとっては、時効のない犯罪者集団だ。

フリンは、ゴースト・オプスを犠牲にすることに一切ためらわなかった。リーは、フリンがリーダーのルシウス・ウォード大佐を憎悪していたからだと理解している。どのみち、リーには関係のないことだ。子どもの喧嘩となんら変わらない。それに、リーはこの偽の軍事作戦から、研究の実験台に使える四名のエリート兵士を獲得した。

ウォリアー・プロジェクトの究極の目標は、超人的な兵士を創り出すことだった。より強く、より速く、より抜け目のない兵士。視力も聴覚も治癒能力も増強され、シナプスがすばやく活動する兵士。ところが、ウォード大佐ほか三名のゴースト・オプスのメンバーを生け捕りにしたものの——ほかの三名は逃走し、いまだに捕まっていない——彼らは非常に扱いにくかった。結局、リーは大佐たちの脳を摘出し、研究中のドラッグの効果を分析することにした。

しかし、脳を摘出する前に彼らに逃げられた。リーは彼らの肉体や摘出した脳から得られたはずの研究データを失った。

現在、リーは、軍を退いてセキュリティ会社の社長におさまったフリンに資金を提供させ、新しいプロジェクトを進めている。

フリンは、さらに富をもたらしてくれる請負人を求めている。

リーは、世界を変えることを目標にしている。

ふたりの思惑はいまのところ、うまく調和している。

北京には、権力を増大させているリーをねたむ敵が何人もいる。彼らは、リーがはるか海のむこうのカリフォルニアにいるのをいいことに、計画を邪魔し、陰で嘲笑している。

だから、リー自身ももっと強く、もっと速く、もっと抜け目ない人間になることにした。ウォリアー・プロジェクトの重要性を示す生きた証になろうとした。つまり、プロジェクトで開発途中だったドラッグSL－58を希釈し、みずからに注射したのだ。効果は抜群だった。外からはわからないが、精神的にも肉体的にも、以前の比ではないほど強靭になった。朝、鏡を覗くと、胸や上腕の筋肉がはっきりと分厚くなっているのがわかる。自分の裸身が映っている鏡の前から離れるのが、ひどく名残惜しい。

まるで別の人間になったようだった。リーは観察者であり学者であり、学問の世界に慣れ親しんでいる科学者だ。孔子の時代に生まれていれば、官吏として出世しただろうと自負している。いつも世界を冷静に見つめているリーの唯一の情熱が、新しい世界の秩序を構築する者として、北京に凱旋することだった。

ところがいまは——自分ひとりで世界を支配できそうな気がしている。いままでは、知性と科学で新しい世界を創造しようとしていたが、いまやこの肉体でそれが実現できるように思える。

それに、さらに強力なツールを手に入れた。文字どおり革新的なツールだ。古代ギリシャの信託にちなんで名付けた、デルフィ・プロジェクト。実験対象の男女数人は、特別な力を有するが、それを隠したり、抑制しようとしている。だが、fMRIはごまかせない。リーは彼らを集め、その能力を分析し、何度も実験を繰り返してデータを収集している。プロジェクトはあと一年ほどで完了するはずだ。そのときが来たら、リーは北京へ高飛びする。しかし、リーは追い詰められていた。北京の科学技術部は、いままで彼のためにあけておいてくれたドアを閉ざそうとしている。そして、あの無能なフリンは、ふたつのプロジェクトへの資金を盾に、早く結果を出せとだんだんうるさくなっている。

北京とフリンが結果を求めている？

だったら、くれてやるまでだ。

両プロジェクトは特別な力を持つ者たちによって完全なものになる。SL-58に改良を重ねたSL-61を彼らに大量投与し、超人的な兵士をつくる方法を開発する。空を飛べる者、地球の反対側へ爆弾を飛ばすことができる者、他人の心が読める者。

ウォリアー・プロジェクトは急ピッチで進んでいる。リーは拳を握り、上腕でふくらんだ筋肉をほれぼれと眺めながら思った。わたしも進化している、と。

パロアルト

あれだ。おそらくこのあたりで、ホテルチェーンに属していない唯一のモーテルだ。それどころか、経営者がいるとも思えない。建物の前面は、かつてはあざやかなグリーンだったのだろうが、いまでは薄い緑色にあせている。庭の植物はほとんど枯れ、〝空　有　ます〟という赤いネオンサインはちらちらと点滅している。

居心地のよさそうな場所ではないが、とにかく数時間だけ隠れて休めるだけでよかった。これ以上、一歩も歩けない。

暗くて埃っぽいロビーに入ったエルは、自分が場違いな格好をしていることに気づいた。ダウンのロングコートも、ブーツもバッグも高価なものだ。幸い、受付カウンターのむこうにいる若者は寝ぼけているのか、〈フィールグッド〉錠を二錠ほど服用したのかのどちらかのようだった。

監視カメラはついてないと、ジェインがいっていた。それでも、エルはうつむいたまま、六十ドルの部屋代として百ドル札をカウンターのむこうへ押しやった。「おつりは取っておいて」目を伏せてぼそぼそといった。爪がひび割れ、汚れた手がさっと札を取り、傷だらけのカードキーを差し出した。

面倒くさそうな声がいった。「あっちだ。通路を行って右」エルは膝に力をこめながら歩いていった。ロビーで気絶して倒れようものなら、受付係の記憶に残ってしまう。

いや、ここがどんな種類の宿か考えれば、大丈夫かもしれない。酒やドラッグで酔った女が倒れるなど、よくあることだろう。エルは目を伏せ、しみだらけの茶色い格子模様のカーペットを一歩一歩踏みしめながら歩いていった。頭のなかでは騒音が鳴り響き、目の前にはまぶしい色つきの斑点が明滅している。部屋が遠かったら、たどりつけないかもしれない。

運よく角を右に曲がってすぐのところに部屋があった。エルはドア枠に手をつき、カードキーをセンサーにかざした。昔風のガチャッという音とともに、ドアがあいた。普通のホテルなら、法律で定められているとおり、カードキーから宿泊客の氏名とチェックインタイム、チェックアウトタイムがメインコンピュータに送信される。だが、ジェインはこの手の宿はいいかげんだといっていた。

エルはよろめきながら部屋に入ってドアを閉めると、窓辺へ行ってブラインドを閉めた。窓の隣の壁に背中をあずけた瞬間、ついに脚が音をあげた。もう立っていられない。バッグが床に落ち、膝が折れた。

ずるずると汚いカーペットにしゃがみこみ、膝を抱いてひたいを膝頭にあずけた。

電流のように、震えが脚から上半身へ伝いのぼってきた。エルは暗闇のなか、体の芯まで冷え、四肢を震わせてこの嵐を乗り切ろうとした。

自分の体すら制御できなかった。激しく震え、息があがっているのに、止めることができない。身も心も、魂も思いどおりにならない。自分のなかに侵入できない場所があり、その境界にぶつかっているような感じだ。

どうにもならない。

息をすることすら難しいのに、次の行動を考えるなんて無理だ。

エルは自身の奥深くへ沈みこんだ。世界がじわじわと黒に染まっていく。

消耗が激しく、これ以上ないほど弱っていたにちがいない。いちばん暗い真実を封じこめた絶望の暗闇にたどりついてしまったにちがいない。だから、ついやってしまった。

二度としないと誓ったことを。こんなときでなければ、死んでも抱きたくなかった思いがふくらんできた。

その思いは心の奥深くからあふれ出た。どうにも止められずに噴き出した。

そして、あまりの強さに、頭のなかで悲鳴になった。
助けて、ニック。

7

カリフォルニア州北部ブルー山
ヘイヴン

ニック・ロスはベッドの上でさっと起きあがった。心臓が肋骨をたたき、全身から汗が噴き出ていた。手をたたいて照明をつけ、上掛けをはねのけてドアへ急いだ。ドアから出る直前、なにも着ていないことを思い出した。

いらいらしながら引き返し、一時間前に椅子に放り投げた服を身に着けた。いつもの格好――ブラックジーンズ、黒のスウェットシャツ、黒いコンバットブーツだ。ブーツの紐も締めずに、外に飛び出した。

いつも部屋の外に出ると、胸に熱いものがこみあげる。死んでも口にしたくない、いや、態度に示すのもいやだが、ニックはヘイヴンを愛していた。ニックはふたりのチームメイトとともに、アメリカ合衆国政府に追われている。三人全員が逃亡者、無法者だ。ここに秘密の街を建設したところ、どこで聞きつけたのか、わけありの人間たちが集まってきて、一種のコミュニティになった。そのうち、ニックとジョン・ライアン、マック・マッケンローは、彼らにどんな事情があるのか尋ねるのをやめた。ニックたち三人の兵士は、なにかから逃げてきた人々を守るだけだ。

ここは山のなかだ。忘れられた銀の廃坑が逃亡者と無法者たちのコミュニティとなり、繁栄している。昔の西部の〝壁の穴〟のハイテク版だ。コミュニティは山の地下に建設され、自給自足でまわっている。ニックは自室を出るたびに、下の広大なアトリウムをぐるりと囲んでいるバルコニーで立ち止まる。おれのコミュニティ、おれの仲間。いつも熱いものがこみあげる。

ところが、いまはちがった。

ニックは部屋を飛び出す前に、ジョンとマックの部屋に通じている緊急ボタンを押していた。一度も使ったことのないボタンだ。ジョンの部屋は同じ階で、マックの部屋は二階上にある。ニックは通路を走り、ジョンの部屋の前を通り過ぎながら「ジョン！　いますぐ危機管理室に来い！」とどなった。拳をジョンの部屋のドアにたたきつけ、階段を駆けおりる。エレベーターは時間がかかる。四段飛ばしで階段を降り、最後には手すりを跳び越えて、危機管理室へ走った。

危機管理室のドアは、ニックとマックとジョンを認識してひらくようプログラムされているが、処理に二秒かかる。ニックは全身の神経系を焦燥にさいなまれ、ドアがひらくまで、ドアの一メートル手前でぴょんぴょん跳ねずにはいられなかった。

部屋に飛びこみ、ぴたりと止まってやみくもに見まわした——なにか役に立つものはないだろうか。

ヘイヴンの危機管理室は、新国防総省の部屋であってもおかしくなかった。ヘイヴン周囲の警備区域をくまなく映し出すホログラフィックモニターからなにから、最高の設備がそろっている。森で野ウサギが糞をしてもわかるほどだ。あらゆる衛星と不法につながっているうえに、ヘイヴンの不可視型ドローンが集めた赤外線サーモグラフィの映像をサーバーに常時送ってくる。このような情報収集は重大な機密保護違反で、見つかったら逮捕されるが、どのみちニックたちは軍法会議に欠席のまま反逆罪で有罪にされ、軍に追われているのだから、警戒して当然だ。山中に隠したサーバーは、世界で最大級のものだ。大量のデータを超高速で処理できる。

もちろん、武器も大量にある。これだけそろっていれば、どこの軍事基地でも自慢するだろう。

だが、そのどれもいまのニックには役に立たない。なぜなら、ほんとうに必要なのは——。なんだろう?

くそっ。なにが必要なのかもわからない。急いでいるのに。

ドアがシュッとあき、ジョンが飛びこんできた。急停止してモニターを眺める。モニターは、夜の山肌を広大な範囲で映し出していた。平穏で、どこも変わったところはない。センサーは緑色の光を点滅させていた。「どうしたんだ、ニック？」ジョンの明るいブルーの目が険しくニックを見つめていた。金髪は乱れ、シャツのボタンは掛け違え、スウェットパンツは腰にかろうじてひっかかっている。ふたたびモニターを見渡し、ニックに目を戻した。

「もう一度訊くが——どうしたんだ？」

ニックは自制心を総動員して、くるりと振り返りたいのを我慢した。頭のなかで起きていることが外側から探れないかと、両手で押さえる。激しい動悸がし、アドレナリンが体内を駆けめぐっているが、なにをすればいいのかわからない。炎の球のような切迫感にしがみつくのが精一杯だ。

声を出そうとしたが、喉が詰まった。二度目でようやく声が出たが、いいたいことがあまりにも重大で、かすれてしまった。「あいつが呼んでる。危険にさらされてるから、早く行ってやらないと。でも、どこにいるかわからない。あいつがおれを呼んでるのに」普段なら、吸った息が嗚咽のように聞こえたことを死ぬほど恥じただろうが、いまは気にしていられなかった。どうでもいい。エルのことしか考えられないのだから。

ジョンの目がさらに険しくなった。「だれに呼ばれたって？　なんの話だ？」

ニックはあえぎながら立ちつくしていた。関節が白くなるほど拳を握りしめた。ジョンに殴りかかりたかった。世界を相手に闘ってもいい、エルが助かるのなら。でも、それではだめだ。まず彼女の居場所と、なにがあったのかを確かめなければ、助けられない。

「エルだ」頭のなかでさまざまな思いがぐるぐるまわっていて、それだけいうのがやっとだった。その言葉だけが見えた。当然だ。エル。

エルが。危険。なんてこった。そんな言葉が聞かれる部屋から逃げ出したいくらいだった。

ジョンはかぶりを振り、ドアのあく音に、ほっとしたように振り返った。マックが妻を抱いて入ってきた。妊娠中の妻を。ニックが起こしてしまったのだ。マックもジョンも、ニックをにらみつけている。キャサリン・マッケンローはこのうえなく特別な女であり、彼女の眠りが妨げられたことにマックは腹を立てている。彼女は妊娠していても、医師として休みなくコミュニティの住民のケアに当たっている。だからもちろん、彼女の睡眠を邪魔するのはご法度だ。

だれもがキャサリンを宝石のように扱う。ニックでさえ、彼女が好きだし、敬意を払っていた。でも、エルは――エルのほうが大事だ。

エルが危険にさらされているときに、だれがたたき起こされようが、かまっていられるか。

「エルが」しわがれた声で繰り返した。

「L？」マックが眉をひそめて訊き返した。「アルファベットのLか？」

ジョンが引き継いだ。「リンクのLか？　ロンリーのLか――」

「エルだ」それだけしかいえなかった。頭がはじけ飛びそうだ。アドレナリンがさかんに分泌されているのに、どこにも行けない。ニックは行動力のある男だ。いつも次に取るべき行動がわかる。それなのにいま、恐怖に駆り立てられ、早くエルを助けに行きたくてたまらないのに、どこへ行けばいいのかわからず、うろたえている。

ニックは指先で小刻みに膝をたたいた。ブーツのつま先も同じことをしている。ジョンとマックとキャサリンが、じっと自分を見ている。三人がなにを考えているのかはお見通しだ——ニック・ロスが興奮してる？ 怯えてる？ いったいなにごとだ？

ニックが興奮したり怯えたりするなどありえない。

「ニック」キャサリンが優しくいい、震えているニックの両手を取った。マックが体をこわばらせた。ニックが体に触れられるのをいやがることは、だれもが知っている。だがこの場合、知らない人物がパーソナルスペースに侵入してきたわけではない。キャサリンだ。そして、彼女の手は……ニックを癒した。少しだけ落ち着かせた。

キャサリンはニックの手を取ったまま、目を見つめた。しばらくしてうなずく。「あの人ね？」

緊張で首筋が凝り固まっていたニックは、ぎくしゃくと顔をあげた。

キャサリンには特別な力がある。ニックにも、ほかのだれにもそれがなにかはわからないが、彼女には……特別な力がある。キャサリンは、触れた相手の思いを理解する。おまけに最近は、彼女に触れられると、気分がよくなる。だからだろう、地球上でもっともタフで冷徹な男だったマックが、あの傷だらけの恐ろしげな顔をしょっちゅうにやつかせるのだ。

そのことについては、ニックも考えた。キャサリンのような女と結婚することについて。触れるだけで、自分のことを丸ごと理解してくれるだれかと。理解し、愛してくれるだれかと。

エルはニックを愛してくれた。瞳に、声に、表情に、愛情があらわになっていた。愛してくれたのに、エルを失ってしまった——その彼女が窮地に陥っている。彼女に呼ばれているのに、どうすれば見つけられるのか皆目わからない。

ニックは身震いし、汗ばんだ顔をキャサリンに向けた。

「ああ。以前、あんたがおれに触れたときに感じ取ったやつだ」キャサリンがはじめてヘイヴンに来たとき——ヘイヴンは、セキュリティの専門家が三人もそろい、周到に外界から隔絶させた場所なのだが——彼女は軽く腕に触れただけで、ニックがだれかを失い、その人間のことをひどく心配していることをいいあてた。

キャサリンは、それ以来ニックに触れたことはないし、ほかのだれにもそんなことをしていない。

だが、いまこそその力が必要だ。

ニックはキャサリンの手を取った。マックとジョンが顔を見あわせたことにも気づいていなかった。「おれを読んでくれ」切羽詰まったささやき声でいい、震える両手でキャサリンと呼ばれたんだ、なのにあいつがどこにいるのかわからない。ああ……」

喉が詰まった。それ以上、言葉が出てこなかった。キャサリンの手を命綱のようにつかんだ。逆巻く激流に飲まれ、果てしない深みへ引きずりこまれていくニックを救えるのは、キャサリンの手だけだった。

キャサリンはゆっくりとかぶりを振り、悲しそうにニックの目を見つめた。「ごめんなさ——」不意に黙りこみ、息を吐いて首をかしげた。その目はまっすぐニックのほうを向いているのに、一千マイルの彼方を見つめているかのように、焦点が合っていなかった。彼女の手に力が入り、ニックの冷えきった両手のなかでぐんぐん熱を持ちはじめた。

「エル」キャサリンがささやき、ニックはどっと冷や汗をかいた。体が震え、息苦しい。

「そうだ」かすれた声でいった。

「えっ？」キャサリンがまばたきした。

「エル、エル、エル」ニックはどなった。

マックの口元が引き締まった。ニックは気にもとめなかった。自分の妻がどうなられたのが気に入らないのだとしても知ったことか。キャサリンならわかる、おれはなにひとつわからないが。エルがどこにいるのか、情報も心当たりもない。手の内にあるのは悔恨の灰だけだ。けれど、頭はできるかぎり早くエルのもとへ飛んでいきたいという思いで爆発しそうだ。

いったいどこに……。

わからない。でも、キャサリンならわかるかもしれない。ニックは一歩キャサリンに近づいた。マックも距離を詰めた。ジョンはマックの腕をつかまえ、かぶりを振った。

くそっ。

ニックがキャサリンを傷つけるわけがない。マックも頭でちゃんと考えれば、それくらいわかるはずだ。キャサリンがどんな方法で調べるにせよ、結果を教えてもらうまでは、彼女を手放すつもりはない。

「あんたがいまそういっただろう」ニックはぼんやりしているキャサリンに向かって歯を食いしばった。「たったいま。たったいま、エルといったじゃないか。それがおれの——探している人間の名前だ」

喉が苦しい。彼女の名前を数年ぶりに聞いただけなのに——頭のなかがぐちゃぐちゃだ。

「エル」キャサリンが低くいった。

ニックはうなずいた。これではまるでしゃべれない獣だ。エル。

キャサリンがまたニックに目の焦点を合わせた。もう片方の手があがり、ニックの両手をつかんだ。温かくやわらかな手だった。恐怖という苦痛に満ちた暗闇のなか、彼女の手は頼りになった。

「わたしが感じ取った人はこの人ね、ニック？　あなたが失ったというのは」

ニックはもう一度うなずいた。声を出そうとしたが、うまくいかなかった。

「この人のことをいつも気にかけているのね」それは質問ではなかった。

ああ、そうだ。ニックはまたぎこちなくうなずいた。やっと声が出た。「どこにいる？

彼女にはおれが必要だ。いますぐ必要なんだ。早く行ってやらないと」緊張でぶるぶる震えていた。キャサリンが場所を教えてくれさえすれば、どこだろうと飛んでいける。

キャサリンの美しい顔は悲しそうだった。両手に力がこもった。「ああ、ニック。残念だわ。それは無理よ」

全身の血管に冷たいものが広がった。無意識のうちに、キャサリンにあの不思議な力を使ってくれと頼んでいたことに気づいた。エルの居場所を教えてくれれば、すぐに駆けつける、と。「だったら、どうすればいいんだ？　教えてくれ」ニックはさらにキャサリンとの距離を詰め、鼻先で大きな声を出した。

視野の隅で、ジョンがまたマックの腕をつかむのが見えた。マックが本気になれば、ジョンですら止められない。だが、マックは自制していた。ニックはキャサリンに危害をくわえるのではなく、質問をしたいだけだ。

キャサリンの目を穴があかんばかりに見つめた。そうすれば、エルの居場所がわかる、必要とあればキャサリンのなかからその情報を引きずり出してもいい。だが、そんなふうに目を見つめることは攻撃の一種だ。ニックたちは入隊してすぐの訓練でそう教えられる。身体言語は大事だ。静かな脅し方、気づかれずに通過する方法、相手を安心させるやり方。

キャサリンを怖がらせたくない。

ニックは無理やりキャサリンから室内へ目を転じた。危機管理室と呼ばれている部屋。作戦の計画実行に必要なものすべてがそろっている。もちろん、目的地がどこかわかっていなければ役に立たないが。

どこへ行けばいいのかわかりしだい、超軽量ステルス・ヘリコプターにジョンを引きずっていき、離陸しよう。

ニックはチームのドライバーだ。地上を移動する乗り物なら、どんな地形でも最大限のスピードで走らせることができる。一方、ジョンはパイロットだ。ヘイヴンのヘリ〈リトルバード〉で合衆国本土のどこにでも行ける。どこの私設飛行場でも探知されず、音もなく着陸する。だれにも気づかれずに燃料を補給し、また離陸する。現に、そうやったことがある。

エルが海外にいる可能性など、考えたくもなかった。そこまでは考えたくない。考えられない。

エルはニックを呼んだ。追い詰められた叫び声が、頭のなかではっきりと聞こえた。たぶん――ああいうものには射程距離があるんじゃないか？　エルがヨーロッパやアフリカにいたら、届かなかったんじゃないか？

ニックがキャッチした信号は大きな声で、しかも切迫していた。いまこのときにもエルは危険にさらされているのに、万が一海のむこうにいたら……ああ、その先は考えられない。

エルが死ぬ、エルが死にかけている……そんなことは受け入れられない。とにかくだめだ。

キャサリンの同情に満ちた表情も――見ていられない。恐怖と絶望から逃れたくて、広々とした部屋のなかに視線をさまよわせた。少しは平静に動けるようにならないだろうか。最新の機器が詰まった部屋に、なにか役に立つものはないだろうか。

円形の部屋の壁全体が、巨大なホログラフィックモニターになっている。超小型のドローンがヘイヴンを中心に二十五平方キロの範囲を撮影して画像を送ってくるので、三百六十度の赤外線パノラマが映っている。微細な動きにも反応するセンサーと音センサーを備えているので、蠅一匹、見逃さない。コンピュータは衛星キーホール15に違法にアクセスし、全世界、とくに混乱している地域の情報をリアルタイムで入手している。

位置さえわかれば、エルにズームインできるのに。

その位置がわからない。

だから、ホログラフィックモニターも、衛星からの画像も、サーバーのとてつもない処理能力も――国防総省やアマゾンのサーバーも及ばない――役に立たない。左側の壁にあるチタンのドアのむこうは、デルタフォースも自慢しそうな武器庫だ。ニックはデルタにいたのだが、ここにはデルタすら持っていなかった特殊な武器までそろっている。

敵が襲ってくれば、躊躇なくつぶす。そのための道具も、自分たちのものを守るという固い決意もある。

なんといっても、マックは妻とこれから生まれてくる子どもを守らねばならない。マック自身が戦争マシーンのような男だ。

だから、目的地へ行き、敵を消して、ひそかに戻ってくることはできる。

ニックたち三名は、どんな場所にも忍びこみ、人間を連れ出し、モノを奪うことに長けている。伊達にゴースト・オプスのメンバーだったわけではない。ゴーストという名前は、メンバーの過去が抹消されていることに由来する。きれいさっぱり消されるのだ。彼らは地球上のどこにも存在しない。また、ゴーストという名のとおり、だれにも気づかれずに行動するよう訓練されている。その気になれば、だれの目にもとまらない。

天才とはぐれ者ばかりのコミュニティであるヘイヴンも、だれにも見つからずにここまで大きくなった。

危機管理室の装備を確認しているうちに、ニックは少し落ち着いた。エルの居場所がわかれば、火器もそれを使う意志もある。エルが軍隊に追われているとしても怖くない。

だが、どこにいるんだ？

ハイテク機器と情報が詰まった危機管理室は、男性オペレーターの楽園だ。ただし、一カ所だけ女性らしいところがある。キャサリンは、一度も会ったことのない男、マックを発見するまでは、ある機関の研究者だった。ゴースト・オプスの司令官だったルシウス・ウォード大佐に頼まれて、ヘイヴンへやってきた。ニックたちは、ウォード大佐に裏切られたと勘違いしていた。

　だが、そうではなかった。ウォード大佐こそ裏切られていたのだ。彼はモンスターどもの手に落ちて一年のうちに健康な体と精神を奪われた。ニックたちは大佐を救出しにいき、驚いたことに仲間の隊員三名も過酷な実験に利用されて死にかけているのを発見した。

　ロメロ、ランドキスト、ペルトンは、体重のほぼ三分の一を失い、外科手術の傷痕だらけで、ヘイヴンに連れてこられたときは口をきくことすらできなかった。

　キャサリンは四人を治療するかたわら、彼らがなにをされたのか突き止めようとしていた。非常に恐ろしいことがなされたようだった。

　きれい好きなキャサリンは、ほかの三人とちがって、自分のコーナーをきちんと片付けているのだが、昨日はどうやら邪魔が入ったらしい。おそらく夫のマックに夫婦の部屋へ連れていかれたのだろう。ふたりはよく一緒にいなくなる。

　彼女のデスクの上で、大きなブリーフケースがひっくり返り、こぼれた書類が氷河のようになっていた。彼女はルシウス大佐とほかの三名がなにをされたのか調査中だったようだ。企業の立派なパンフレットや案内書がなだれ落ちている。ニックはその書類の山を凝視した。

　キャサリンの穏やかな声が割りこんだ。

「なに？　どうしたの、ニック？」

キャサリンは、それまでいっていたことを繰り返した。彼女の口が動いているのがニックにも見えたが、なにをいっているのかわからなかった。ニックはキャサリンのデスクから目を離さなかった。離せなかった。まるで彼女のブリーフケースにスポットライトが当たっているかのようだった。

キャサリンがまたなにかいっている。ニックは必死に聞き取ろうとした。だが、無駄だった。キャサリンのいうことを聞かなければと思っているのに、意識も目もさまよいだす。

頭の後ろをはたかれ、つんのめりそうになった。「ちゃんと聞け、ばか野郎」マックがうなった。「キャサリンがおまえを助けようとしているんだぞ」

ニックは息を吸って吐いた。首は動いていないのに、視線はキャサリンのデスクのほうへすべっていく。キャサリンの腕がのびてきた。少し遅れて、ニックは彼女がマックの腕を止めてくれたことに気づいた。

「待って、マック」キャサリンはニックのほうを向いた。「なにか起きているんじゃない?」

なにか起きている? くそっ、それがわからない。

「さっきからわたしのブリーフケースが気になるようね、ニック」

「え?」ニックは情けなくなった。いつもはもっと早く気づくのだが。なにかあったときの反応はすばやい。ニックは普段から警戒を怠らない。不意をつかれるということがない。普通の人間が危険を察する前に反応する。

それなのに、いまは感度が鈍り、反応がのろくなっている。思考が頭にたどりつくまでに長い旅をしているかのように、なにかを思いつくのに時間がかかる。処理能力を遅くするコンピュータ・ウィルスに冒されたわけでもないのに。

頬がふわりと温かくなった。キャサリンが両手で触れている。「わたしを見て、ニック」

ニックはキャサリンを見ようとしたが、視線が泳いだ。彼女は軽くニックを揺さぶった。

「わたしを見て」

キャサリンのデスクからしぶしぶ目をそらし、彼女の目を見た。その目は真剣にニックを見つめていた。「あそこに、なにか気になるものがあるのね？　なにが気になるの？」

ニックは肩をすくめた。「わからない」ぼそりと答えた。ほんとうにわからなかった。キャサリンのブリーフケースに入っているものなど、自分には関係ないはずだ。けれど、どうしても視線はそっちへ戻っていく。

ふたたび頭の後ろをはたかれたが、ほとんど感じなかった。「ニック」マックがうなった。キャサリンがあきれたように目だけで天を仰いだ。「やめて、マック。邪魔よ。さがってて」

マックはさがった。

すごい。頭のなかが混乱していても、ニックはマックがおとなしく従ったことに驚いた。元上官のルシウス・ウォードただひとりを除いて、マックに命令できる人間などいなかった。

ウォードはいまだに指示を出せるほど回復していないので、マックがリーダーだ。百九十センチの体全体が筋肉の塊で無愛想きわまりないが、妻の一声で愛玩動物に変わる。

だが、キャサリンは勝利をよろこんではいなかった。マックはほとんど彼女にひと目惚れしたようなものだった。だから彼女は、マックのような殺人マシーンに従われるのがどれほどすごいことか、よくわかっていないのだ。キャサリンはデスクへ歩いていき、書類をすべてブリーフケースにしまうと、それを持ってニックのもとへ戻ってきた。

ニックは彼女の一挙一動を目で追っていた。

キャサリンは、ニックの前のテーブルにふたたび書類をざっと並べた。

ニックはむさぼるようにそれを見た。ただの光沢紙のパンフレットや書類なのに、目を離すことができない。

「ニック」キャサリンがもう一度ニックに触れた。あえてそうしたことは明らかで、マックすら異議を唱えなかった。キャサリンはなんらかの秘密の力を持っている。まやかしのようでまやかしでないからこそ、ニックたちの度肝を抜いた力。これは、まやかしではなく事実だ。キャサリンは相手に触れるだけで気持ちがわかる。最近は驚いたことに考えていることまでわかるらしい。

自分の頭のなかを自由に歩きまわれるような人間との結婚生活とはさぞ恐ろしいだろうと思いきや、マックは幸せそのものに見える。

「ニック」キャサリンの手に力が入り、ニックはブリーフケースから目をそらした。「話して。なにがあったのか。なぜそんなにあわてているの?」

「あわてる」喉から出たのは、人間の声というより獣のうなりのようだった。「あわてるってのは、スープをこぼしたり、電車に乗り遅れたりしたときに使う言葉だ。エルが危ない。おれはあわててるんじゃない、怖くて頭がどうかなりそうなんだ!」

いまやニックはしとどに汗をかき、心臓はめちゃくちゃに脈打っていた。いまにもばらばらになりそうな機械の気分だ。

「わかった。大丈夫よ。落ち着いて。パニックになったら彼女を助けられないわ」キャサリンはもう片方の手もニックの手に置いた。ニックはうなり声をあげたくなったが、彼女の両手に手を包まれていると、信じられないことに動悸がおさまっていくのを感じた。なにかの力が働いている。「なにがあったのか、最初から話して」

心臓が大きくどきんと跳ねた。声がうわずった。「エルが困っている。何年かぶりにコンタクトしてきたのは、よほど困ってるってことだ! エルが危ない!」また視線がブリーフケースに戻った。スポットライトが当たっているかのように、光って見える。

「いいえ、ニック」キャサリンの口調は穏やかだが、きっぱりとしていた。「それじゃなにがあったのかわからないわ、あなたがどう反応したのかはわかるけど。あなたはそのとき眠っていたの? ニック!」キャサリンの声が平手打ちの音さながらに響いた。「わたしを見て！」

ニックはいやいやながらキャサリンに目を戻した。

「あなたは眠っていたのね？」

「ああ」喉が詰まり、絞り出すように答えた。

「どうして目を覚ましたの？」

「エルが！　あいつがおれを呼んだんだ！　ああ、エルは……」

キャサリンはニックの手をぎゅっと握った。「集中して、ニック。エルを助けられないわ。彼女は困ってるんでしょう。あなたが自分の気持ちに引きずられて集中できなかったら、死んでしまうかもしれないのよ。あなたの気持ちを感じるわ――パニックと恐怖の大波になってる。それじゃだめよ。落ち着いて、集中しなければ彼女を救えない。自分の気持ちは忘れて。状況に集中して。エルを助けることだけを考えて」

くそっ。そのとおりだ。

集中しろ。

ニックは大きくあえいだ。

これが自分だろうか。自分は元レンジャー、元デルタフォース、元ゴースト・オプスだ。集中しろなどと命じられたことはない。集中力には自信がある。冷徹で、なにごとにも屈しない。任務中は、まさに冷たい鋼そのものになる。

その自分が、いまや冷や汗をかいて震え、理性が木っ端みじんに吹き飛びそうになっている。

「しっかりして、ニック」キャサリンは眉をひそめ、真剣な顔をしていた。「協力して。あなたに協力させて」

ニックの目がブリーフケースをまた見た。なにかを感じる。静かな感覚。あそこに集中すべきなにかがありそうな気がする。

「最初からやりなおしましょう。わたしを見て、ニック」

ちくしょう。また目が勝手に動く。「見てるよ」

「あなたはそのとき眠っていた。夢を見ていた？」

どうだろう？　ああ。たしかにエルの夢を見ていた。最後に会ったときのエル。勃起していたが、エルの悲鳴を聞いたとたんに萎えた。でも、まさかそこまではいえない。キャサリンの前で。いや、マックとジョンの前でもいいたくない。

「ニック？　夢を見ていたのね？」

「ああ」

「彼女の夢？　エルの？」

「そうだ」あごがこわばった。

「変わった夢だった？」

ブリーフケースにちらりと目をやり、かぶりを振った。「変わった夢とは？」つい、身構えるような口調になってしまった。

エルは穏やかな口調を保った。「彼女の夢はよく見るの？　エルの夢は」

見るもんか！　その言葉が口から出かかった。いいや、エルの夢など見るわけがない。弱みをさらすことになる。普通の男は、眠っているあいだは隙だらけで自制できなくなる。だから、おれはエルの夢など見ない。なんの夢も見るもんか、畜生め。おれが夢を見るかどうかなど、あんたに関係ないだろう。

「見る」

キャサリンはうなずいた。「いつもの夢とはちがう感じ？」

つまり、勃起して目を覚ましたのかということなら、そのとおりだ。パニックで汗をかいてもいた。

「目を閉じて、ニック」

「え？」なんだって。貴重な時間が渦を巻きながら排水口に流れこんでいく。エルがいまこのときも危険にさらされているのに。こんなことをしている時間はない！

ニックは足踏みした。キャサリンの手を振り払い、ドアへ走りたかったが……逃げられなかった。

腕っ節には自信がある。子どものころからそうだった。人生の半分を軍隊で過ごし、それこそ一日も欠かさず戦闘のための訓練を積んできた。狙撃者でもある。いままで数えきれないほどの銃弾を放っている。握力も強い。握力検査で八十キロの記録を出したこともある。キャサリンの手を一秒もかからずに握りつぶすこともできる。

それなのに……できなかった。手を振り払うことができなかった。

「怖くて、いますぐなにか行動したいのね」手だけでなく、キャサリンの瞳も引力が強かった。ニックは目をそらすことができなかった。「だけど、どこへ行けばいいのかわからない。あなたを助けたいの、ニック。エルがメッセージを送ってきたのなら、どこにいるかも教えてくれたはずよ。よく耳を澄ませて、エルの声を聞いて。さあ、目を閉じて」

従わないわけにはいかなかった。ニックは目を閉じた。

「頭を空っぽにして」キャサリンがいった。「存在するのはエルと、あなたに送られてきたメッセージだけ。世界にはいま、それだけしか存在しない。エルは困っている。彼女が助けを求めたのなら、メッセージのなかに、その方法が含まれているわ。よく考えて。あなたはエルの夢を見ていた。そして、助けを求める叫び声を聞いた。その声を思い出して」

ニックはうなずき、思い返した。

「あなたはエルの夢を見ていた。そのうち、夢が変わった。そうでしょう?」

ニックはまたうなずいた。そう、合っている。大当たりだ。まるでキャサリンが夢のなかにいたかのようじゃないか。

「突然、夢を見ている感じではなくなって、現実味を帯びた。触れたものの感触がわかるようになった」

「ああ」まさにそのとおりだ。

「そして、目を覚まして、危険だと感じた」

ニックは目をあけた。「そうだ」全身の細胞が残らずざわめいていた。エルの声を、助けを呼ぶ声を聞く前からそうだった。

「彼女の姿は見えた？」

見えただろうか？　ニックはさらに考えた。汗臭いパニックの膜が思考全体を包んでいる。まずそれを取り除かなければ、思い出せない。歯を食いしばる。「ああ、たしか——見えたと思う」

また手をぎゅっと握られた。「彼女はどんな様子だった？」

「大人になった」急に頭のなかでイメージがまとまり、その言葉がぽんと出てきた。「疲れていた。怯えてもいた。顔が——顔が髪で隠れていた」どんどん言葉が出るようになった。「髪は短かった。あごの長さ。いつも長くしていたのに——」エルの髪が金色の滝のように自分の腹に流れ落ちていた記憶が不意によみがえり、苦しくなった。「いまは短い。もつれて顔にかかっていた。血が出ていた——」口が渇き、唾を呑みこもうとした。「切り傷だ。深い。傷を——傷のことを心配している。傷自体が心配なんじゃない。ほかに気になることがあるようだが、それがなにかはわからない」いつのまにか、不安で体が揺れていた。「まだわからない」

「そう」キャサリンは優しくいった。「傷については、いまは考えないことにしましょう。いったん忘れて。彼女は座っていた？　それとも立っていた？」

それが重要か？　でも——「座っていた」ニックはきっぱりといった。なぜか唐突にわかったのだ。両手で顔を覆い、がっくりと背を丸めているエルが思い浮かんだ。絶望が周囲の空気を暗く染めていた。ああ、エル。「壁に背中をつけて、床に座っていた」

「どんな部屋？」

それは考えたことがなかった。エルが危ないということしか頭になかった。ニックはもっと集中した。「家——家じゃない。とにかく、彼女の家じゃない。そんな感じじゃなかった。全体が安っぽくて、薄汚れていた。エルらしくない」最後に会ったときのエルはどう見ても破産状態だったが、それでも家の掃除は行き届いていた。古ぼけてはいたが、清潔だった。だが、いまエルがいる場所は不潔でいかがわしかった。

「彼女にはなにが見えているの？」

ニックはさらにきつく目をつぶった。彼女がなにを見ているか？　わからない。

「よくわからない。壁。ベッド。ただ——たぶん、はじめての場所だ」

「たとえば——ホテルとか？」

ああ、それだ！「そう、ホテルかもしれない。いや……エルは一階にいる。モーテルじゃないか？」

「外側の様子はわかる？　はじめての場所だったら、住み慣れた自分の家よりも、外側の様子に注意していたかもしれない。考えて。遭難信号のなかに入っていく感じで、もっと情報がないか探してみて。きっとあるはずよ。あとは見つければいいだけ」

くそっ。キャサリンのいいたいことはわかる。だが、あれはパルスのようなものだった。ニックの目を覚まさせ、パニックに陥れるほど力強かったが、隠れたメッセージなどなかった。

ニックは汗をかきながら待ったが、しばらくしてかぶりを振った。

「夢を思い出して。夢が消える前はどうだったかしら。あなたを呼ぶ信号がともる前にどんな夢を見ていたのか、思い出してみて。イメージが信号と混じりあってしまったんだと思う。彼女が助けを呼んだときに、その声にイメージが含まれていたはず。そういうものだから。遠く離れた場所からあなたの目を覚まさせるほど強力な呼び声には、なにか情報が紛れこんでいるものよ。おそらく隠れてしまっている。もしくは、呼び声が強力すぎて、それ以外の情報はキャッチできなかったのかも」キャサリンはさっとマックを見て、それからチームでだれよりもＩＴに詳しいジョンのほうを向いた。「こんなふうに考えてみて――ジョン、秘密のデータを別のデータに埋めこむことをなんていうんだったかしら？」

「ステガノグラフィ」ジョンは真顔でなりゆきを見守っていた。いつもは陽気でふざけるのが好きだが、いまはまったくふざけたり軽口をたたいたりしていない。真剣だった。

「ステガノグラフィ、それよ」キャサリンはニックに向きなおった。「叫び声に隠れたメッセージがあると考えてみて。エルが家にいないと感じたのなら、居場所についてなにか手がかりを叫び声に紛れこませたかもしれない。家にいるのなら、彼女にとって場所なんてただの背景に過ぎないわ。でも家を離れて逃げているのなら、そのことも緊急の通報には含めるでしょう」

そうか……。

「思い返してみて。あなたは呼ばれた。どんな感じだった？」

どんな感じだったか？　最悪だった――エルが危ないのに、助ける方法もわからないのだから。「頭に石を投げつけられた感じだ。よく、窓にコツンとやるだろう。そして、助けを呼ぶ悲鳴が聞こえた」

キャサリンはニックだけに集中し、手を握ったまま全力で耳を傾けていた。「その感覚。エルが家にいない、慣れた環境にいないというその感覚。それはエルから届いたものよ。あなたにほほえみかけていなかった。それもメッセージ。どこかよそから、その場所へ来たのね。だったら、頭のなかを巻き戻してみて。テープを巻き取るみたいに。頭のなかで、指を右から左へ少しだけ動かしてみるの。絵を思い浮かべて、ニック。指を動かして、時間を巻き戻して」

キャサリンの声には催眠作用があった。グレーの瞳が電球のように輝いている。「巻き戻して、ニック」低い声でつづける。「戻るのよ。わたしがついてるわ」

巻き戻す。巻き戻す……。

キャサリンの瞳の輝きが暗くなった。手を握りしめる。「あなたのことはわかりすぎるくらいわかるの、ニック。わたしは音楽を聞こうとしているのに、あなたの声が霧笛みたいで、よく聞こえない。落ち着いて、冷静になって。なにも聞こえないわ」

マックとジョンが目顔を交わしている。ふたりのほうを見ていなくても、ニックにはわかった。だれにも落ち着けなどといわれたことはない。普段の自分は冷静そのものだ。氷並みに冷たい。その冷たさをぬぐい取ることができたのは、エルだけだ。いままで生きてきたなかで、一度だけ涙を流したことがある——ローレンスでエルを永久に失ったのを知り、彼女のベッドに座って泣いた。

そして、いまだ。

エルが呼んでいるのに、頭のなかがめちゃくちゃなせいで助けにいくことができない。

「あなたは冷たくて、静かで、波ひとつたたない湖」キャサリンがいった。「感情を持たない、凪いだ湖」

おれは冷たくて、静かで、波ひとつたたない湖。感情を持たない、凪いだ湖。

「感じるわ」キャサリンが低くいった。その手が温かそうな光を放っている。ニックを読んでいる。ニックを通して、エルを読んでいる。「恐怖。あなたのじゃないわ、ニック。エルの恐怖」

「パニック」ニックはいい、唾を呑みこんだ。

「ええ」キャサリンもいまでは目を閉じ、声はかろうじて聞き取れる程度に小さくなっている。「パニック。エルは逃げている。逃げている……なにから逃げているのかはわからない。黒装束の男たち――」キャサリンの声からぼんやりとした感じがなくなった。マックを見やり、喉をごくりと動かした。「あなたたちとのつきあいも長くなったからわかる。男たちはコンバットスーツを着て暗視ゴーグルをつけて、武装してる」

ニックは凍りついた。ジョンとマックが緊張で体をこわばらせたのがわかった。キャサリンがいったような特徴は、兵士をあらわす。兵士でなければ、セキュリティ企業の精鋭か。どちらにしても、悪い知らせだ。最悪だ。訓練された男たちが、女を追っている。

落ち着け、湖のように……。

「男たちがエルを捕まえにきた。自宅の外にいる」キャサリンは息を吸って吐いた。どういうわけか、また輝きをたたえている。

そのとき、ニックにも見えた。古い映画のようにちらちらと点滅する映像が浮かんだ。映像の断片――とぎれとぎれの。それでも、なんとかついていくことができた。エルのエッセンスが感じられたからだ。エルを追って世界の果てまでも行ける。

ニックは口をひらいた。「コンバットスーツの男たちの動きは速い。統率がとれている。だが、エルも警告を受けていた。なぜか腕にけがをしている。痛みを我慢している。バッグをつかんで、家を飛び出し、階段をおりる――何段も何段も。一階を通り過ぎて、まだ下におりる……。暗くて長い通路がある。とても長い。端まで走って、階段をのぼって裏庭に出た。何軒もの家の裏庭を走り抜ける。つまり、目的があるんだ。全力で走りつづけて、立ち止まった。街灯にすがりついている。通りは――なんの変哲もない。普通の家並み。裕福そうでもなく、貧しそうでもない。また走りだした。できるだけ急いで暗い通りを走っていく。これという特徴のない通りがつづく。だんだん家並みが貧しくなってきたぞ。通りもますます暗くなった。エルは怖がっている。治安がよくない地区だ。おれの知らない街だ。エルが息を切らして立ち止まった。建物を見ている。古ぼけて色あせた緑のファサード。ネオンサイン。〝空室有ります〟と書いてある。〝室〟と〝り〟が消えている。モーテルの名前はわからない。エルは――怯えていて、身許を知られるのを恐れてもいる。偽名でチェックインして、キャッシュで支払った。どんな偽名かはわからない。画像が見えたり見えなくなったりする」

「彼女の居場所を感じないかしら、ニック？　そのホテルかモーテルの場所はわからない？」

ニックの空いているほうの手が拳になった。くそっ、知っていたら、いまごろこんなところで手をこまねいていないで、エルのもとに向かっている。だが、その思いを声に出すことはできなかった。キャサリンに失礼な口のきき方はできない。第一に、マックにたたきのめされる。第二に、キャサリンのことは好きだ。第三に、キャサリンは助けようとしてくれている。「わからない」そう口にすると、全身に震えが走った。

「あら、わかるわ」キャサリンは優しくいった。彼女に握られた手がびくりと動いた。「体の声に耳を傾けて、ニック」

いったい——。

「体があなたに話しかけてる。体の声を聞いて」

ニックの目が不意にひらき、キャサリンの顔からブリーフケースへ視線がすべった。勝手に戻る。やめろ。自分の体がわけのわからないことを指示する。

キャサリンはニックの手を放し、ブリーフケースを引き寄せ、研究機関の報告書のような書類の束や、案内書らしき分厚い光沢紙の小冊子などを取り出した。

なぜかニックは彼女の動きに見入った。ほとんど取り憑かれたように凝視していた。

「これがあなたを呼んでいたみたい。目を離せないんでしょう。なにか大事なものがここにあるのよ」

キャサリンは手際よく書類やパンフレットを並べていった。指令センターの役割を担うホログラフィックモニターを備えた長さ三メートルのテーブルが、紙で埋まっていく。

ニックが見ていると、キャサリンは研究機関の報告書をきちんと重ね、なにが書いてあるのかわからない書類を隣に置き、各企業のロゴが見えるように、パンフレットや小冊子を扇形に並べはじめた。

突然、スポットライトが当たったかのように、そのうちの一部が輝いた。

「それだ！」ニックは叫んだ。震える指で差す。

「どれ、ニック？」

ニックは立ちあがり、扇形に並んだ企業のパンフレットの前へ急いだ。中央の一部を人差し指で押さえる。三つの王冠の意匠。コロナ研究所――〝未来を現在にもたらします〟。

「これだ」ニックは指でそのパンフレットをたたいた。触れるたびに、紙が熱くなっていく。

それは、新しい企業のパンフレットだった。

キャサリンはそれを取り、マックに見せた。「国内の研究機関はだいたい知ってるつもりだったけど、ここは新しいわ」マックは大きな両手で分厚い光沢紙をひっくり返した。最近流行りのループ動画レターが紙に埋めこまれている。白衣姿の女性が、勝ち誇った笑顔で試験管を掲げてはおろし、また掲げてはおろす。

ニックは緊張で震えていた。コロナ研究所という名前にもロゴにも心当たりがないのに、頭のなかで光っている。

そばでジョンが光学キーボードを休みなくたたいている音が聞こえた。テーブルに感熱式のプロジェクションキーボードが映っている。ジョンの指はかすんで見えるほど速く動いた。

マックがニックにパンフレットを差し出した。「おまえは知ってるのか?」

ニックはそれを受け取り、じっくりとあらためた。試験管を永遠にあげおろししている笑顔の女には、まったく見覚えはなかった。その隣の文章を読むと――。

コロナ研究所――未来を現代にもたらします。

コロナ研究所は多くの成果をあげている研究所グループに属し、神経科学を専門に研究を進めています……。

テクノバブル。

ニックはパンフレットを裏返し、また表に返した。よくある三つ折りのパンフレットだ。動画レターが表紙になっている。表紙をひらくと、左側に企業実績。中央に〝われわれの中心的ミッション〟なるものが載っている。右側には社屋の写真――地上に透明で巨大なドームがあり、隣の芝地に広い天窓がはめこまれている。地下も広大だ。

そのどれも、ニックの興味を惹かなかった。このパンフレットにタマをつかまれたも同然なのに、これがなにを伝えようとしているのかわからないのはなぜだ?

何度もひっくり返してよくよく見たが、頭痛が強くなるばかりだ。光沢紙に反射する光がまぶしい。ニックは顔をしかめた。

キャサリンがその様子をじっと見守っていた。「どうしたの、ニック？」

ニックは水滴を払うようにかぶりを振った。すばやい一振りだった。

連絡先が――住所が飛び出てきたように見えた。

パロアルト　マグロー・ドライヴ一六五七番地
パロアルト。

「おい！」ジョンが叫んだと同時に、ニックは指をやけどしたかのようにパンフレットを放り出した。

ジョンがスクリーンのほうを向いた。ホログラフィ機能をオフにし、写真のない新聞記事を映し出す。「なんとコロナ研究所は一年前にアーカ製薬に買収されている」ニックに向きなおる。「おまえを呼んだものがなんにせよ、まずいやつだ」

アーカ製薬は、三人の上官だったルシウス・ウォード大佐とチームメイトを軟禁し、ナチス並みに非道な人体実験を一年にわたって繰り返していた。その年にニックたち三人は、ウォードに裏切られたと思いこみ、逃亡した。だが、ウォードは彼らを裏切ってはいなかった。むしろ、ウォードが裏切られ、犠牲になっていたのだ。

一方キャサリンは、アーカ製薬の子会社に勤務していた。いまだにアーカはキャサリンの行方を追っている。アーカは数十億ドル規模の企業であり、経営陣の潔白を証言する人間がいくらでもいる。アーカの研究所が功績のある兵士たちを拷問をしていたなど、だれも信じないだろう。キャサリンを見つけしだい殺そうとしていることも。

もちろん、キャサリンはいまへイヴンにいて、ほかのみんなと同じくはぐれ者のハイテクなコミュニティにすっかりなじんでいる。いまではコミュニティの医師として、敬意を払われているくらいだ。いうまでもないが、マックに一日二十四時間守られているし、マックに万一のことがあれば、ニックとジョンがその役目を引き継ぐ。ふたりともキャサリンを守るためなら命を賭ける覚悟だ。彼女がアーカに捕まることはありえない。

ところがいま、アーカがエルにとっても脅威となっている。エルはいまこの瞬間も狙われている。それなのに、色あせた緑のファサードのみすぼらしいモーテルにいるということ以外、なにもわからない……。

「パロアルトだ！」ニックはどなり、自分の顔をたたいた。あの悲鳴のなかに、コロナ研究所のイメージが隠れていた。エルはコロナに勤務していたのかもしれないし、そうではないかもしれない。エルを狙う何者かがコロナ研究所に関係していることはたしかだ。そして、研究所はパロアルトにある。ここからヘリコプターで一時間だ、「あいつはそこにいる。だから、そのくそいまいましいパンフレットからどうしても目が離せなかったんだ。ジョン――」

ジョンは厳しい顔つきで、テーブルをタップし、四面のモニターをつけた。「見ろ」

ニックはジョンの隣へ行った。肌がちりちりする。それまでは不安で麻痺していたが、堰き止められていた危機感がどっとあふれてきた。エルがパロアルトにいる！　そのことがわかった。感じる。遭難信号にたたき起こされたものの、いままではその発信元がわからず、取り乱していた。エルはニューヨークにいるかもしれないし、アラスカやフランスかもしれない。そのどれも、何時間もかかる場所だ。だが、エルはパロアルトにいた。ヘリなら一時間以内で行ける。ああ……。

ジョンはグーグルマップでモーテルのリストを調べた。膨大なデータベースがある顔認証システムとはちがい、骨の折れる作業だった。色あせた緑のファサードという特徴だけでは不充分なので、二文字が消えているネオンサインが映っている夜間の写真が必要だ。

「外周六十キロの範囲で見てみよう」ニックがいうと、第一モニターがズームアウトした。

「暗くしてくれ」ジョンがテーブルをタップし、すべてのモニターが夜間の画像になった。衛星キーホール15から違法に入手したものがほとんどだが、ヘイヴンのドローンからの画像も混じっている。

第二モニターには、ホテルとモーテルの全景写真が次々と映し出された。〝空室有　ます〟というネオンサインのある建物の写真が出てきて、すかさず一時停止する。ニックは写真をよく見た。背の高い赤煉瓦の建物で、一九三〇年代の遺物のように見える。入口にかかった日よけがぼろぼろになっている。ひとけがなく、よどんだ感じがした。どう見てもここではない。ニックはかぶりを振った。「ちがう」

十分後、目当てのものが見つかった。陰気な雰囲気のショッピングセンターのなかにある平屋だ。〝空　有　ます〟というネオンサインが、ポールのてっぺんで点滅している。

「昼間の写真を――早く！」ジョンが画像を変えると、やはりこれでまちがいないとわかった。ファサードは、かつてはあざやかなグリーンだったのだろうが、いまでは色あせている。写真の下の住所は――センチュリー・ウェイ二四四二番地。GPSのデータと、パロアルトの主なランドマークからの距離も表示されている。ニックの方向感覚は優れている。目隠しをされていても、モニターに映し出されている場所にたどり着ける。エルの居場所がわかったからには、裸足でガラスの破片を踏んででも助けにいく。モニターの写真は意味ありげに点滅して見える。腹の底から確信が湧きあがった。エルはいまもここに、この建物にいる。

ただし、まだ生きていれば、だが。

「エルはここにいる！」ニックはどなった。「感じるんだ。ジョン、リトルバードを飛ばしてくれ！」

ジョンは武器庫のリモコンでリトルバードを操縦することができる。任務では、皮膚用接着剤で手首の内側にリモコンを貼りつけることもある。いますぐエンジンをかければ、格納庫に着くころには離陸する準備ができているはずだ。

ニックはドアから出ようとしたが、だれもついてこない。ジョンがついてこない。

焦燥でいらだちながら振り返った。エルの居場所がわかり、熱病にかかったかのように血が全身を駆けめぐっている。立ち止まったこの一分が、エルの生死をわけるかもしれない。それなのに、ジョンはいったいなにをぐずぐずしているんだ?

「ジョン!」声を荒らげた。「早くしろ!」

だが、ジョンはかぶりを振った。ニックはその目に悲しみを見て取ったような気がしたが、ジョンが感情をあらわにするような男ではないことは知っている。「だめだ」ジョンは平板な声でいった。「リトルバードのローターのヘッドは壊れている。今日、サクラメントの航空機部品会社で新しいやつを盗ってきたが、取り付けるひまがなかった。少なくとも二時間はかかる。もちろん急いで修理するが、作業ができるのはおれひとりだ。おれを手伝えるくらい機械に詳しい人間はひとりしかいない。ペルトンだ」

キャサリンが息を呑んだ。ペルトンは三カ月前までアーカ製薬の囚われの身だったチームメイトのひとりで、最近ようやく昏睡状態から目覚めたばかりだ。いまも診療所で仰向けに横たわり、点滴だのなんだのので何本ものチューブにつながれている。ペルトンには助けてもらえない。

くそっ、ヘリはなしだ。くよくよして時間を無駄にしたくない。これが現実だ。「モーテルへドローンを飛ばせ! おれはホバーカーで行く!」ニックは肩越しにどなり、格納庫へ走った。

8

サンフランシスコ
アーカ製薬本社

元陸軍大将クランシー・フリンは、ぼってりした指にはめた太い金の指輪をまわし、息を吐くと、ネクタイを引っぱった。ヴァレンティノの赤いシルクのネクタイは、一見してオーダーメイドだとわかるスーツによく合う。デザイナーブランドには、フリンの体格に合うサイズがない。

チャールズ・リー博士は身震いをこらえた。

フリンは会うたびにみっともなくなっていく。彼自身がどんどん膨張していくプログラムに参加しているかのようだ。いまでは体重が少なくとも百三十五キロを超えている。フリンの肉そのものが重力となって、彼を引きずりおろそうとする。リーはオフィスの室温を快適な二十二度に保っているが、肉が発熱装置の役割をするのか、フリンは汗をかいていた。あの巨体に血液を行き渡らせるためには、心臓は常人の二倍の速さで拍動しなければならないだろう。フリンの汗がにおう――彼がつけている男性用香水の香りも、おぞましいほどの巨体を包む高価な生地の洗剤のにおいも、ツンと鼻を刺すにおいに負けている。いますぐ心臓発作を起こしてもおかしくないが、プロジェクトが完了するまでは生きていてもらわねばならない。

フリンは、二十五年の軍隊生活で培った人脈を生かしてセキュリティ会社を設立し、大成功している。彼は金に汚い。リーのプロジェクトは巨万の富への鍵だが、障害物がいくつかある。じつをいえば、いくつかどころではない。最後のひとつは百万ドル以上のコストがかかる。リーがいま進めているプロジェクトは、兵士の攻撃性や筋力、反射性、ＩＱを高めることを目指した以前のものよりさらに大がかりだ。

フリンは、自社を世界一のセキュリティ企業にするため、その秘密プロジェクトに資金を提供している。だが、リーにはリーの思惑がある。中国人民解放軍の四千万人の普通の兵士を、四千万人の特殊部隊の兵士と同等にすることだ。

その目標まではあと少しだ。いまいましくも後退を強いられたこともあった。なんといっても忘れられないのが、フリンの会社〈オリオン・エンタープライズ〉の協力を得てアフリカでおこなった実験で、被験者全員が凶暴な獣と化したことだ。だが、その後、投与量を調節し、ほかの課題も順調に解決した。

プロジェクトの進歩の大半が、一年にわたってエリート兵士を材料におこなったさまざまな実験による。実験台になったのは、ケンブリッジ研究所を爆破したとして捕らえられたゴースト・オプスの兵士四名だ。

フリンは、第一被験者がルシウス・ウォード大佐であるのを知り、とりわけよろこんだ。どうやら、フリンは現役の軍人だったころ、何度もウォードに出し抜かれたらしく、復讐を望んでいたようだ。

まあ、リーは科学者であり、拷問の執行人ではない。しかし、フリンの熱心な援助のおかげで一線を越えてしまったのはたしかだ。少しばかりやりすぎた。ウォードは四十回の外科手術を受け、ほとんど廃人になっていた。ところが、ゴースト・オプスの三名の部下とともに、何者かによって救出された。

その救出者たちのなかに、リーの研究所に勤務していた女性研究者がいることがわかっている。その女性研究者、キャサリン・ヤング博士は、救出作戦においてみごとな働きぶりを見せた。監視カメラが、彼女の行動を撮影していた。顔認証システムで確認するまでもない。リー本人が、彼女をよく知っている。

あの大胆な救出作戦後、ヤングは地上から姿を消した。リーは自社のセキュリティ部を総動員して彼女を探したが、いまだに見つかっていない。追跡に大量のリソースを投入することはできるが、ヤングは手の届かないところに行ってしまったらしい。

研究一筋の専門ばかである科学者が、完全に行方をくらまして生きていけるのか？

ヤングを探したのは、研究のためにまもなく殺すはずだった四名を奪われたというだけではなく、彼女はリーが求めてやまないものを持っているからだ。それは、彼女の脳のなかにある。ヤングの脳の中身は——そして、リーが集めた研究者たちの脳の中身は——フリンの銀行口座の残高を増やすことよりはるかに重要だ。フリンの儲けはウォリアー・プロジェクトの副産物だ。どのみち、すべてが計画どおりに運べば、フリンの財産はすぐに中国財務省に没収されることになる。

中国がアメリカ合衆国に侵攻したのちに。

フリンの太くてぼってりした指が小刻みに膝をたたいている。あくびを嚙み殺しているのか、あごがこわばっている。

そうか、退屈しているのなら、すぐになんとかしてやろう。

フリンは手首に目をやり、これ見よがしに新しい金のロレックスで時刻を確かめた。この前のクリスマスに発売された新しいライン、トランスパランスだ。文字盤はオーナー以外には無地のクリスタルガラスにしか見えない。画面がオーナーの網膜だけに時刻を見せるよう設定されているのだ。

あなたのロレックスはだれにも盗まれません。そんな広告が至るところで目につく。

腕時計の価格は十三万ドルだ。

まったく、フリンは高価なおもちゃに目がない。

「もう午後四時だ」フリンが不満そうにいった。「おまえが大事な用件だっていうから、リビア高官との交渉を中断したんだぞ。で、ここに来た。用件はなんだ？　八時までにヴァージニアに帰らなければならないんだが」オリオン・エンタープライズは、マッハ一・三で飛ぶ〈ファストジェット〉の自社機を所有している。この飛行機は二時間でアメリカを横断できる。

「見てください」リーは淡々といい、四列のホログラフィックモニターをつけた。フリンがモニターからモニターへ目を転じている。最後のモニターにたどり着く前に、リーは話をはじめた。

「これは去年、うちが買った小さな研究機関の研究所です。適法なワクチンの研究をしていますが、なかにはほかと完全に分離したラボがある。厳密に選んだ研究者のみが出入りでき、まったく別の研究を進めています。あの不幸な事故のあと閉鎖しなければならなかったミロン研究所でやっていた研究に連なるものです」

各モニターには、台車付き担架に横たわっている意識のない被験者が映っていた。点滴のチューブは奥の壁へとのびている。画面からはわからないが、被験者はそれぞれ、完全に透明なのに、ほぼ割れない強度を誇るグラフェンシートの小部屋（ケージ）に閉じこめられている。四人の被験者はみな二十代半ばの若者で、性別は均等にわかれている。つまり、男性二名、女性二名だ。もともと十人いたのが、六名が実験の犠牲になった。

「いまご覧になっている者たちの脳を、超小型fMRIでひそかに撮影しました。全員、脳の一部が——海馬傍回と呼ばれる部分が——活発に活動しています。とくにサーモグラフィでよくわかる。海馬傍回は謎の多い領域でしてね。機能もよくわかっていない。しかし、彼らの脳では、この領域が異常に活動する。どうやら彼らの異常な……能力と関連があるらしいのです」

フリンはまた腕時計を見た。科学にはまったく興味がない。興味を抱くのは結果だけだ。しかも、彼とオリオン・エンタープライズに役立つ結果でなければ、興味が湧かない。まあ見ているがいい。

リーはテーブルをタップした。光を投影する必要はないほど、プロジェクションキーボードには慣れている。たいしたことではないが、フリンのように無知なよそ者には魔法じみて見えるだろう。

リーの打ちこんだコマンドで、患者に点滴する輸液の性質が変わった。強力な鎮静剤から、強力な興奮剤へ。一分で意識のない状態から超覚醒状態になる。

「メイン・プロジェクトがどれだけ前進しているかお見せしましょう」リーは穏やかにいった。「兵士の運動能力、神経反応の速さ、筋力、視力、聴力を増強するシステムがもうすぐ完成します。場合によっては三百パーセントの強化が可能です。煎じ詰めれば、世界一強く、速く、抜け目のない兵士をつくることができるわけです。あなたの部下に勝てる者はいなくなりますよ、大将閣下」

リーは、なにかをことさら強調したいときだけ、フリンの元の肩書きで呼びかける。いまがまさにそうだ。フリンの呼吸が速くなり、静かな室内で耳障りに聞こえるようになった。この間抜けは、裸の女を前にしているかのように興奮している。フリンが哀れなまでに操られやすいことに、リーはやれやれとかぶりを振りたいのを我慢した。

「しかし――」ここでリーはフリンのほうを向き、目を見つめた。被験者たちに投与した興奮剤が効果をあらわすまで、フリンの注意をそらすためだ。「われわれはもう一歩先に進むことができるかもしれません。超人的な体力とスピードにくわえ、超能力も付与できる」

フリンの太った顔にしわが寄った。超能力だと。なにをばかなことを。リーにもフリンの頭のなかが読めた。

ところが、これはばかなことではない。

最近新しく捕らえた四名の被験者にも用意させている。なかでもソフィ・ダニエルズはおそらく治療者(ヒーラー)だと、リーは見ていた。まさに戦地で必要とされる力だ。

リーはモニターを見るよう促し、映像に見入るフリンの表情を眺めた。

それぞれのモニターに映った被験者たちは、ほぼ同時にいきなり目を覚ました。彼らの体重からひとりひとりの薬の適正量を算出して投与したので、いっせいに効果が出たのだ。全員が急激に覚醒した。

じつに見ものだ。

「なんてことだ」フリンが息を呑み、身を乗り出した。ホログラムをフリンのほうへ〝押しやる〟こともできるが、リーはあえてそうしなかった。フリンが動けばいいだけのことだ。フリンはモニターの光で目を輝かせ、全身で見ていた。

ケージナンバー一番。二十三歳男性。覚醒するや、三十センチほど宙に浮きあがった。シーツが体の両脇に垂れた。上体を起こし、顔をしかめてあたりを見まわす。浮かんでいた体が、ゆっくりと担架に着地した。

ケージナンバー二番。二十七歳男性。怒りの表情でさっと起きあがった。ベッドサイドのカートが勢いよく透明ななにかにぶつかって壊れた。フリンがたじろいだ。それは驚くだろう。ケージの壁は頑丈だが、まったく目に見えないのだから。カートは見えない壁にぶつかって壊れたのだ。

ケージナンバー三番。二十一歳女性。じっと横たわっているが、目があいているので覚醒していることがわかる。突然、ケージの隅で炎があがった。炎はまばゆく激しく燃え、床に広がりそうだ。ところが、ふたたび突然、ひとりでに消えた。あとには、見えない壁に煤だけが残った。

ケージナンバー四番。二十五歳女性。首だけを動かし、見えない監視カメラを見据えている。瞳は黒く、輝きがない。

フリンがヒィッと音をたててあえいだ。見ひらいた目が飛び出さんばかりになっている。リーの両手が勝手に喉をつかんだ。完全に喉が詰まる前に、首を引き裂こうとしているかのように。次いで、ほんとうに喉が詰まった。空気を出し入れできない。胸はむなしく息を吸おうと上下しているが、酸素は肺に届かない。なにか熱いものに首を絞められ、宙づりにされている。胸がどんどん苦しくなっていく。

周囲のものの輪郭が紫色に輝き、やがて色あせ、暗く灰色に変わっていく。もうすぐ真っ黒になる。

リーは思考力も理性もなくしていた。純粋な本能によって、モニターから見つめてくる真っ黒な目がこの現象を引き起こしているのを認識した。右腕をむなしく振りまわしながら、一歩あとずさった。体がいうことをきかない、脚が動かない。その場でくずおれるしかなかったが、倒れながらもなんとかコントロールボタンに手をのばし、強力な鎮静剤の点滴を開始した。

目の前のトンネルの出口はどんどん狭くなっていくが、必死に目の焦点を合わせ、デスクのある一点をタップした。首を絞めつける力は強まり、喉仏をつぶそうとしている。リーは何度もタップするが、頭がぼうっとして、暗闇が迫ってきた。

そのとき突然、首を絞めつける力がゆるんだ。まるで首にかかっていたロープがゆるんだようだった。リーは呆然とし、あえぎながら椅子にへたりこんだ。左側で、苦しげに咳きこむ音がした。首が痛かったが振り返ると、床にひざまずいてこうべを垂れているフリンが目に入った。その顔は見苦しい赤と紫のまだらになっていた。片手で喉を支え、いつまでもぜいぜいと音をたてて空気を肺に取りこもうとしている。

「なんてこった！」しわがれたささやき声で、フリンはいった。「いまのはなんだ？」

リーはまだ口をきくことができなかった。震える指でケージナンバー四番のホログラフィックモニターをさした。「彼女は」しっかりした声を出そうとして咳きこんだ。「彼女は……離れた場所に……触れる。人や……ものに……触れる」

フリンはぎくしゃくと振り返り、床に座って壁にもたれた。

「なんだと」肺が音をたてて息を吸っては吐いた。少しずつ呼吸が落ち着いていく。顔の色も、紫が消えて普段の赤ら顔に戻りかけている。「最近、研究していたのはこれか？　こんな——連中——こんなことを？」

答えるには言葉を慎重に選ばなければならない。フリンは命綱だ。金の源だ。資金提供を打ち切られたら、研究をつづけられない。勝利者として中国へ帰ることができなくなる。

そんなことはわかりきっているが、酸素の欠乏によって分別を欠いていたかもしれない。

「ええ」リーはゆがんだ笑みを浮かべた。「彼らをコントロールできるようになれば、髄液から特殊な力のエッセンスを抽出し、われわれの超人的に屈強で賢い兵士たちに投与できるようになる。そうなれば——可能性は無限です」

しまった！　プロジェクトの全容については、小出しにしていくはずだった。自分のプロジェクトがどれほどばかげて聞こえるか、リーも承知していた。うまくいくと心から信じているが、他人には正気の沙汰とは思えないだろう。

それなのに、想像力も広い視野も持ちあわせないこの男に、ぺらぺらとしゃべってしまった。金と手で触れることができるものしか扱えないこの男に。

だから、フリンがジャケットのポケットに手をのばし、プラチナのバンプカードを取り出したとき、リーは驚いた。

リーも立ちあがり、白衣のボタンをはずして財布に手をのばした。脚はかろうじて体重を支えてくれた。自分のバンプカードをフリンに渡す。フリンは二枚のカードをコツンと打ちあわせた。リーは自分のカードを受け取り、目を疑った。フリンはリーのカードに千五百万ドルを送金したのだ。

フリンは太い眉をひそめてリーを見あげていた。「早くそいつらをコントロールできるようになれ」

リーはうなずいた。

「なったら、利用しろ」

もちろん。

少し力が戻ってきて、リーは立ちあがって被験者たちを眺めた。四人ともふたたび担架の上で眠っている。なにかが起きた痕跡は、二番ケージのなかでばらばらになったスチールの部品と、三番ケージの透明な壁に付着した煤だけだった。

リーは、輝かしい運命が待っていたはずの中国から無理やりアメリカへ連れてこられた子ども時代を呪っていた。だが、アメリカのコミックは、子どものころによく読んだ。第一プロトコルのウォリアー・プロジェクトでは、超人兵士をつくることを目指した。四千万人のキャプテン・アメリカを。

だが、第二プロトコルのデルフィ・プロジェクトは、さらにその先を行く。X-メンのエリート部隊をつくるのだ。

エルは暗闇で膝を抱えてうずくまっていた。

無力を体現している自分がいやだった。ほんとうにいやだった。だが、ほかにどうしようもない。アパートメントから逃げてきたことで、エルの気力はほとんど食いつくされてしまった。

よく調べてみれば、科学的に説明できることなのかもしれない——頭のなかで遠くへ旅すれば、その分エネルギーの消費量も大きい。科学的研究ではまったく新しい領域だ。一生をかけて研究してみたいが、それはもう叶わない。

コロナ研究所でなにが起きているのだろう？　ソフィからの逃げてという電話と、黒装束の男たち。いったいどうなっているのだろう？　ほかの同僚に連絡を取り、これが全社で起きているのかたしかめたいが、電話を使えば、空に下向きの大きな矢印を描くことになる――ほら、ここよ！

ソフィが携帯電話を置いていけといったので、そのとおりにしてきた。最近の携帯電話には位置情報をオフにするボタンがついているが、エルは信用していない。銃を持った人間に追われている場合は信用すべきではない。

体がぞくりと震えた。室内の寒さのせいだろうか。全身が震え、氷並みに冷えきっていた。ショックのせいか、寒さのせいかわからない。たぶんショックのせいだ。ショック症状がどういうものかはよく知っている。**夢**で疲れた状態から目を覚まし、ちょっとした外科手術を自分の体にほどこし、逃げてきた。臓器を生かしつづけるために、血液が末端から中心へ集まっている。

全身が冷たかった。頭のなかすら冷えきっている。困難な状況でも考えることには慣れていたが、いまは脳に毛布をかけられたかのようで、暗闇でよろめきながら進むのにも似て、働きが鈍くなっている。

この状況を丁寧に分析し、これからどうするのか考えなければならない。いままでにも姿を消したことがあるのだ――きっと今度もできる。だが、アイデアがなにひとつ浮かばなかった。いつもは論理的に考えて道をひらく方法を思いつくのだが、いまは状況の分析もできない。

それに、最後に残った気力を振り絞り、ただの遭難信号にしかならないものを発信してしまった。なんとばかなことをしてしまったのだろう。その遭難信号を送った相手は、同僚ですらなかった。

ニックに送ってしまったのだ。この世界のどこにいるのかわからないのに。十年前から一度も会っていない、そしてこれからも会うつもりはない男に。どこにいるにせよ、わたしのことなど気にもとめないだろう男に。

正気の沙汰ではない。

この十年、勉強はしんどいけれど、やりがいのある学問に打ちこみ、新しい友人を作り、科学の研究という刺激的な世界に入った――ニックを忘れるために、がむしゃらに努力した。女なら一度は素敵な男に失恋するものでしょう? そう、よくある話だ。一日一日が過ぎ、数週間が過ぎ、彼のことを思い出さないようになったと油断すると、バン! においや味や音が、彼の記憶をよみがえらせる――いつもささいなことがきっかけだ。彼と暮らした数年のことを思い出し――もっとひどいことに、ふたりで過ごしたあの晩のことを思い出す。きっかけなど、小さなもので充分なのだ。

心臓がぎゅっと縮まり、ホルモンがどっと分泌される。不安や悲しみや痛みを感じると、コルチコトロピンが副腎を刺激し、コルチゾールが血流に放出される。エルはそんな言葉を知る前から、そのメカニズムを身をもって理解していた。

いまは言葉の知識もあるし、この分野をずっと研究してきたのだから、幽霊を追い払ったつもりだった。自分にしか見えない幽霊、ニックを。

自力で充実した生活を手に入れ、ニックのことはめったに思い出さなくなった。それなのに、切羽詰まると真っ先にだれを思い浮かべたか？　ニック・ロスだ。あんな人を！　彼を求めて時間を無駄にするのは危険だ。愚の骨頂だ。

けれど、ほかに頼れる人がひとりもいない。たぶん、そういうことだ。友人の多くは仲間の研究者で、最近はそこにプロジェクトの関係者もくわわった。黒装束の男たちに対抗できるような人はいない。少なくとも知りあいにはいない。

猫背で近視、顔色が青白くてやせた男たち。ポール・ミーラも、アレックス・カラスも、トーマス・チュウも——連絡を取れたとしても、助けにきてくれたとしても、殺されてしまうだろう。

だから、彼らを呼ばなかったのは正しい。

さまざまな意味で暗闇のなかにいることはつらい。黒装束の男たちの姿を見て、逃げてきた。情報が必要だ。科学者はデータを扱う人種なのに、手元になにもない。

いったいなにが起きているのだろう？

確かめることはできるだろうか——思いきってやってみるべきか？

エルは、みずからに与えられた能力の限界を試しはじめたばかりだった。今日は世界を半周した——意図してそれほど遠くの見知らぬ場所へ自分を飛ばしたのは、これがはじめてだ。死にかけているのかと思うほど消耗した。

短い距離なら大丈夫だ。短い距離は何度も試した。だが、往復するのに自分の力を完全にコントロールすることはできない。ブレーキもハンドルもない、アクセルだけのポルシェに乗るようなものだ。無謀で危険きわまりない。

黒装束の男たちの動きは無駄がなく、軍人か運動選手を思わせた。武装してもいた。彼らがいまどこにいるのか知っておくべきだ。

やることは決まった。

エルはずるずるとお尻をずらし、汚れたカーペットの上で仰向けになり、ベッドから枕を取って頭の下に敷いた。床に顔が近づくと、得体の知れない汚れのにおいが強くなった。頭のなかから悪臭を締め出し、カーペットのでこぼこやベッドの下に見える綿埃も忘れるように努めた。ここにはくつろぐためではなく、避難に来たのだ。少々の汚れと悪臭など、安い代価だ。

目を閉じて、シャットダウンに取りかかった。動悸を鎮め、両手が動かないよう力を抜き、呼吸を遅くする。

まだ慣れない。自分の意志で旅するのはまだこれで五回目だ。それまではずっと夢の行きたい場所へ、行きたくもないのに連れていかれてばかりだった。自分で行き先を決め、行きたい場所へみずから飛んでいくなど、考えたこともなかった。

そう、あれは二十一歳のときだった。まだニックに失恋した痛みを抱えていたころだ。ときどき自分に起きることが、ただのおかしな夢ではないと気づいたのは。当時はまだ奨学金をもらえず、学費を払うためにサンフランシスコで必死に働いていた。なにか読むものがほしくて、クレメント・ストリートまでバスで行き、〈バナナ・スプリット〉に入った。それは大きな古書店で、客が何時間立ち読みしようと気にしない、親切な店員がいた。エルは二階の超常現象に関する本のコーナーで、印刷の質の悪い、埃をかぶった本を見つけた。そしてその一冊で人生が変わった。

題名はシンプルだった――『幽体離脱』。だが、その本が自分に直接話しかけてきたことは、すぐにわかった。それまでずっと持っていたのに、気づいていなかった力に、その本は訴えてきた。エルは自分がひとりではないことを知った。つまり、幽体離脱ができる者は少なからず存在する。それをきっかけに、エルは幽体離脱について学びはじめた。その学期中に、コースを生物学に変え、神経生物学で博士号を取ることを目標にした。そこから超能力を研究しているコロナ研究所までは一直線だった。

デルフィ・プロジェクトに参加するまでは、自分の幽体離脱現象をコントロールできたことはなかった。それはただ……いきなり起こった。リラックスしているときよりも、ストレスがかかっているときのほうが多かったかもしれないが、そもそも父親が病を得てからというもの、日常でリラックスできる時間などほとんどなかったのだから、なんともいえない。

旅がほんの短時間で終わる晩もあった。数分ほど見知らぬ場所で過ごして帰ってくる。ただ、旅の時間が長くなるほど、目を覚ましたときの疲労が激しいことは、不変の法則のようだった。

デルフィ・プロジェクトの実験プロトコルは、あらゆる面でコントロールされていた。点滴で投与する薬品から、被験者の状態をチェックするモニターまで、管理が徹底していた。それでも、今日の実験ではバイタルサインが危険なまでに低下していたと聞かされた。もし急落したらどうなるだろう？ ここには自分ひとりしかいない。昏睡状態に陥るかもしれないし、死ぬ可能性もある。

でも、どのみち死んでもおかしくない状況だ。黒装束の男たちは武装していたし、電話をかけてきたソフィは狼狽していた。何人かが捕まったという。理由はわからないが、どうやら危険なことが起きている。黒装束の男たちに、見つかった瞬間に殺されるかもしれない。暗闇のなか、ひとりでいつまでもここにいては助からない。

タクシーを拾っていないことは知られているだろうし、徒歩で行ける範囲はたかが知れている。少し調べればここに隠れていることはわかるはずだ。偽名でチェックインしたとはいえ、むこうは顔写真を持っているだろう。受付にいたやる気のない酔った若者も、客の顔くらいは覚えているかもしれない。

いますぐ黒装束の男たちがドアを破って入ってきてもおかしくない。

デルフィ・プロジェクトの実験プロトコルは厳密に決まっていた。いまここでまったく同じように繰り返そうにも、自分の心と体があるだけで、さまざまな医療機器はない。いつもはまず仰向けに横たわり、点滴のために腕をのばすように指示される。ここでそのとおりにするのは間が抜けているが、とりあえず仰向けになり、腕を体から離した。枕は使わないので、頭の下からどけた。

次にソフィはなにをするか？　点滴の針を刺すのだ。皮下注射の針も進化している——刺すときは髪の毛ほどにも細いが、血管内に入ったらふくらむ。まったく痛みはなく、わずかに針がふくらむのが感じられる程度だ。だが、薬品が血管に入ってくると、ほんのりとした熱さを覚える。

コロナ研究所は特許権を理由に、研究員に対しても薬品の分子構造を明かしていない。ソフィの話では、彼女も正確な構造は知らないが、徹底的な動物実験によって有害な副作用がないことは確認されているとのことだった。

エルはじっと横たわったまま、極細の針が右腕の血管に刺さり、針がふくらむかすかな感覚から、薬品が体内を巡りはじめるときの熱さを想像した。

薬品には弱い鎮静剤が含まれているらしく、いつもエルはすぐにリラックスし、マットレスの数センチ上を浮遊しているような、ふわふわとした感覚に包まれる。

いまも薬品を投与されているつもりでリラックスした。いつもの心地よさを感じようと努めた。急に重力がなくなったかのように、重さを忘れる。自分の体が少しずつ浮きあがり、そのまま上昇していく……。

外は真っ暗で、壊れずに残っている数本の街灯の明かりがぼんやりと光っているだけだった。パロアルトは裕福な街なので、東のほうは通りが明るく、車が行き交い、レストランやバーや商店の店頭がまばゆく輝いているのが見える。だが、この界隈は暗がりが支配している。

どこかへ向かう車はほとんど通らない。通行人の姿もない。モーテルのある通りの歩道はほかの地区より狭く、ろくに手入れもされていない古い街路樹の根のせいでところどころひび割れている。

エルは屋根の上をふわふわと飛んでいった。不安はすっかりなくなっていた。満天の星の下、ひんやりとした空気のなかを漂っていると、穏やかな気持ちになる。月ものぼっている。明るい街の中心部が遠くで赤く輝き、大きなキャンプファイアに見える。二本むこうの通りでは、安い服と酒以外のものを売る店が並ぶようになり、バーから数人の若者が出てきて、大声をあげながらふらふらと通りを歩いていく。彼らは酔っ払っていて、笑い声が大きい。ひょろりと背の高い若者が腰を折り、膝に両手をついて溝に嘔吐した。さらに笑い声があがる。

学生ね、とエルは内心で苦笑した。いつの時代も変わらない……。

あれはなに？

モーテルから二ブロック離れた通りの反対側で、のび放題の藪が揺れた。風が通り過ぎたようにも見えるが、今夜は風がない。そのとき、黒装束に黒いマスク、黒いゴーグルの男がふたり、藪から出てきた。黒いホルスターから黒い銃把が覗いている。

ふたりは口をきかず、わかりやすいハンドサインでやりとりしていた。さらに別のふたりが別のブロックの藪から出てきて、最初のふたり組と合流した。

男たちは音をたてず、夜の闇のなかではほとんど姿も見えなかった。だれも気づかない。四人のうちいちばん背の高い男が、仲間のひとりを指さし、通りの先を指さした。指の先では、モーテルのネオンサインが点滅している。指示を出した男はマスクを取り、ポケットからウインドブレーカーを取り出した。それをはおると、たちまち普通の格好になった。

観察眼の鋭い人間なら腰のふくらみに目をとめるかもしれないが、酔っ払ったモーテルの受付係は、すぐそばで手榴弾が爆発しても気づかないだろう。

ウインドブレーカーの男はのんびりとした足取りで歩いていき、通りを渡った。渡った先にモーテルがある。

ほかの三人はふたたび暗闇にまぎれた。

エルはウインドブレーカーの男についていき、モーテルのロビーへ入った。夜勤の受付係はコミック本を胸に伏せたまま居眠りしていた。口をあけ、小さくいびきをかいている。

ドア上部のベルが鳴り、受付係は少しびくりとして目をあけた。目の焦点が合っていない。ウインドブレーカーの男に気づき、口角をあげた。「いらっしゃい」

「どうも」男はポケットに手を突っこんだ。「訊きたいことがある。ガールフレンドと喧嘩してね。大喧嘩だ」顔をしかめ、悔やむようにほほえむ。「彼女のほうが正しかった。おれがまちがってたんだ。目が覚めたんで、彼女と話しあいたい」

受付係はひょこひょことうなずいた。「うん、わかるよ」

男はカウンターに写真を置き、指でトンとたたいた。「これがガールフレンドだ。友達の家には行ってないようだから、ホテルやモーテルを探しまわってる。ほんとうに話がしたいんだ。ここにチェックインしてないか？」百ドル札がカウンターの上をすべっていき、むこう側に消えた。

「美人だなあ」受付係はうっとりと頬をゆるめた。

「そうだろう。美人なんだ。それで……今夜、ここに来なかったか？」

「来たよ。二時間ほど前に」

ウインドブレーカーの男はほっと力を抜いた。「よかった！　暗い夜道をひとりでうろついてるんじゃないかと心配していたんだ。ルームナンバーは？」

それで受付係は警戒した。大きく目を見ひらく。「いや、悪いがそれは――」

もう一枚、百ドル札がカウンターのむこうへすべっていった。「ほんとうに話をしないといけないんだ。愛してるってわからせてやらないと」

紙幣はポケットに消えた。「うーん。わかった。あんたはいい人みたいだからな。九号室だよ。通路を行って右。彼女さんは――」

エルは男がホルスターからスタンガンを抜くのを見た。色がグリーンになるまで充電されているので、相手を死に至らしめることができる。男は一瞬でスタンガンを抜いて受付係の胸にあて、引き金を引いた。受付係が床にくずおれたときには、男は振り向いて出入口の外に向かって仲間に合図していた。

外で待っていた三人が駆けこんでくる一方、ウインドブレーカーの男はロビーの照明を銃で撃った。受付の古いコンピュータのフラットパネルモニターだけがぼんやりと明るく、ロビーを気味の悪い白い光で照らした。

ウインドブレーカーの男はひとことも口をきかず、通路を指さし、右に曲がれと指示した。四人はそれぞれスタンガンを抜いた。色は黄色で、雄牛を気絶させることができる。彼らはエルの部屋へ音をたてずに進んでいく。

目覚めることができず、無防備に横たわっているエルの体が待っている部屋へ。

9

ホバーカーが時速三百二十キロまで出せることは確認してあった。ニックはハイウェイまで、ホバークラフトモードで時速百六十キロで走行した。ブルー山をおりるまでは、木の幹に激突しないように気をつけなければならない。ホバーカーは夢のように反応がよく、ニックは斜面をジグザグに飛ばした。

山をおりて平地に出ると、ニックはさらに加速し、インターステートと平行に溝やフェンスの上を飛んだ。ホバーカーには優れた性能の前方監視レーダーが搭載されている。ニックは、乗り越えられない障害物を巧みによけた。インターステート沿いに進むのがいちばん時間がかからないので、ガードレールを乗り越えると、車輪を出して追い越し車線に入った。このホバーカーもレーダーでは探知できず、ほかのドライバーにも気づかれにくい。追い越されたドライバーが中指を立てたときには、ニックは三十キロ先の彼方だ。どんなパトカーでも追いつけない。それに、はっきりいえば、少しでも早くエルのもとにたどり着けさえすれば、あとのことはどうでもいい。

ジョンとは通信リンクで連絡を取りあっていた。新しいローターヘッドを取り付ける作業ははかどっているようだった。マックも手伝っているので、あと一時間で離陸できる見込みだ。

たぶん、十中八九、エルを窮地から助け出すことはできる。だが、宇宙の鉄則——一番狂わせが起きる、ということをだれよりも身をもって知っているのがニック・ロスだ。エルを救出し、ヘイヴンのベッドへ連れていくまでは安心できない。センサーと罠がどっさり仕掛けられ、ドローンが飛びまわっている山中へ。ヘイヴンのベッドにエルを連れていったら、一週間は出さないつもりだ。ただ休ませるだけではなく、エルを感じ、手で触れ、彼女がそばにいる、もう大丈夫だと安心するために。

そして、あと百年は彼女を放さない。

だが、まずはエルを見つけなければならない。

あの遭難信号がどういう仕組みで届いたのか見当もつかないが、説得力があった。純粋な恐怖が爆風のように伝わってきた。ニックすら、恐ろしさに胸をどくどくと脈打たせながら目が覚めた。一時間前までは、恐怖など味わったことがないといえたが、いまやそれは嘘になる。あの遭難信号を受け取ったとたん、骨の髄まで凍るような恐怖が全身の細胞を浸食したのだから。

あんなふうに心のなかに暴風が吹き荒れたのは、生まれてはじめてだ。いや、キャサリンにはじめて触れられたときも、エルを失い、悲しみを抱えていることを読み当てられて仰天した。あれは当然のことだった。キャサリンには人の心を読む能力があるし、エルを失った悲しみは肌だけではなく骨まで染みつき、血のなかを流れているのだから。ニックの知るかぎり、体力と狙撃の腕前と戦闘能力以外に、自分に特別な才能はない。まちがいなく、あんな不思議な力はない。犬のように闘い、働くことで生きてきた。〝才能〟など持ちあわせていない。だから、エルからあんな信号を受け取るとは、まったくの予想外だった。

あれは夢ではなく、妄想でもなかった。コンタクトしてきたのは、まちがいなくエルだった。あの爆風には、はっきりとエルが感じられた。たしかに恐怖もあったが、あの優しさと知性が混じりあった感じは、まさにエルそのものだった。疑念を挟む余地など寸分もなかった。

だから、こうしてできるかぎりの速さでインターステートを飛ばし、エルのもとへ急いでいる。

パロアルトへ近づくにつれて交通量が増え、集中力を求められるようになったが、耳の後ろのボタン型受信機からジョンの声がした。「よう。ドローンのモニターを見てみろ」

ニックは左側にちらりと目をやり、はっとした。

畜生！

ほとんど目に見えないほど細い線がモーテルへ向かっていく。モニターに映っている男たちは、ステルス型コンバットスーツに身を包んでいるが、ヘイヴンのドローンは熱線暗視装置を搭載しているので、映像にとらえることができる。エルのいるモーテルの通りをゆっくりと慎重に歩いていくのは、四人組の男だった。通りは暗く、街灯の半分は壊れて点灯していない。四人組が動きを止めると映像から消えるが、動きだすと輪郭がかろうじて見て取れた。その動きは戦闘員のものだった。四人の動き方と、特徴らしい特徴のない外見だけでわかる。

彼らが非常に危険なプロフェッショナルで、目的はエルだということが。

GPSで確認すると、現地まであと五分かかる。くそっ。ニックはアクセルスティックを動かして最大出力で加速した。あっけにとられた運転手の車の列があとに残った。身を乗り出せばホバーカーをさらに加速させることができるわけではないが、それでも前傾姿勢でインターステートの出口を全速力で走り抜け、ドローンのモニターをチェックした。

男たちのうち三人が、道路の脇の藪とおぼしき暗がりに身をひそめた。ひとりがマスクを取ったとたん、サーモグラフィ画像のなかで頭部があざやかな赤に変わった。その男はウインドブレーカーをはおり、道路を渡った。人間の形をした赤い光が頭部を左右にひねり、走ってくる車の有無を確かめている。

車は一台も走っていなかった。一帯は無人だった。モーテルの駐車場にも車がないので、ほとんど宿泊客はいないようだ。訓練を積んだ男たち四人組がエルの居場所を知ったら、エル本人はもちろん、モーテルにいる人間のだれも彼らを撃退することはできないだろう。

ニックは地図を見て、道路を通らずに行ける経路を確認した。道路を通る必要はない。高さ一メートル以上の障害物のない通り道があればこと足りる。ホバークラフトモードで走ればいい。ヘイヴンのルールでは、人目の多い場所でホバークラフトモードにしてはいけないということになっている。ホバーカーは軍事機密だからだ。ニックとジョンがネヴァダの軍事基地からホバーカーを二台盗み、ヘイヴンで使いやすいよう改良したのだ。とくにブルー山の冬は積雪で道路が使えなくなるので、ホバーカーが重宝する。街でホバークラフトモードにすると目立ってしまい、軍の関係者に気づかれないともかぎらない。それはなにより避けたいことだ。

だが、今回はルールなど二の次だ。エルが危ないのだから。問答無用だ。

ニックはホバークラフトモードにして、最大限まで加速した。通り道にするのは、家と家の隙間や裏庭だ。庭木を折り、花壇をめちゃくちゃにしてしまうが、かまっていられない。エルのもとへ一直線で向かうには、岩だらけの山肌をトップスピードで滑降するのと同様、ニックが現状持っている以上のスキルが必要だが、やるしかない。

正気の沙汰とは思えないリスクを負い、トップスピードで走りながらも、ドローンのモニターを絶えずチェックした。あと二本の通りを越えるだけというときに、人の形の赤い光がモーテルの出入口に現れた。顔にマスクをつけると、サーモグラフィの画像がそこだけ暗くなった。男の合図で、三人分のぼんやりした影が通りを横切った。

くそっくそっくそっ！　エルを殺すつもりだ！

そんなことは絶対にさせない。

四人組がロビーに入ったころ、ニックは交差点の角にいた。セキュリティなどくそくらえだ。急ブレーキをかけ、ホバーカーから飛び出す。だれかに見られようが知ったことか。いま大事なのはエル、エルだけだ。十年間エルと離ればなれで過ごし、ようやく再会できるかもしれないのに、彼女がすでに死んでいたらと思うと、冷や汗が噴き出てきた。

よくも悪くも、心臓が早鐘を打っている。血流が増して末端までアドレナリンを運んでくれ、持ち前の敏捷性が高まり、万一撃たれてもさしあたって痛みを感じずにすむという点ではありがたい。

だが、一分間に百二十から百二十五を超える心拍数では、微細運動に難が出てくる。これから四人を仕留めなければならないのに、狙いどおりに正確に撃つことができなければまずい。

深呼吸して意志の力で鼓動を静めるしかない。ニックも、マックとジョンも、そのための訓練は受けているが、だれもが訓練でできるようになるわけではない。生まれながらの能力が必要だ。訓練とは、生まれ持った能力を多少のばすものに過ぎない。

ニックは二度、息を大きく吸って吐き、意識して体の興奮を静めた。

そして、走りだした。

そのとき、ひらいたままのホバーカーのドアから不明瞭な声が聞こえた。ジョンだ。なにをいいたいのか知らないが、あとまわしだ。エルを助けるのにあと一分しかないのだから。

ホバーカーからモーテルのロビーまで走ったときのことは、あとになっても思い出せなかった。走りだした直後にはドアをあけ、カウンターから突き出た受付係の両脚には目もくれなかった。

エルの部屋番号を調べる必要はなかった。四人目の男を追いかければいい。男はちょうど通路の突き当たりを右に曲がろうとしていた。ニックは男たちをいますぐ射殺したい思いで、全力で走った。ただ、四人組など敵ではないとはいえ——いくら訓練された有能な戦闘員だろうが、倒せる自信はある——肝心のエルの居場所がまだわからない。戦闘モードに入ると、五感は戦うことに集中する。銃撃戦になるだろうが、四人と撃ちあうと同時にエルが流れ弾に当たらないよう守るのは難しい。

ニックは音をたてずに突き当たりまで走ると、最後尾の男の首をつかみ、中央通路へ引きずり戻した。スタンガンのバチバチという音を聞きつつ、グロック32を抜く。発砲音を二デシベル、つまりため息より小さな音まで抑制するサイレンサーがついている。銃口で男のマスクをはずし、眉間を撃ち抜くと、すばやく死体を汚いカーペットの上におろした。

ひとり目完了。

曲がり角のむこうを覗くと、残りの三人がドアの前に集まっていた。エルの部屋を見つけたらしい。あのドアのむこうにエルがいる。三人はエルに危害をくわえる。おそらく殺すつもりだ——そうはさせない。たとえ敵が百人でも。

リーダーとおぼしきウインドブレーカーの男がカードキーを持ち、ドアの脇の壁に取り付けられたモニターの前にかざした。次の瞬間にはドアがひらくはずだった。ところが、すぐにはモニターが認識せず、男はもう一度カードキーをかざした。ロックが解除される小さな音が聞こえ、ドアの前にいる男がスタンガンを構えるのが見えた。

三人は〈ロックタイト〉のコンバットスーツに全身を覆われていた。このスーツには光線を消散させる機能があるので、スタンガンでは歯が立たない。グロックは強力ではあるが、あのコンバットスーツで防御されると、骨の一本や二本を折ることはできても、弾は貫通しない。確実に息の根を止めたいのだが。

では、昔ながらの方法でいくしかない。素手だ。

ニックは戦略を立てるのが得意だ。たちまち、第二の策まで固まった。考える必要もなかった。方程式のようなもので、動きを正確に計算すればいい。

通路を全速力で走るニックは、標的だけを目指した筋肉の塊だった。いちばん後ろにいる男の横の壁に右手をつき、渾身の力をこめて男の後頭部にまわし蹴りを見舞った。男がその場にくずおれたときには、ニックは次に取りかかっていた。通路に伏せて三人目の男の脚に自分の脚をからめて引き倒し、男の顔の真ん中に勢いよく肘をめりこませた。骨が砕ける音がして、血が飛び散った。リーダーが振り返ってスタンガンを床に向けたが、すでにニックは立ちあがっていた。リーダーのみぞおちにキックする。ロックタイトのスーツでも防御しきれない一撃だった。

リーダーは倒れ、息ができず一時的に動けなくなった。おかげでニックは三人の首を強くひねり、完全に息の根を止めることができた。それぞれの首を少し持ちあげ、脊椎が脳幹から切断されていることを確認した。くそったれどもにはちゃんと死んでいてもらわなければ困る。

最後のひとりを始末したあと、部屋に飛びこんだニックは、パニックで頭がはじけ飛びそうになった。だれもいない。

エルがいない！　いない！

どこにいるんだ？

男たちがここだと考えたから、こっちもそのつもりだったが……。

エルは逃げたのだろうか？　中庭に面した窓があるが、百万回はペンキで塗り固められているように見えた。かつては開閉できたのかもしれないが、窓として使われなくなって久しいようだ。

力まかせに窓を引き、すぐにやめた。ニックにあけられないのなら、エルにあけられるわけがない。

なんてこった。エルが逃げたのなら、どうすれば見つけられる？　居場所がわからなければ守れないいじゃないか。

考えろ！

ベッドにはいない、窓の外でもない、だったらクローゼットは？　ニックはベニヤ板の扉をあけてみたが、狭いスペースにはゆがんだ針金のハンガーが数本かかっているだけだった。

ここでなければ……。

そのとき、エルが見つかった。床の上で仰向けになり、片方の腕をのばしている。氷のように真っ白な肌。微動だにせず、息もしていない。

ニックの心臓が止まった。恐怖に満ちた長い一秒間が過ぎた。

手遅れだった。

どんな手を使ったのか、連中はエルを殺した。

自分はエルを救えなかった。

いままでずっと、エルには無事でいてほしいと、それだけを願っていた。十年ぶりにやっとエルを見つけたのに。

震える足を踏み出し、がっくりと膝をついた。エルのそばへ行きたかったが、それ以上、脚が体重を支えてくれなかった。自分が空っぽになったような、完全に空洞になったような気分だった。次の行動を考えることができない。内臓と骨を包むただの袋と化していた。

エルを抱きあげたいのに、体がいうことを聞かなかった。頭は指示を出しているのに、体はぴくりとも動かない。勝手にあきらめてしまったかのように、体のどこにも力が入らなかった。ひょっとしたら、いつのまにか自分も死んでいて、それがわかっていないのではないだろうか。

それでも、エルのそばに行きたかったので、唯一思いついたことをした——エルの上に倒れかかった。そうすれば、四肢がよみがえり、彼女を抱きしめて泣くことができるかもしれない。

エルはとても冷たく、腕をのばした形のまま、ニックの全体重を受けてそっと揺れたが、あえいだり、びくりと動いたりはしなかった。

ニックは自分の顔が冷たいことに気づいた。冷たさに気づいたことで、頰に涙がつたっているのを理解した。それでも、涙をぬぐわなかった——ぬぐえなかった。涙がエルの首にぽとんぽとんと滴り落ちるのを、ただ見ていることしかできなかった。

とりわけ大きな一粒が、青白い鎖骨のすぐ上に落ちた。粒は震えて止まり、また震えて止まった。

ということは——エルの心臓は動いている！　ニックは顔を動かし、エルの心臓のあたりに耳を当てた。すると——聞こえた！　かすかな鼓動の音が、弱々しいけれど規則的な音が聞こえた。ニックはエルの胸の上で頬をすべらせた。胸も上下している——息をしている。エルは生きている！

意識はなく、まぶたの下の眼球も動いていないし、呼吸も浅かったが、それでも息をしている、生きている。

一瞬でエネルギーが湧きあがった。エルが生きているとわかりさえすれば、なんでもできる。体力が熱い激流となって戻ってきた。エルのぐったりした体を抱き、立ちあがった。彼女がこの十年どんなふうに暮らしてきたのかわかりたくて、むさぼるように顔を見つめた。ニック自身がキャサリンに説明したとおりだった。年月を経て、ますます美しくなっている。

美少女だったエルは、いまでは息を呑むほど美しい女性になっていた。あのみごとな淡いブロンドは短くカットしてあるが、あいかわらず後光のように顔のまわりで波打っている。ニックはエルを抱きなおした。重くはないが、以前より体重が増えている。最後に会ったときは、心配になるほどやせていた。

なぜこんなところに来たのだろう？　いままでどこにいたのだろう？　いまなにをしているのだろう？　なによりも、なぜあんな連中にねらわれていたのだろう？

解明する方法はたったひとつ。

ニックはエルをそっとベッドに横たえ、二本指で手首の脈を取った。一分間に六十回。よし。次は、エルを殺そうとした連中の身体検査だ。いや、エルを誘拐しようとした連中か。どちらにしても、その思惑が達成されることはない。

ニックは通路に出て、男たちのマスクをはがすと、四つの顔の写真を撮った。死んで弛緩しているが、ヘイヴンの顔認証ソフトならすぐに身許を突き止めることができるだろう。それぞれの遺体を探ったが、案の定、手がかりになりそうなものは見つからなかった。ロックタイトのスーツは最上級の品だが、金があればなんでも手に入る。武器や装具も例外ではない。ポケットはない。ホルスターとナイフのシースを装着している。ナイフはガーバー社のマークⅣ、黒染め加工、新品。

なにもかもが新品だった。ロックタイトのスーツはどこもすりきれていないし、一度も洗濯されていないように見えた。

暗視ゴーグル、スタンガン、拳銃、ナイフ、腕時計を集め、バックパックに入れてきたビニール袋にしまった。追跡されないよう強力なカムフラージュ信号を発信している携帯電話も別の袋に入れ、それからエルのもとへ戻った。

エルはまだ意識がなかった。心配だが、できるだけ急いでヘイヴンに連れていき、キャサリンに診てもらうしかない。

耳の後ろのボタンが鳴った。ジョンだ。ホバーカーを出たときからジョンに呼ばれていたのをすっかり忘れていた。手首をタップして応答した。

「報告しろ！」マックが吠えた。「妙なやつが四人、モニターに映っていたぞ。現状は？」

「死んだ」ニックは答え、エルを抱いてモーテルを出た。「スピーカー通話にしてくれ」

ジョンとキャサリンとも会話できる。三人は危機管理室でニックを待っていた。ベッドへ戻ることなどできるわけがないのだ。

「エルになにがあったの、ニック？」キャサリンの声は優しかった。エルがどれほど大事な存在か理解しているのは、世界広しといえどもキャサリンだけだ。

「わからない」ぐったりとしたエルを抱いて大股でホバーカーに向かいながら、張りつめてしわがれた声で答えた。「生きているとしかいえない。急いで帰るから、診てやってくれないか」

「そのことだけど、ニック……」

ジョンが割りこんだ。「いまヘリでそっちへ向かってる。４Ｄの秘密倉庫で落ちあおう。おまえたちをヘリで連れて帰る。明日の夜、エリックを連れていくから、ホバーカーを運転して帰ってもらえばいい」

「ありがとう、ジョン」喉が詰まった。安堵で膝が折れそうになった。ヘイヴンはカリフォルニア州内に秘密倉庫を何カ所か所有している。ホバーカーを置いていくのは気が進まなかったが、４Ｄの倉庫は近くて広い。ヘイヴンは七つのペーパーカンパニーを経由してその倉庫を購入した。貨物の積み降ろし場に偽装したヘリパッドもある。運がよければ、一時間以内にエルをヘイヴンへ連れていける。

　助手席のドアをあけ、エルをそっと座らせると、生体スキャン装置のスイッチを入れ、エルの前からどいた。スキャンしておくと、衝突事故にあった場合、即座に固まる発泡体が噴き出て、エルの体格と寸分たがわない空間を作る。スキャンが終わると、ダッシュボードの下のコンパートメントから紙のように薄い防寒ブランケットを取り出した。座席のヒーターもつけた。エルの頬に手を当てる。まだ冷たい。なにがあったのか知らないが、温めることに害はないはずだ。

　そのとき、驚いたことに、やわらかな手がニックの手を包んだ。そして、ニックはエルの美しいベイビーブルーの瞳を見つめていた。

「ニック」エルがささやき、びっくりしたように目を見ひらいた。「来てくれたのね。あなたを呼んだの……ほんとうに来てくれたなんて」

　ニックは手を返してエルの手を握り、彼女が顔をしかめるのを見て力を抜いた。口をきくこともできず、ひたすらエルの瞳を見つめた。なにかしゃべろうと口をあけたが、言葉が出てこなかった。

　二度と会えないと思っていた。死ぬまで後悔し、彼女を心配して生きていくのだと思っていた。ゴースト・オプスに入隊したのも、エルがいない以上、ニック・ロスという存在が地球上から消えようがかまわないと思ったからだ。ゴースト・オプスのメンバーはだれかを愛してはならない、なにごとにも愛着を抱いてはならないという鉄則が、自分にはぴったりだと感じた。愛する心はエルとともに失ってしまった。

だが、そんな予想をくつがえし、エルはいまあの美しい表情豊かな瞳でニックを見ている。そして、いつも迷いなく動き、十歩くらい先まで見通しを立てているニックが……なにも考えられなくなっている。声も出なくなっている。

エルが手をすべらせ、ニックの頰に触れた。「本物のあなただなんて信じられない」あたりを見まわし、目をみはった。暗い通りと、奇妙な形の車しか見えないはずだ。「これって夢？」

ニックは屈んでエルにキスをした。彼女は弱っているし、さっさと帰らなければならないから、すぐに終わらせた。だが、短いキスでも大事なことがわかった。唇は本物だ、ということが。エルは本物だ。

「夢じゃない。だが、早くここを離れなければならないんだ。悪党がきみを探してるから、さっさと逃げないと」

エルは眉根を寄せ、遠くを見る目つきになった。「見たわ」とささやく。「通りを歩いてきて、モーテルに入るのを。それから――」ニックの目に焦点を合わせ、探るように見つめた。

「あなたも見えたわ、ニック。自分がおかしくなったんじゃないかと思ってた。どうしてここに来ることができたの？」

「あとで話す。あとでなにもかも説明する」エルを放したくなかった。いつまでも触れていたかったが、体を起こし、ホバーカーの前をまわって運転席に乗りこんだ。「しっかりつかまってろ」車輪を出して、最大限までスピードをあげて北を目指した。

「どこへ行くの？」

ニックはちらりとエルを見やった。なんてきれいなんだろう。きれいなのは知っていたが、覚えているのは金色の妖精のようなエルだ。やせ細って壊れやすそうな迷子のエル。完璧な骨格と肌や髪の色は変わらず美しかったが、ふわりとして傷つきやすそうだった。いま、隣に座っている女性は、道を歩けばだれもが振り返りそうな美人だが、強く気丈そうに見えた。痣を作り、ぼうっとしているけれど、落ち着いている。

やがて、ニックは自分がエルをこそこそ眺めていることに気づいた。膝の上で重ねた白く華奢な両手を見て、完璧な横顔を記憶に刻み、ほっそりとした白い喉から、前をあけたコートの下のVネックのセーターへ目を走らせる。このままでは猛スピードでなにかに激突してしまう。われに返ったニックは、関節が白くなるほど強くアクセルスティックを握りしめ、努めて前方を見据えるようにした。

「だれにも見つからない場所へ行くぞ」ニックは硬い声でいった。「きみをおれの家に連れていく」

これは魔法？　自分は魔女だったのだろうか？　ニックを呪文で呼び出してしまった？　それともまだ夢を見ているのだろうか？

答はわかっている。夢のなかにいるとき、つまり幽体離脱をしているときには、目は見えるけれど、ほとんどなにも感じない。あのモンゴル自由共和国とおぼしき氷に閉ざされた場所にあった施設を漂ったときも、寒さを感じなかった。

でもいまは、完全に感覚がある。ドアをあけはなした奇妙な車のなかで意識を取り戻し、ニックが――ニックが！――すぐそばにいることに気づいたときは、空気が冷たかった。頬に触れるニックの指先は、ざらついていたけれど、優しい感触だった。それにキス！　何年ものあいだ数えきれないほど彼のキスを夢に見て、やがて無理やり忘れるようにしたけれど、夢のなかのキスとちがって、感触があった。まちがいなく、彼の唇が唇に触れた。

これは夢ではない、現実だ。

それに、ニックも思い出のなかの彼とはまったくちがっていた。以前のニックは若いライオンのようだった。大人になってはいたが、少年のころの面影が残っていた。見るからに危険そうないまのニックに、子どもっぽいところはまったくない。険しい表情、引き締まった頬、日焼けした肌、目尻の薄いしわ。三十三歳のはずだが、もっと年上に見える。

車は信じられないほど速いスピードで走っていたが、エルはニックのそばにいられて安心していた。ニックは運転の名人だ。車は奇妙な形をしているが、反応はすばやいし、時速百六十キロ以上で飛ばしているはずなのに、タイヤは路面をしっかりとグリップしているようだ。

話したいことはあるけれど、ニックを運転に集中させてあげなければならないので、待つしかない。

ニックは、彼の家へ連れていってくれるといった。だれにも見つからない場所だという。それはどこだろう？　北であることはたしかだ。車はインターステートを北へ走っている。危険から離れられるのなら、どこでもいい。

エルはソフィからの電話や追跡装置のことなど、自分が置かれた状況について考えようとしたが、うまくいかなかった。くたくたに疲れているせいだ。気力が底をついてしまった。頭が論理を受け付けない。いままでのこともこれからのこともひとまず忘れ、一秒一秒を流されていくだけで精一杯だった。

そんな状態でいるのは、ひどく恐ろしかった。急に自分の体に呼び戻されたのは、通りで見つけた黒装束の男たちがモーテルの部屋の前まで来たときだった。ニックの姿が見えたが、**夢**のなかでは感情が動かない。ただ、彼が助けにきてくれたことは、なぜかわかった。ニックは男たちのあとをつけてモーテルに入り、通路を抜けた。そのあとの記憶はぼやけている。ニックが部屋に入っていったとき、通路には四人たったひとつ、覚えていることがある。

の死体があった。

その部分は、はっきりと見た。四人を殺すときのニックの冷静さや手際のよさは、癌の手術をする外科医を思わせた。人間があんなふうに動くのは見たことがない——目もくらむスピードと強さと暴力の果てに、四体の死体が残った。

体が震えた。

ニックがちらりとこちらを見たが、なにもいわなかった。彼が奇妙な形のコンソールに手を伸ばしてボタンを押すと、車内の温度がさらにあがった。

車は夜の闇を走っていく。道路はすいていた。ときどきほかの車を追い抜いたが、ほとんど止まっているように見えた。

窓の外を眺めていると、いくつか知っている場所の前を通り過ぎたように思った。もっとも、道を覚えてもしかたがない。ニックが行くと決めた場所へ向かっているのだから。

ニックはインターステートをおりた。スピードが速すぎて看板が見えず、どこの出口を出たのかわからなかった。車は複雑な道筋を猛スピードで走り、やがてひとけのない工業団地に入った。

ごみだらけの道路の突き当たりにゲートがあり、ニックは最高速度でそこを目指した。エルが息を呑むひまもなく、車が衝突しそうになったぎりぎりのタイミングでゲートがひらいた。エルは座席の上で振り返った。後ろでゲートがあっというまに閉じた。どう見ても放置された場所なのに、ゲートはまったく問題なく動いている。ニックが車を止め、コンソールのある一点をタップした。

「現地到着」ニックがつぶやき、エルはびっくりして彼を見た。

「了解」声だけがした。低いが、大きくてはっきりとした声だった。「こっちの予定到着時刻は五分後」

ニックが振り返り、人差し指でエルの頬をなでた。「待っててくれ。すぐに帰れるから」

半分影になったニックのたくましく冷静な顔を見て、優しい声を聞いただけで泣きそうになり、エルは自分が情けなくなった。あきれるほど隙だらけだ。十年前、ニックに打ちのめされ、立ちなおるのに何年もかかったのに。

自分はもう、あのころの困窮した世間知らずの娘ではないけれど、ニックはいまでもこれほど大きな影響力を持っている。もしもだれかに訊かれたら、ニック・ロスはわたしにとって死んだも同然だと答えられるくらい、立ちなおったつもりだったのに、あいかわらずニックに触れられただけで身震いし、無防備にとろけている。

あんな思いは二度としたくない。

エルは硬い顔をしてニックから体を離した。

一日に二度も幽体離脱をした。友人たちを誘拐した男たちに追われた。自分が生きのびたのは幸運だった。そのことはニックに感謝するけれど、それ以上の借りはない。

愛情まで返す必要はない。

エルが身を引くと、ニックの顔から表情が消え、手がおりた。「ホバーカーを隠さなければならない。立てるか?」

愚かな質問だ。いや、それほど愚かでもないかもしれない。

エルは両脚で床をぐっと押してみた。脚は震えなかった。よし、立てる。

「ええ、大丈夫」

「いい子だ」ニックはたちまち助手席側へ来て、エルに手を貸した。エルは、自力で立てると思ったのがまちがっていないことを願った。ここで気を失うなど、想像するだけでぞっとする。わたしは弱くもないし、困窮してもいない。ニックに置き去りにされたエルとはちがう。わたしは強い。

ただ、今日はひどい一日だっただけ。

ありがたいことに、両脚は持ちこたえてくれた。ニックがバッグを差し出した。「空を見ろ」

急に突風が吹き、エルはニックの言葉を聞きまちがえたのかと思った。「え?」

「空を見ろ」ニックは人差し指をエルのおとがいに引っかけ、上を向かせた。「あれに乗って帰るぞ」

嘘。ヘリコプターだ! ほとんど真上からおりてくるのに、なにも聞こえないなんて!

ヘリコプターは周囲の暗さのなかではほとんど目に見えず、コクピットも暗かった。映画に出てくるヘリコプターは耳が聞こえなくなるほどうるさい音がするけれど、目の前のこれは低い羽音程度で、数メートル先で向きを変えると、ジャンプした猫のようにきれいに着地した。

「行くぞ!」ニックはエルを抱きあげんばかりにして急きたてた。

不気味な外見のヘリコプターだった。黒っぽく艶のないなめらかな材質でできていて、見たところ窓がない。エルが入口はどこだろうと思った瞬間、スライドドアがひらき、薄暗い照明のともった機内が見えた。四段の階段がおりてきた。

エルはキャビンに乗りこみ、座席に腰をおろした。ひらいたドアから、ニックがあの変な車を倉庫らしき建物のなかへ乗り入れ、こちらへ走ってくるのが見えた。彼は階段を使わず、ヘリに飛び乗りながら叫んだ。「飛べ飛べ飛べ!」

階段が引っこんでドアが閉まり、ヘリコプターがいきなり離陸したとたん、エルは胃袋だけ置いていかれたような気がした。機内はこのうえなく静かだった。映画では騒音を遮るためにヘッドフォンをつけていたのに、このヘリコプターのなかは大聖堂並みに静かだ。

窓がないので、外を見ることはできなかった。だが、大きなモニターが四面あり、外の様子が映っているようだった。明るい照明に照らされて右方向へのびているインターステート、赤外線映像、サーモグラフィ映像。四つめのモニターには地図が映り、GPSの座標がどんどん移動している。

ヘリコプターは北へ向かっている。目的地を示す青い十字のしるしは、北東の位置にあった。エルには、どこを目指しているのかわからなかった。

「おれはジョン。会えてうれしいよ」パーティションが片側へスライドし、操縦士が手を突き出した。エルはぎこちなくその手を取った。「ニックが完全にイカレてしまう前にきみが見つかってよかった」

大きくてごつごつした手の持ち主は、たったいま波に乗ってきたばかりのサーファーのような外見をしていた。外は凍えるほど寒いのに、真っ白なTシャツの上にアロハシャツをはおっている。シャツは真っ黄色の椰子の木のあいだを真っ青なインコが飛び交っている柄で、淡いブルーの瞳と、日差しにさらされたような髪によく似合っていた。

ただし、使いこんだ黒いホルスターから、大きな黒い銃が覗いている。

快活で親しみやすい雰囲気の男だが、アイスブルーの瞳は彼の銃と同じく冷徹な感じだった。

「こちらこそ、会えてよかった」エルはいった。ニックを見やり、サーファー・ジョンに目を戻す。「助けてくれてありがとう」

ジョンはウインクし、片方の口角をあげた。「なんの。最近おれたちのあいだでは美人を救出するのが気張らしになってるんだ」

「ジョン……」ニックがうなった。

ジョンは目だけで天を仰ぎ、首をかしげてニックを眺めた。「落ち着けよ」

「どこへ行くの？」エルは落ち着いた声を出そうとした。返ってきたのは、沈黙だけだった。

尋ねてはいけない質問だとは思えなかった。時間がたつにつれ、エルは元気が戻ってくるのを感じていた。たしかに、彼らには助けてもらった。けれど、男ふたりとヘリコプターに乗せられ、どことも知らない場所へ向かっているのだ。しかも男のうちひとりは、たったいま外科医並みに手際よく四人を殺している。

ニック。

かつて彼をよく知っていたことは忘れたほうがいい。子どものころは、彼がそばにいた。そして急にいなくなり、ほんのひとときに戻ってきてくれたけれど、またいなくなった。

いまのニックのことはなにも知らない。なにひとつ知らない。わかっているのは、彼が殺した男たちと同じくらい危険だということだけだ。ジョンはどうだろう？　派手なターコイズブルーと黄色のシャツを着て、愛想よく笑うけれど。いまヘリコプターを操縦していることの男は何者だろう？

彼も危険そうに見える。

それでは――おとなしく乗っている以外に選択肢はあるか？　エルの知るかぎり、そんなものはなかった。ヘリコプターは密閉された空間だ。見るからに屈強で武装した男ふたりを倒すことができたとしても——そんなことはありえない——ヘリコプターの操縦方法を知らないのだから、地面に激突するのが関の山だ。正気の沙汰ではない。

一番目の扉が閉まり、二番目の扉が残った。

なにもせず、生き残れるようひたすら祈るしかない。


ニックは努めてエルのほうを見ないようにした。ほんとうに努力したのだが、我慢できなかった。幸い、エルはこっちを見ていなかった。むしろ、あちこち見まわしているが、ニックのほうだけには目を向けなかった。

エルは元気を取り戻しつつあるようだった。目を覚ましたときには、立っているだけでやっとのように見えた。でもいまは、背筋をのばして、ことさら顔をそむけている。

傷ついているからだけではないだろう。エルは見知らぬ世界へ飛びこまされたのだ——ニックの世界へ——凍りつきそうに冷たい湖に飛びこまされたも同然だ。彼女は恐ろしげな連中に追いかけられた。それに、四人を殺すところを実際に目撃されたわけではないけれど、自分に殺しのにおいがまといついていることは、ニックも自覚している。エルは以前から、恐ろしく勘が鋭かった。なにか普通の人間にはアクセスできない情報システムにつながっているのではと思ってしまうほどだった。ニックはマントをまとうようにほんとうの自分を隠している。マックも自分も、市民社会では浮いていた。人々は本能的にふたりを避け、わけもなく怖がった。仲間に化けた狼の前で、羊が不安がってあとずさるようなものだ。

一方、ジョンも危険な男だが、あの悪趣味なシャツと捕食者(プレデター)特有の偽の笑顔で、しばらくのあいだは化けていられる。

エルは、いまのニックの正体を感じ取った。そのうえでニックを避けているが、ニックとしてはどうこういうつもりはない。そのうちエルもわかってくれるはずだ。

二度と会うことはないと思っていたのに再会できた。一生、独り身で生きていくつもりだったが、エルとまた会えた。二度と放すものか。死ぬまでおれのものだ。

だから、いまは体を固くして目を合わせようとせず、緊張しているかもしれないが、結局そんなことはなんでもなくなる。これから一緒にヘイヴンへ行き、いつまでもあそこで暮らすのだから。

エルはひたすらニックを無視してモニターを見つめていたが、地図が消えた。

「ニック」コクピットからジョンの声が聞こえた。「そろそろだ」

くそっ。ニックは凍りついた。どうしてエルにこんなことをしなければならないんだ。

「ニック」ジョンの声が厳しくなった。抵抗すれば、ジョンはヘリコプターを方向転換させてパロアルトへ引き返すに決まっている。

エルが振り返り、問いかけるような目でようやくニックを見た。こんなことはしたくない。いやだ。だが、ニックはエルの手を取り、真正面から向きあった。「すまない。きみのためなんだ、信じてくれ」

ニックは背後からフードを出し、驚いているエルの美しい顔にかぶせた。彼女の両手を握りしめる。もしフードをかぶせられたのが自分だったら、徹底的にあらがうだろう。究極の侮辱だ。もしエルが暴れだし、殴ったり蹴ったりしてきても、ニックは甘んじて受け止めるつもりだった。

だが、エルはじっとしていた。ニックは、自分が彼女を見くびっていたことに気づいた。聡明なエルのこと、腕力でニックに勝てるわけがないことは承知しているに決まっている。それに、ニックだけではなく、ジョンもいる。ここは我慢するのが唯一の賢明な行動だから、エルはそうすることを選んだのだ。

エルはフードをかぶせられた顔を前に向け、背筋をのばして座っていた。微動だにせず、堂々とした態度だったが、ニックに握られた両手は、木の棒のようにこわばっていた。

ニックは、それまでにも増してエルを愛していると実感した。

だが、一分ごとにますますエルに嫌われているのもわかっていた。

ありがたいことに、もうすぐヘイヴンに到着する。ジョンは、いままでは最高速度でヘリコプターを操縦している。今夜は雲がなく、このヘリコプターはどこのレーダーにも感知されない。まもなく帰り着ける。

星空を背に、ブルー山が黒い影になっていた。眼下の山のふもとには、金属の広いプレートが突き出ている。着地用のプラットフォームだ。四分後、ジョンは完璧にヘリコプターを着地させ、静かなエンジンを止めた。金属のプレートがヘリコプターをのせたまま、外からは見えない広い格納庫のなかへ引っこみはじめた。

ブルー山。ヘイヴン。

帰ってきたぞ。

緊張していたのを認めたくなかったが、やはりほっとして肩の力が抜けた。エルはここにいれば安全だ。だれもがここにいれば安全だ。

ヘイヴンはニックたちの避難所であり、はぐれ者の家族や、才能にあふれた追放者たちの避難所だった。彼らはニックとジョンとマックのもとに集まってきた。そして、ウォード大佐、ランドキスト、ロメロ、ペルトン。ゴースト・オプスは、ケンブリッジのある研究所を爆破する任務を命じられた。その研究所は、ひそかに腺ペスト菌を培養しているということだった。ところが、それは嘘だった。兵士たちが待ち構えていて、ゴースト・オプスは全員が逮捕された。反逆罪の濡れ衣を着せられ、ニックたち三人はワシントンの軍法会議へ移送される途中で逃亡したのだ。

ゴースト・オプスのメンバーを拘束できる者などいない。

アメリカ合衆国政府に追われ、それまで崇拝していたウォードに裏切られたことに傷つき、ニックたち三人はカリフォルニア州北部のブルー山に逃げてきた。そこには、マックが子どものころに探索した廃坑があったのだ。廃坑に隠れ住むようになり、ほどなく人々が集まってきてコミュニティができた。集まってきた人々によって、ヘイヴンは世界に類を見ないはぐれ者たちのハイテクな避難所になった。いまでは、なにもかも自給自足できるようになりつつある。エネルギーも、インターネットも、食料も——なんでもだ。

なによりもすごいのは、ヘイヴンの運営資金はラテンアメリカのドラッグカルテル二グループから得ていることだ。ジョンはなにか事情があるらしく、個人的にドラッグディーラー撲滅作戦に取り組んでいる。彼はかつてカリフォルニアのディーラーの部下になりすまし、南米最大のカルタヘナのドラッグカルテルに二年間潜入していたことがあった。カルテルの財務を調査するかたわら、充分な内部情報を集め、三百人を無期懲役刑に送りこんだ。

ヘイヴンが資金を必要とするたびに、ケイマン諸島やアルバ島のカルテルの銀行口座から金をくすね、内部の人間のしわざに見せかける足跡を残しておく。悪党が横領の罪を着せられて報復を受けることになるのが、最高におもしろい。

地上からくそ野郎がまたひとり消えた、とジョンはいう。一方で、ヘイヴンのみんなが偽名でクレジットカードを持ち、数百万ドルを使うことができる。

プラットフォームの動きが止まり、ヘリコプターが格納庫におさまった。格納庫は天井までの高さが六十メートルある広大な空間だ。ドローンもヘリコプターも車輌も、すべてここに保管してある。

フードをかぶったままではヘリコプターを降りられないので、ニックは彼女のウエストを抱いておろした。エルは抵抗しなかったが、足が地面に着いたとたんにあとずさってニックから離れた。

ああ、逃げないでくれ。

このようなセキュリティのための対策は基本であり、必要なことだとわかってはいるものの、エルをこんなふうに扱わなければならないのは不本意だった。

ニックたち三人は、才能はあるが無力な人々のコミュニティを守る最前線に立っている。みんなは追放された三人の兵士に命をあずけている。三人はコミュニティの人々の信頼を重く受け止めている。ここへはじめて来た者は、厳しく調べられる。調査に合格すれば、残ることが許される。合格しなければ、記憶を喪失させる薬〈レーテー〉を投与され、山のふもとに置き去りにされる。目覚めたときには、ブルー山の地下に隠された街のことはすっかり忘れている。

エルが調査に合格しなければ、ニックは彼女と一緒に外の世界に戻るつもりだった。政府に追われていようがかまわない。自分の首に多額の懸賞金がかかっているのも知っている。それでも、一か八かやるだけだ。エルには二度と自分のそばを離れさせない。ニック自身も、彼女のそばを離れるつもりはない。

ニックはジョンと視線を交わした。しゃべるな。ここへはじめて来たばかりで、まだ仲間になっていない者に対するルールだ。声を出すと、広大な格納庫では響いてしまう。ニックはエルのウエストに手を添え、エレベーターへ向かって歩きだした。ジョンも遅れずについてきた。

エレベーターは奇跡的な技術の賜物だった。六百メートルをなめらかに上昇するので、エルも自分がエレベーターに乗っているとは思いもしないだろう。

エレベーターを含めたインフラは、天才エンジニアのエリック・デインが設計した。エリックは、サンフランシスコのベイブリッジの構造的な脆弱性を数年にわたって繰り返し指摘してきた。二一年のハロウィーン地震で橋が崩れ落ち、四十人が犠牲になったあと、エリックの報告書はなかったものにされ、彼は事故の責任を負わされた。数百万ドルの損害賠償を求める訴訟が提起されたが、裁判に被告は現れなかった。

エリックはブルー山にたどり着き、美しく快適で、そのうえ難攻不落の要塞を建築していたのだ。

最上階に到着しても、エレベーターのチャイムは鳴らず、静かにドアがひらき、ヘイヴンのアトリウムが目の前にひらけた。

住人がはぐれ者たちではなく、ヘイヴンが公共のスペースだったら、アトリウムは都市デザインの名だたる賞を総なめにしたにちがいない。風通しのよい広大な空間は緑であふれ、曲がりくねったテラコッタの舗道が敷かれている。舗道の角を曲がると思いがけず小さな広場に出くわす。広場の一角には、花壇や有機栽培のトマト畑がある。あちこちにベンチがあり、金属と木材を使った流線型のオブジェも設置されている。オブジェは、有名な彫刻家のクロエの作品だ。クロエは裕福だが暴力をふるう夫から逃げてきた。

頭上のドーム天井は、分子一粒分の厚さの透明なグラフェンシートでできている。極小のソーラーパネルが埋めこまれていて、夜間は明かりを提供し、一年を通してアトリウム内を摂氏二十二度に保っている。アトリウムのぐるりをバルコニーが囲み、その奥がオフィスや住居。家族用の住まいもあれば、ニックやジョンの部屋のように広くて見た目も豪華な独身貴族用の部屋もある。室内を装飾したければ、ナンシー・パーソンズに頼めばいい。ナンシーはインテリアデザインの会社を経営していたが、夫とパートナーが会社の金を残らず持ち逃げした。ナンシーに残されたのは、夫がマフィアに借りた金の返済義務だけで、払うすべもない彼女はマフィアに追われていた。

ニックとジョンは、みずみずしい植物のなかを縫うように歩いていき、三階の危機管理室へ向かった。時刻は午前四時で、フクロウは眠りにつき、ヒバリはまだ目覚めていない。だが、キャサリンとマックは寝ずに待っていた。

広場にだれかがいたとしても、ニックとジョンがフードをかぶった人物を連れていることに驚いたりしなかっただろう。栄えあるヘイヴンの住人は、だれもが一度はフードをかぶせられて危機管理室へ連れていかれたことがあるのだから。

三人は別のエレベーターで三階にのぼった。ニックはずっとエルの腰に腕をまわしていた。それは彼女を導くためであり、そして……。

そして、いまだにエルがここにいるのが信じられなかったからだ。まあ、腹を立てられてしまったが。エルが怒るのは当然だ。でも、大きな困難にもかかわらず、エルは無事に生きのびた。これからも安全に暮らしていくのだ。やっとエルを見つけ、彼女のために闘った。そもそも、十年も待った。エルはおれのものだ。

ジョンが先に立っていたので、ドアは彼の輪郭を認識してひらいた。エルの輪郭はまだプログラムされていない。これからだ。

エルは自分が部屋の入口にいるのを感じ取り、ぴたりと足を止めた。前方に危機管理室、後ろが通路だ。前方に新しい生活、後ろがそれまでの人生といってもいい。そして、ニックの思ったとおり、正面にマックとキャサリンがいた。マックはもちろん、妊娠三カ月のキャサリンも一晩じゅう起きて待っていたのだ。キャサリンはマックをひとりにせず、マックもニックたちが帰ってくるまでは休もうとしなかった。キャサリンに、横になれと説得することもしなかった。キャサリンがいうとおりにするわけがないことはわかっていたからだ。

部屋のなかに、銀のカバーをかぶせた皿が何皿ものったワゴンがあった。

ステラだ。ありがたい。ステラは世界的に有名な女優だったが、ストーカーに顔を切り裂かれた。ヘイヴンの住人は、だれひとり彼女の傷を気にしない。彼女が大好きだからだ。ステラは賢く優しく、たくさんの手を借りながら、コミュニティの厨房を取り仕切り、すばらしい料理を作る。だれもが彼女の不興を買わないようにする。ステラの料理を食べることは、天国へ行くことと同じだからだ。逃亡生活にあっても、ヘイヴンの住人は億万長者よりよほどうまいものを食べている。

今日からエルはニックのものであり、食事を含めてエルの生活の面倒はニックが見る。そして、ベッドをともにする。

そう思っただけで股間がふくらんだ。

ばか野郎。

長い訓練生活で、股間はニックに従うことを学んだはずだ。コントロールがきかなくなることはなくなった。それどころか、従順すぎてこの二年ほどはほとんど休眠状態だった。ゴースト・オプスの仕事は持ち前の集中力とエネルギーをすべて必要とする。それに、追っ手から隠れて暮らしている身の上では、女を口説けば大量のエネルギーを吸い取られる。以前とちがい、出会い方より別れ方のほうを先に考えなければならないばかりか、自分の正体が漏れないよう、ささいな手がかりも残さないよう用心しなければならないからだ。すると常時、偽の身分証明書を携帯し、偽の名前と履歴に矛盾する言動を取らないよう、絶えず気をつけるはめになる。潜入捜査官とやることがまったく変わらない。

DNAを残さないようにセックスする方法をだれかが発見してくれれば、ニックもすぐさま利用していたにちがいない。

一夜かぎりの関係にするために、労力を費やして疲れてしまう。二晩になったらもっと大変だ。ジョンは気楽にやっているようだが。ニックの見たかぎり、ジョンは定期的に女を抱いているし、女に嘘をつくことになんのためらいもないらしい。

ニックにいわせれば、そういうことはすぐに飽きてつまらなくなってしまった。

ところがいま、股間のものが薔薇の香りを嗅ぎつけて目を覚ました。いや、エルの香りを嗅ぎつけた。エルの香りは、恐怖と疲労のにおいに負けていない。さわやかで春を思わせる香りは、まぎれもなくエルそのものだ。

世界じゅうを探してもエルのような香りの女はいない。エルに似た女はいない。エルはほかにいない。だから、ジョンとマックと、マックの妊娠中の妻の前で半分勃起するのも無理はないのだが、ニックにも分別はある。

ニックはエルの腰のくぼみに手を添えた。エルにふたたび身構えられ、それだけで萎えた。彼女はただでさえ、どこにいるのかわからずにストレスを感じているのだ。欲情されてもうれしくないだろう。

エルの手を取っても、彼女は手を握り返してはくれなかったが、ニックは気にしないことにした。手を引くとエルは前に踏み出した。背後でドアが閉まり、気圧がさがった瞬間、エルは少し首をひねった。

マックとキャサリンとジョンが、前方に立っていた。キャサリンは歓迎の笑みを浮かべている。マックは笑顔ではないが、とにかくしかめっつらではない。それはたいしたことだった。

ニックはエルのフードを取った。淡いブロンドがさっと持ちあがり、輝きながらふわりと垂れた。

「エル」ニックが口をひらいたそのとき、キャサリンがはっとした。

「コノリー博士！　ニックが助けにいったのは、あなただったのね」

「わたしを知ってるの？」エルが尋ねた。

三人分の男の低い声がそろった。「彼女を知ってるのか？」

10

サンフランシスコ
アーカ製薬本社

リーが突然立ちあがった。「ちょっと確かめたいことがあるので」そういって、彼はつかつかとドアから出ていった。だがフリンには、彼のひたいに玉の汗が浮かんでいるのが見えた。

リーの様子が変だ。かなり変だ。

元陸軍大将クランシー・フリンは、一日ずっとリーを注意深く観察していた。リーは抜け目がなく、いつも冷静で感情をあらわさない。フリンの会社が資金を提供した二種類のプロジェクトは、大きな見返りをもたらした。新しいプロジェクトは大事件になる。速く強く賢い兵士をつくることは、あらゆる司令官の夢だろう。だが、この夢を実現させるのは民間企業、それもフリンのセキュリティ会社、オリオン・エンタープライズだ。

夢の実現は近い。最初のトライアルはアフリカで実施した。オリオンは大口契約獲得に向けて、試験的にダイヤモンド鉱山から反政府勢力がはびこる地域を通り、港まで原石を運ぶことになった。当初はまさに夢のようにうまくいっていた。フリンとリーは、警備チームがいままでになく速く正確に動くのを見守った。その様子は、手入れの行き届いた機械さながらだった。一見して能力が増幅されている部下の仕事ぶりは、見ていて興奮した。ところが、最終的にはチームは自滅した。

それでも、最初の数時間は可能性を感じさせた。リーとフリンは問題を解決し――薬の投与量の問題だった――その後のトライアルは成功した。来週、再度のトライアルが予定されている。

だが、この新たな進展は……。

先ほどの映像をこの目で見ていなければ、とても信じられなかったにちがいない。あの潜在的な力。あのような力で人材を強化できれば、際限なく金が入ってくる。

リーの発見は世界を変える。その前に、本人がその発見によって殺されなければよいが。リーのことをよく知らなければ、酔っ払っていると勘違いしたかもしれない。だが、リーは絶対禁酒主義者で、酒を飲まない。フリンには理解しがたいが。世界には多くの楽しみがあるのに、リーは興味がないらしい。彼は研究だけに没頭し、ついに壊れかけている。

明らかに、その徴候はあった。

リーは絶えずデスクを指で小刻みにたたき、足もそわそわと動かす。しょっちゅう唾を呑みこみ、もとから大きめのシャツの襟を息苦しそうに引っぱる。最後に会ったときとくらべて、五キロ近くやせたように見える。

なによりも、興奮を抑えられていないのがわかる。まったくリーらしくない。彼とは長いつきあいだ。フリンは現役の軍人だったころから、リーの会社に研究を依頼していた。リーの能力を信頼し、退役してからもオリオンの資金を投じて研究をつづけさせた。政府には禁じられていたが、黙っていればいいだけのことだ。

〝人体実験〟は、政府の研究機関ではご法度だが、フリンにいわせれば甘い。携帯可能な兵器はほとんど限界まで性能が向上しているし、大型の爆弾の使用には限度がある。開発の余地が残されている分野は、人間の能力開発だ。これからの資源競争において重要になってくる。

リーはいつも理性的で冷静だった。究極の科学者のようだが、フリンは以前から、リーには別の目的があるのではと薄々感じていた。理解しがたいのだが、金ではなさそうだ。フリンは金こそが最高の動機付けだと思っている。リーも金が嫌いではないが、研究をつづけるための道具ぐらいにしか考えていない。生活は質素だ。だから、目的は金ではない。なんであれ、こちらの最終目的に干渉しないかぎり、フリンにとってはどうでもよいことだった。

だがいま、リーを駆り立てている〝別の目的〟が、リー本人を邪魔している――たったいま、フリンが千五百万ドルを与えた男を邪魔している。

リーが取り組んでいるプロジェクトが成功すれば、軍人養成は歴史的な転換を遂げ、フリンはほぼ一夜にして世界屈指の長者になれる。リーがおかしくなってプロジェクトが失敗すれば、フリンは大金を逃すばかりか、顧客になりそうな連中に売りこんでいる話がたわごとだったということになる。そういう顧客候補のなかには、自分をだました人間を生かしておかないような手合いもいる。

とにかく、リーが千五百万ドルを無駄にしないよう、あと数日は目を離さないようにしなければならない。

フリンは耳元をタップした。オリオン本社に連絡を取る必要がある。

「はい、社長」よし。新しい秘書のメリッサだ。美人で仕事ができ、ベッドでも疲れを知らない。二時間ファックしたあと、フリンはまだ横たわったまま息を切らしているのに、彼女はベッドを出て冷静に翌日のスケジュールを説明するくらいだ。

「メリッサか。今日はそっちへ戻るはずだったが、帰れなくなった。明日から二日間の予定はキャンセルしてくれ。ヴァージニアに帰る便もだ。パイロットには、こっちから連絡するまでマリオットに泊まるよう伝えろ」

短い沈黙のあと、メリッサのハスキーな声がした。「承知しました」

「いつ帰るかはまた連絡する。それからメリッサ」

メリッサはフリンの口調の変化に気づき、さらに声を低くした。「はい、社長」

「わたしを出迎えるときは下着は脱いでおけ」
ハスキーなくすくす笑いを聞きながら、フリンは電話を切った。

エルはいつのまにか温かな腕に包まれていた。短いが、心のこもった抱擁だった。その女性はほっそりとしているので、腹部がかすかにふくらんでいるのがわかりやすかった。赤ちゃんがいるのだ。だれが父親かは明らかだった。女性の背後に立ち、肩に手をかけている男だ。

風変わりなカップルだった。美女と野獣だ。女性は美人で、肩の長さの髪は濃い褐色で、瞳はグレーがかった青色。一方、彼女の夫は……とてもハンサムとはいいがたい大男で、威圧感があった。ほんとうに、そんなふうに表現するしかない。部屋にいる人間のなかでいちばん背が高く――ニックとジョンもかなり背が高いのだが――たぶん、どこに行ってもいちばんの大男だろう。顔はいかつい。鼻は一度ならず折れたようだし、片方の頰にはナイフで切られたような傷があり、反対の頰は火傷の跡がケロイドになっている。目つきは冷たく険しい。どうすることが自分のためかわかっている人間なら、近づかないような男だ。それなのに、女性は肩に置かれた手を優しくなで、肩越しにいとおしげな視線を投げた。

大男が彼女にほほえみかけたとたん、顔全体の雰囲気が変わった。優しそうな笑みでも、かわいげのある表情でもなかったが、大男が彼女を愛していることはまちがいなかった。エル自身は彼と同じ部屋にいるだけで怖くなるが、愛情は愛情だ。そもそも、エルにはとやかくいう資格がない。ずっと恋をしていた男に二度もふられているくらいだから。

女性はエルを知っている。気味が悪いような、怖いような感じだ。「どうしてわたしの名前を知っているの？」尋ねると、女性はエルの手を取った。

「二〇二二年のシカゴ。アメリカ神経科学学会の年次大会、会議室B。あなたの論文『昏睡状態における免疫マーカー』には、みんなガツンとやられたわ」女性はエルの手を優しく握ってから放した。手を握られているあいだ、エルは奇妙な温もりを感じた。なにかがふわりと広がり、一瞬ののちに消えた。偶然かもしれないが、少し元気が出たような気がした。

二〇二二年のシカゴ。「あなたもあそこにいたの？」

「ええ」女性はほほえんだ。「論文を全部読んだのは、あのあとだったけれど。途中で会議室Cに行かなければならなかったから。わたしも『オリゴデンドロサイト髄鞘形成における内向き整流性カリウムチャネル4・1の役割』を発表したの」

エルは息を呑んだ。「ヤング先生！　キャサリン・ヤング博士！」今度はエルが相手の手を握った。握ったまま上下に振る。こんなところで会うなんて！　キャサリン・ヤングは伝説の認知症研究者で、その研究は最先端だった。認知症を解き明かせば、多くの脳の秘密が解き明かされる。「なんて光栄なの！　数年前からあなたの研究を追いかけていたの。とくに翻訳リボソームアフィニティー精製におけるγセクレターゼ活性タンパク質に関する研究はおもしろいわ。認知症の研究に応用しているんでしょう。でも海馬傍回皮質にも当てはまりそう」

　ヤング博士は身を乗り出した。「ああ、そうね！　わたしは認知症が起きるプロセスを研究しているんだけど、あなたの研究結果も免疫反応をより明確に理解するために重要だわ。免疫蛍光測定法を使ったとき――」

「クーンズとカプランの技法を使ったの？」

「ええ。古いけど、安定していて信頼できるから。新しいハンターとフローハイムの技法を使う人もいるけど――」

「ちょっと待った！」低い声が割りこんだ。エルは後ろを見ると、ニックが大きな両手をあげていた。「ここにはハカセじゃないやつもいるから勘弁してくれ。とくにどこかのハカセを救出したせいで、死ぬほど腹が減ってるハカセじゃないやつがふたりいる」

　エルは憤慨してカッと体が熱くなるのを感じた。「それってわたしのこと？」

　ニックはうなずいた。「そのとおりだ、コノリー博士。きみを見つけられなかったのも無理はない。名前を変えていたとはな」彼のあごに力が入ったのが傍目にもわかった。「ミスター・コノリーがどこかにいるんだろう。いや、きみのことだから、旦那もコノリー博士なんだろうな」

エルも歯を食いしばった。ニックは怒っている。きみはおれの許可なしに勝手なことをしたといわんばかりだ。あなたが怒るなんて！　エルは目をすっと細くした。「ミスター・コノリーも、もうひとりのコノリー博士もいないわ。母の名字よ。あれから名前を変えたのよ──あれから」

「なんだと？　いまなんていった？」ニックは目を見ひらき、エルの顔をじっと見た。あごが動いている。歯ぎしりの音が聞こえそうだ。「名前を変えた？　名前を変えただと？　おれがどんなにきみを探したかわかってるのか──」

「ニック」ヤング博士の夫が、どっしりした手でニックの肩を押さえ、指先を食いこませた。ニックの表情は変わらなかったが、大きな手は並はずれて力が強そうだった。ニックの肩の骨が折れてもおかしくない。大男はかぶりを振った。「ヘイヴンでは女性にそんな口のきき方をすることは許されないぞ、ニック。だれに対してもだ。恥を知るべきだ」

ニックが肩をすくめると、大男は手を離した。ニックににらまれ、エルもにらみ返してやった。よりによってこんなことになるなんて。ニックが怒ってる！　わたしに！　よくもまあ！

ひりつくように熱く真っ赤な怒りが胸のなかで沸き立った。エルは部屋のなかのもうひとりの同性のほうを向いた。キャサリン・ヤング博士はきっと理性的に対処してくれる。「ヤング先生、ニックにいってやって――」

ヤング博士は片方の手をあげた。「コノリー先生、どうぞキャサリンと呼んで」

深呼吸をする。もう一度繰り返す。お行儀よくしなさい、と自分にいいきかせる。「もちろん、わたしのこともエルと呼んで」

キャサリンはうなずき、にっこりした。どこかの隠れ処で三人の怖そうな男と世界的な科学者と一緒にいるのではなく、居間でお茶を飲んでいるかのようだ。「ねえエル。ほかの人の紹介もさせて。ジョンのことはもう知ってるわね」

ジョンはねじれた笑みを浮かべ、ひたいに二本の指をあてて敬礼した。「よろしく」

エルは会釈した。「ええ、知ってる。それどころか、彼が助けてくれたの」

「こいつが助けただと！」ニックが憤慨した。「こいつはヘリを飛ばしただけだ！　どうしてこいつが救いの主になるんだ？　どっちかといえばおれが――」

「こっちは夫のマック」キャサリンの声は穏やかだったが、ニックのどなり声を封じた。

「よろしく」マックの声はエルが聞いたこともないほど低かった。耳で聞くというよりも、横隔膜で振動を感じた。マックは手をのばし、エルの手を大きな手で包み、一瞬そっと握ってから放した。とても優しいしぐさだった。マックならエルの手を簡単に握りつぶせるはずだが、ほんとうにつぶされては困る。

キャサリンはふたりの名字をいわなかった。おもしろい。名字を教えてもらえないとしても、ほかのことは教えてもらえないのだろうか？　「こちらこそよろしく。ところで、ここはどこなの？」エルは尋ねた。

沈黙。完全な沈黙がおりた。やはりおもしろい。

「ニックがあとでお部屋に案内すると思うわ、エル」キャサリンがほほえんだ。「でも、きっと疲れておなかがすいているでしょう。あなたのお部屋に案内する前に……」

「おれの部屋だ」ニックが怒った声でさえぎった。「おれの部屋に連れていく。彼女はおれの部屋に泊める。おれと一緒に」

ふたたび完全な沈黙がおりた。

「エル？」キャサリンが静かに尋ねた。「あなたはそれでいいの？」

エルは言葉に窮した。なにも出てこない。突然、ひどく疲れているのを実感した。なにか重いものがのしかかってきたような感じだ。膝に力が入らず、室内の照明が薄暗くなったように感じた。

ニックが目の前にいる。ずっと愛していた男が。父を埋葬した翌日に自分を置き去りにした男。そして、わけのわからない理由で、勝手に怒りだした男。

エルの気持ちが固まるには、それで充分だった。

「いいえ」きっぱりといった。「別のお部屋にしてもらえる？」

いまからどんなふうにニックに接すればいいのか考えなければならないけれど、いまは体も心も限界だった。ニックと口論するなど問題外だ。

ニックが目を見ひらいた。「なんだと？」いつもは低い声が一オクターブあがった。「はあ？　なんだって？　もちろん――」

「ニック。いますぐやめて」キャサリン・ヤングはニックの半分ほどしか体重がなさそうだし、声もやわらかかったが、ニックをぴたりと止めた。

ニックは口を閉じ、どなりたいのを我慢しているのか、唇を一文字に結んでいた。だが、その目はあいかわらず丸く見ひらかれ、興奮していた。雄牛のように鼻息が荒い。

この展開が気に入らないのだ。

いい気味。

「じゃあ、まず大事なことからやりましょうか。まずなにか食べないとね。そのあとお部屋に案内するわ」キャサリンはエルをそっとカートのほうへ向かせ、デスクから椅子を取ってきて座らせた。マックが壁からなにかをはずし、ボタンを押すと、それが魔法のようにひらいてテーブルができた。カートには目立たない溝があり、テーブルをくっつけると、カチリと音がしてつながった。それを合図に、だれもが椅子を取ってテーブルのまわりに集まった。

「お客さんが先だ」マックがバス歌手を思わせる声でいった。親切だが、その場の全員に、エルがよそ者であることを思い出させる言葉だった。マックとキャサリンが皿のカバーを取りはじめると、室内においしそうなにおいが満ちた。

ニックはエルと肩が触れあいそうなほどそばに座ると、皿に料理を取りわけた。「食べろ」命令口調でいった。

だれもがわくわくした顔でエルを見ている。人間が食事するのを見たことがないわけでもないだろうに。エルはつかのまフォークを皿の上で止め、みんなを見返した。

ニックがエルのほうへ皿を押した。「食べろって」

エルは食べた。

ひと口、ふた口食べるうちに、エルは驚きに目をみはった。科学の実験のように皿にのっているものをすべてひと口ずつ食べ、自分の仮説が当たっているのを確信した。

「いままで食べたお料理のなかでいちばんおいしい」エルは口走った。ほかの四人は、エルの反応を見ようと待っていたのだ。キャサリンは椅子に深く座りなおし、夫とジョンに笑顔を向けた。ふたりの男はうなずいた。ニックは三人と目を合わせなかった。エルをまばたきもせずに見つめている。

ニック以外の全員が、自分の皿に料理を取りわけた。ニックの皿はいつまでも空っぽのままだった。彼がいつまでもエルを見ているからだ。だが、エルは怖くなかった。食べるのをじろじろ見られるよりひどい目にあったのだ。もちろん、このすばらしい料理をいただくことは少しもつらくない。

マッシュルームのクリームソースをかけた大きなリコッタチーズのラビオリ、ルッコラとパルメザンチーズを添えた史上最高にジューシーなタリアータ。アーティチョークのフライはこのうえなく軽い。ふっくらしたレーズンと軽く炒めたチコリ。アンディーブとベーコンのサラダ。蒸したブロッコリーには、ニンニクとバルサミコ酢のソースがかかっている。焼きたてのチャバッタで、ソースも残らず平らげる。

どれもシンプルだが、完璧に調理されている。

だれも口をきかなかった。しゃべっている場合ではない。これは宗教的な体験といってもよく、正しくいただかなければならない。エルは有名なシェフ、アリス・ウォーターズが引退する前に〈シェ・パニース〉で何度か食事したことがあるが、こちらのほうがすばらしい。

テーブルの隅の大きなガラスのボウルは、ティラミスだ――見るからに理想のティラミス。ひんやりと冷えて、クリーミーでココアたっぷり。見ているだけで元気になる。

エルは満足して椅子に深く座りなおした。「ここは秘密の五つ星レストランなの？　絶対に広告を出さなくて、テストにパスしたグルメしか来ちゃいけない、みたいな？　でも――」横目でちらりとジョンを見やる。「お客にフードをかぶせるのはやりすぎかもね」

「うちのステラだよ」ジョンはいまだにペースを落とさずに料理をむさぼっている。三杯目のおかわりで、全種類の料理を皿に盛った。「彼女のご馳走もすばらしいが、普通の料理が……すごいんだ。だれも彼女にはかなわない」

「ステラ？」きっとどこかのシェフなのだろう。

ジョンがにやりと笑った。「そう、だれがシェフか知ったら驚くぞ。彼女は――」

「ジョン！」マックの低い声が鞭のように響いた。ジョンの金色の眉がひょいとあがった。

「その話も、ほかのことも明日にしましょう」キャサリンは夫の分厚い肩に手を置き、エルにほほえみかけた。

また気まずい沈黙がおりた。

秘密。エルには明かせない、大きな秘密があるのだ。

まあいいわ。

ニックがデザート皿にティラミスを盛り、エルの前に置いた。「食べろ」

エルは歯を食いしばった。「それしかいえないの？　食べろって？」

「いやいや」ニックは歯を見せて笑ったが、少しも親しみがこもっていなかった。「いいたいことはたくさんあるが、あとにする。ふたりきりになったらな」

白い肌がうらめしかった。胸元から熱いものがのぼっていき、自分の顔が真っ赤になっているのがわかった。ニックのいいたいことは、はっきりしていた。

自分のしつこさもうらめしかった。ニックは、エルがこの十年放置されていたことをあっさり水に流して、いそいそとベッドをともにすると思っている。それなのに、彼に対して腹が立つどころか、〝ふたりきりになったら〟という言葉に体が反応し、たちまち頭のなかで想像が広がって収拾がつかなくなってしまった。

肩が軽く触れあい、彼が放つ体温を感じるほど近づき、険しい瞳でじっと見つめられると――ふたりで抱きあったときのことを体が思い出す。

あの晩、ほとんど朝までずっと欲情していた。いまと同じように。燃える太陽にいきなり照りつけられたかのように、全身がカッと火照っている。呼吸が浅くなり、乳房がずっしりと重くなったように感じる。

そして、脚のあいだも……よろこびで泣いている。信じられないことに、ニックのペニスがそこにあるように錯覚し、下腹がぎゅっと収縮した。だれかに鼓動の音を聞かれてしまうのではと思うほど、心臓が激しく胸郭をたたいている。

まちがいなく、ニックには聞こえている。目が鋭さを増し、鼻孔が広がった。視線はエルの顔に向いていたが、にわかに胸元へおりた。いまさら腕で覆い隠したところで意味がない。乳首がとがっていることは、ニックに気づかれている。

いやだ、恥ずかしい。すべての防御をはがされ、完全に無防備にされてしまった気がする。この十年、強くなって自分を守ろうと努力してきたのに。

ニックがそばにいるだけで、たった一晩で夢と希望を砕かれたことに打ちひしがれて無力だったあの小娘に戻ってしまう。

さぞ、ニックは得意でたまらないだろう。どんな男性にもなにも感じなかったエルが、十年も自分をほったらかしにしていたニックにいまでもこんなに反応するということは、恋煩いはよほど重症なのだ。

ところが、ニックは得意そうではなく、うぬぼれた様子もなかった。ストレスを感じているようだ。ほとんどつらそうだといってもよい。

「くそっ」ニックは不意にそういうと、エルの手をつかんで立ちあがった。そのままつかつかとドアへ歩いていく。エルはよろめきながらあわててついていった。

振り返ると、キャサリンが立ちあがりかけていたが、マックが引き止め、かぶりを振った。キャサリンは心配そうな顔で腰をおろした。そのときドアがあき、エルはニックに引っぱられて通路に出た。ドアが背後で閉まった。

エルは凍りついた。最初に気づいたのは、においだった。広々とした庭園のにおい。みずみずしい植物の甘くさわやかな香り。通路はカーブしている。いくつもの丸い広場のうち、中央のもっとも広い空間は植物でいっぱいだった。樹木、草むら、花、つややかで分厚い葉。どれもいきいきと育っている。なんて……すばらしい。都会の広場のように広くて、天井まで吹き抜けになっている。いや、あれは――天井だろうか？　黒い夜空を背景に、透明な天井は明るい光がちりばめられていた。

一階の小道を歩いているだれかが、顔をあげてニックに手を振った。ニックは気づかず、通路の端にあるエレベーターを目指してひたすら歩いていく。

エルはまたつまずきそうになったが、ニックは立ち止まらず、エルのウエストをひょいと抱えてさらに足を速めた。

どこへ行くのかエルにはわからなかったが、この分ではあっというまに着きそうだった。

ニックは、赤ん坊が生まれたレッドとブリジット夫妻が出ていったばかりの部屋になんとかたどり着けた。赤ん坊は、最初のヘイヴン生まれの住民だ。

いまにもなにかが爆発しそうな気分だった。爆発するのは、自分の頭だ。体だ。股間だ。とにかく、なにかが爆発しそうだ。いまにも火柱があがるのではないか。ニックのなかのなにかは、これ以上閉じこめておけそうになかった。

せめて普通に体が動かせるよう、深呼吸をした。

ドアの脇の壁をタップすると、ライトがついてキーボードが浮かびあがった。エルのほうを向き、こみあげる激情を――怒りと安堵と、そう、欲情を――こらえていった。「当分はここに泊まれ。おれの部屋はいやみたいだからな」自分の言葉と、その言葉が引き起こした思いに胸がずきりと痛んだが、気づかないふりをした。エルとついに再会できたのに、一緒にいたくないと思われているとは。ニックは四桁の暗証番号を入力した。「一時的な暗証番号だ。１９９３。きみの生まれた年。あとで好きなように変えればいい」

ニックはエルを見た。暗証番号を変えればいいという言葉が、黒い雲のようにふたりのあいだに垂れこめていた。エルはきっと新しい暗証番号をニックに教えないのだろう。

ドアがさっとひらき、ニックは手を差し出した。エルはその手を無視した。敷居をまたいだエルのあとから、ニックも部屋に入った。

あの美しい顔が、いまは怒りの表情に変わっていた。「はっきりさせておきたいんだけど、ニック、あなたとは同じベッドに入りたくないの」

ドアが閉まるや、ニックはエルをそのドアまで追い詰めた。彼女の背中がドアにぶつかったが、ニックはさらに迫った。自分が最低なことをしているのは百も承知だが、止められなかった。危機管理室でエルの隣に座ったまま、あれ以上一秒たりとも食べたりしゃべったりしていられなかった。

いま、エルが目の前にいる。思いきって手をのばせば触れられるほど近くにいる。

ニックはエルの頭の両脇の壁に両手をたたきつけた。エルを両腕に閉じこめたものの、どこにも触れてはいない。彼女が本気で逃げようとすれば、逃がしてやるつもりだった。つらいけれど、そうするしかない。

そうできればいいのだが。

どこにも触れていないとはいえ、肌に新しい感覚が備わったか、肌がエルのほうへのびていくような気がした。うなだれると、鼻がエルの耳元の髪をかすめた。「一緒のベッドで寝なくてもいい。だが、おれがきみをここにひとりで置いておくと思うな。見つかったときのきみは昏睡状態だった。ひどい目にあったんだろう。夜のうちになにか困ったことがあっても、きみはここのことをまったく知らない。助けの呼び方も知らない。だから、おれが寝ずの番をする。いやならきみに触れたりしない。でも、絶対にひとりにはしないぞ」ニックは体を引き、エルの顔を見おろした。

畜生、どうしてこんなにきれいなんだ？　最後に会ったときよりも美しい。超がつく美人で頭もよくて。なんといっても博士さまだ。キャサリンが敬服する人物。ニックの知っている賢い連中のなかでも一、二を争うキャサリンが。

ローレンスをあとにしてからというもの、エルのことを忘れたことはなかった。いつも思い出した。別れ際にベッドで眠っていた姿も、十年間ずっと胸のなかに携えていた。

雲のように顔のまわりを取り巻いている淡いブロンド、夏空を思わせる明るいブルーの瞳、高い頬骨、頭の形、華奢な上半身。すらりとした長い脚のあいだのヘア……彼女のすみずみまで記憶に刻まれている。

でも、いまここにいるのは新しいエルだ。大人の女になったエル。そのうえ、少女だったころより、さらに完璧になっている。ニックは、新しいエルの細部をむさぼるように眺めた。できれば二度と彼女を目の届かないところへ行かせたくはないが、人生とは油断ならないもので、思わぬ打撃を喰らうことはありうる。

ニックは、誓ってゴースト・オプスの一員として一生を終えるつもりだった。過去を消し、上官のルシウス・ウォードとマック・マッケンローの前で宣誓したときから、ゴースト・オプスが人生だと思っていた。ところが、ゴースト・オプスは解体し、その力もばらばらになり、反逆の罪を着せられた。一生を捧げるつもりだったものは、あっけなく消えてしまった。

そう、だからなにがあってもおかしくない。

だから、エルの細部をむさぼるように見た。一瞬で彼女がふたたび目の前から消えないともかぎらないから。

エルの肌はいまも象牙色でしみひとつなかった。目元に薄いしわがあるが、それで美しさが減るものではない。体は以前のようなやせっぽちではなく、曲線を描いている。強くて聡明そうで、堂々としている。

なんてすばらしい。

ニックはエルに触れたいのをぎりぎりで我慢していた。腰を引いていなければならなかった。勃起したものがパンツを押しあげている。エルのなかに入りたがっているのだ。いまいましいやつだ。

最後に勃起したのはいつだったか、もう覚えていなかった。ベイカーズヴィルのウエイトレスが相手だったか。いい人だった。ニックと同じように孤独だった。それは一目瞭然だった。ニックは孤独に関しては世界屈指の専門家だから、雑踏のなかでも孤独な人間を嗅ぎわけることができる。彼女とは近くのモーテルへ行った。思っていたより年上で、若さはなく、ニックは少し萎えてしまった。彼女は気づいて悲しそうにほほえむと、ブラウスのボタンをかけはじめた。

ニックはペニスに立ちあがれと命じ、なんとか彼女に楽しんでもらった。夜明けに彼女が立ち去ったあと、ニックは天井をぼんやり眺めた。窓から朝日が見えるまで、なにも考えずに寝転んでいた。

あれが半年前で、それ以降は勃起していない。少しでも興味をかきたててくれる女には出会わなかったし、自慰もしていない。

それがいま、ペニスは二度と萎えそうにない。

ニックは身を屈めた。すんなりした白い喉に唇が触れそうになった。「だから、きみがいやがろうが、おれはここにいる。寝るのはソファでも床の上でもいい。でも、とにかくきみから目を離さない」

エルは長々と息を吐いた。

「人でなし(バスタード)」エルの声はかろうじて聞こえるほど小さかった。

「ああ。異論はない」異論はない。おれは文字どおり私生児(バスタード)だからな。母親は、だれが父親なのかも知らなかっただろう。どうやら候補者は何人もいたようだ。だがそれ以上に、ゴースト・オプスでは、任務遂行のためなら嘘をつけば裏切りもする。潜入捜査で何度も嘘をついたから、なにがほんとうのことなのか自分でもわからなくなっていた。ニックもほかのメンバーも、人間の善良さを守るために闘い、生きのびてきたのではない。ニックはそれまで生きてきて、善良な人になどほとんど会ったことがなかった。ニックの知っている善良な人は、判事とエルだけだった。

そう、おれは人でなしだ。

首をひねり、耳を彼女の口元に近づけた。「すぐにここをどいてやる。そうしたくないのは山々だが。きみは好きにすればいい。だが、おれはどこにも行かないし、きみもおれがそばにいることに慣れろ。いまこの瞬間から、きみにつきまとうからな」

エルの肌が紅潮した。その熱さが伝わってくる。エルは深呼吸してニックを荒っぽく突いた。エルに突かれたくらいでは、動きたくなければ一センチも動かずにいられる。それでも、ニックはしりぞいた。

「人でなし！」エルの青い瞳に火がともった。「最低！　あなたはわたしを置いていった——二度も！　なにもいわずにいなくなった。それなのに、あなたにつきまとわれても我慢しろですって？　どうせまたいなくなるのに？」

ニックは淡いブロンドに両手を突っこみ、少し引き寄せてキスをした。とうとうしてしまった。エルがホバーカーで目覚めたときから、ずっと我慢していたのに。それまではちがった。恐怖と狼狽で、キスなど考えるどころではなかった。むしろ神を信じていれば、エルの命と引き替えに一生の禁欲を誓ってもいいと思ったかもしれない。エルを取り戻せるなら、キスなどできなくてもよかった。

でも、実際にはだれかになにかを誓ったわけではない。エルを見つけ、救出したのは自分の手柄だ。正々堂々と手に入れた勝利だ。

エルの唇はすばらしい味わいだった——さわやかで清らかで、ぞくぞくさせる。エルは体をこわばらせている。唇は従順だったが、そのほかはかたくなに固まっている。エルはまたニックを押し、壁の前から逃げようとした。

ニックはカッとした。アドレナリンがまだ体内を駆けめぐっている。エルを放したくない、守りたい、めちゃくちゃに抱きたい。胸のなかで暴れている感情の波にどう対処すればいいのか、さっぱりわからない。けれど、ニックのなかでもごく小さな、分別のある部分は、うれしく思っていた。

これこそ本物のエルだ。本来の彼女が戻ってきた。ニックが見つけたときは死体のようだったエル。フードをかぶせられ、見知らぬ場所へ連れて行かれ、初対面の人間に助けてもらわなければならなかった。だから、エルは少し打ちのめされていた。

でも、いまのエルは——打ちのめされてはいない。背筋をまっすぐにのばし、高い頬骨をうっすらと染め、淡いブルーの輝きがちらりと見える程度まで目を険しく細めている。表情を含めて全身で抵抗し、堂々としている。これがいまのエルだ。強くて何者にも流されない。

エルがいまにもつかみかかってきそうに見えたので、ニックは両手をあげてあとずさった。だれが相手だろうが、ニックは素手の闘いで尻込みすることはない。ただし、エルが相手となるとそうもいかない。やられるのが怖いのではなく、彼女に手をあげることなどできないからだ。たとえエルに銃を向けられようが抵抗しないだろう。

エルが暴力的な性格でなくてほんとうによかった。

「なにもいわずにいなくなったわけじゃないぞ」ニックは静かにいった。

エルの表情がさらに険しくなった。「え？　どういう意味？」

「書き置きを残した。読まなかったんだな」

エルの鼻孔が広がった。「わたしを振りまわすのはやめて、ニック！　あなたなんか大嫌い！」

「帰ってくるって書いたんだ。ほんとうに帰ってきたんだぞ。三カ月かかったけどな。一日か二日あれば帰ってこられると思っていたんだ。とにかく、書き置きはした」

「ふうん」エルは顔をゆがめて笑った。

ニックは歯を食いしばった。「ほんとうだ。もうひとつ教えてやろうか？」エルの胸元を人差し指でつついた。「書き置きを残すのは、ぎりぎりの綱渡りだったんだからな。下手すりゃ軍法会議ものだった。結婚した隊員だけが妻に任務につくことを教えてもいいんだ。でも、きみはおれの妻じゃなかった。家族でもない人間に書き置きを残したのが上官にばれたら、ただじゃすまなかったんだぞ。だから、書き置きを残したのはものすごい思いやりなんだ」

エルはニックを拳でたたいた。少しも痛くなかったが、ニックは完全に不意をつかれた。

「書き置きなんか見てない！」

「だろうな、床に落ちていた。目を覚ましたときに、きみが勢いよく上掛けをどけたからだ」

エルは目を見ひらいた。「なぜわかるの？」

「きみを迎えにいったからだ。なにも聞いてないんだな、エル。おれは枕の上に書き置きを残した。でも、帰ってきたら床に落ちていた。つまり、きみは気づかなかった。気づかなくて、おれが帰ってくるとも思わず、あの家を出た。この十年、おれがきみをどれほど心配していたかわかるか」おまけに名前を変えやがって！　そのことにはまだ腹が立っていた。

「ああ……なんてことなの、ニック・ロス」エルがあとずさった。

ああ……やめてくれ。逃げないでくれ。

ニックはエルの頬に手を添えて引き戻した。「おれを見てくれ。嘘じゃない。おれは絶対にきみには嘘をつかない。あの夜、上官からメールが来た。秘密の任務につくことになったんだ。軍とはとっくに縁が切れたが、いまでもおれたちがどこでなにをしたのかは話せない。とにかく、おれはすぐに出発するよう命じられて、どこへ行くのかはいえなかった。任務であることすらいえなかったんだ。ほんの数日のつもりが、三カ月足止めを喰らうことになった」

エルは両手をあげた。その手は震えていた。「やめて」とささやく。「いまは受け止められない」

怒りの赤みは彼女の頬から消え、氷のような白さが残った。ニックは二度と彼女が怒りで紅潮するのを見たくなかった。だが、怒らせたのは自分だ。恥ずかしさであとずさった。

「わかった。とりあえず、シャワーを浴びて寝てくれればいい」

「ひとりで寝るわ、ニック」

「そうしろ。おれはソファで寝る」

「ひとりにして」

「だめだ。悪いな。きみをひとりにはしない。いやだというなら指一本触れない。でも、ここにいる」ふたりの目が合い、動かなくなった。エルも頑固だが、ニックも負けていない。

エルは喉の奥で音をたて、目をそむけた。

よし。これだけは譲れない。

ニックは部屋の奥を指をさした。「バスルームはあっちだ。必要なものはそろってる。清潔なTシャツが抽斗に入ってる。着替えを手に入れるまではパジャマ代わりに使ってくれ。おれはもう休む。きみはどうか知らないが、おれはだれかの命を救ったもんで、今夜は疲れてるんだ」

エルの歯ぎしりが聞こえた。かまうものか。ニックはクローゼットから毛布を出し、ソファの隣にブーツを置くと、体に毛布をかけて目を閉じ、エルに背を向けた。

見ていなくても、音が聞こえれば充分だった。エルがシャワーを浴び、ベッドへ歩いていき、上掛けの下にもぐりこむのが音でわかった。

ベッドは寝心地がいいはずだ。ニックのものと同じタイプだからわかっている。エルも数分で屈服した。彼女の呼吸が遅くなるのが聞こえ、深い眠りに落ちていくのが感じられた。

ニックは三十分待ち、毛布を置いて、裸足のままベッドへ歩いていった。照明は、エルが目覚めたときに完全な暗闇でないように、薄い明かりをつけておいた。

こんなときに眠っていられるか。もう一生眠れないような気がする。睡眠と期待とよろこびと性欲を司るホルモンが、体じゅうをびゅんびゅんめぐっているのに、どうしようもない。エルの枕元に足で椅子を引き寄せ、腰をおろした。せめて彼女の寝顔を見ないと、気持ちを静められなかった。

エル。

十年ぶりに——判事に追い出された日から数えれば十五年ぶりに、エルがそばにいる。

ニックはとうに希望を失っていたというのに。あきらめて、疼くような空虚さにあえて浸ることもあった。ずっとこれがつづくのだと思っていた。死ぬまでずっと、ほんとうの意味で孤独だと思っていた。

それがいま……エルがいる。

エルは怒っている。たいしたものだ。怒っていようがかまわない。もう一度会えたのだから。彼女だけが持っている特別な温もりが戻ってきたのだから。一度はこの指からすり抜けたが、二度目はない。

ニックはエルのかたわらに座り、青白い横顔を眺め、上掛けが上下するのを眺めていた。死ぬまでエルのそばにいるのだと思うと、長いあいだ忘れていた感情が湧きあがった。十五年ぶりの感情が。

それは、幸福という名の感情だった。

一度、二度、まぶたを震わせ、エルが目をあけた。じっと見つめていなければ、ニックも気づかなかっただろう。ニックは眠っている彼女の顔から目をそらすことができずにいた。ブルー山に夜明けが来て、太陽がのぼりきり、もう昼近い。エルを起こせば、ボタンをタップして壁を巨大なモニターに変え、一緒に日の出を眺めることができたのだが。

いずれそんな朝が来るだろう。

エルは眉をひそめ、明るいブルーの瞳でニックを見て、室内を見まわした。その様子は、薄明かりのなかで稲妻がひらめいたようだった。ニックは照明ボタンをタップし、ゆっくりと室内を明るくした。ぼんやりした家具の影ではなく、すべてがはっきりと見えるようになった。

ゆうべは疲れて余裕がなかったようだが、いまニックの前で、エルは室内をじっくりと眺めた。

居心地のよい部屋だ。ヘイヴンのすべてがいい。空間をデザインする天才たちがいて、ニックとジョンという窃盗の達人がいるのだから当然だ。ふたりは最高級のブランドの家具を盗んできた。部屋は広く、美しく装飾され、五感に快い。

エルの目は、室内にあるものをひとつひとつ確かめ、贅沢な雰囲気を味わっていた。しばらくして、明るいブルーの瞳がようやくニックのほうを向いた。

「いたの」エルはいった。ニックには、その口調にこめられたものが読み取れなかった。ただ、ひとつたしかなことがある。うれしさではなかった。

ニックは椅子から身を乗り出し、マットレスに手をついた。「ああ」

ふたりのあいだの距離は十五センチほどだったが、大洋が横たわっているような気がした。深い谷か惑星に隔てられている感じともいえる。もう耐えられない。話なんかあとまわしだ。言葉など、もうわかっていることを確認するだけじゃないか。

エルはおれのもの、おれはエルのものだということを。

さらに身を乗り出し、エルと唇を触れあわせた。

エルが驚いているのがわかった。次は彼女の情熱を味わいたい。いままでお行儀よくしていたんだぞ。待ってやったんだ。エルに食事をさせ、眠らせた。でも、彼女の寝顔を見ているうちに、自制心がすりきれてしまった。息をせずにはいられないのと同じで、エルを求めずにはいられないのだ。ニックはエルにおおいかぶさり、両腕を自分の首にかけさせた。あらがうエルに、もう一度キスをする。今度はもっと激しく。エルが抵抗をやめた瞬間がわかった。エルはニックを窒息させんばかりにしがみついてくると、体を起こした。乳房がニックの胸をこする。

やった。

ニックはエルの唇をむさぼり、もっときつく抱きしめた。やがて頭のなかがぼうっとしてきた。あれこれ戦略を考える余裕もなく、なにも考えずに突き進んだ。完全に、体に乗っ取られていた。この十年、禁欲していたかのようだ。

あえぎながらエルのTシャツを脱がせ、自分のジーンズのファスナーをおろした。上掛けのなかにすべりこみ、エルの脚をひらかせると——そう、このやわらかさだ——勃起したペニスはあやまたず彼女のなかに入った。そのまま貫き、そのなめらかさと熱さに頭が吹き飛びそうになり——動きを止めた。

「うう」ニックは息を弾ませた。酸素が足りない。酸欠で頭がまわらないが、この感覚は本物だとわかる。

奥まで突きこむと、ニックは顔をあげてエルを見おろした。別世界の生きもののように美しく、磁石のように男の目を引きつけるのに……。

ニックは試すように腰を前へ動かした。

「ほかのだれにも抱かれなかったのか」エルのベイビーブルーの瞳を見つめながらいうと、その瞳が燃えあがった。「おれ以外のだれにも」

エルが口をあけ、なにもいわずに閉じた。嘘をついても無駄だ。表情もまなざしも、体全体が正直だ。

もう我慢できない。ニックの腰が動きはじめた。ひと突きするたびにエルの腰が持ちあがる。彼女のなかで感情が高まり、出口を探しているのが伝わってきた。あまりにも激しく強烈で、長くは持ちそうになかったが、やはり性急に終わりが来た。最後に、エルの頭がヘッドボードにぶつかりそうなほど強く突いたとたん、ニックは怒濤のオーガズムに達しはじめた。そのあいだも絶えず腰は動きつづけ、熱いパルスがほとばしる。まるで背骨がとろけてペニスへ流れこんでいくようだ。

最後の一瞬、汗ばんだ体でエルをつぶさんばかりにおおいかぶさり、肩に顔をうずめたとき、ニックは感じた。エルのそこが白熱の波動でニックを締めつけるのを。ああ、すごい。

ふたりは密着したまま横たわっていた。ニックはまだ息を切らしていた。

エルはニックの肩を拳でたたき、いきなり泣きだした。

「よしよし」ニックはエルの耳の後ろのやわらかな肌にキスをした。彼女の唇にもキスをしたが、さらに強くパンチされたので、すぐにやめた。「やめてくれ、頼むよ」

ニックはエルにもっと体を密着させた。すでになかば萎えている。立てつづけに二度も三度もできた日々は過ぎ去った。それでも、エルのなかにいられるうちは出ていきたくなかった。

彼女のなかからすべり出ないように気をつけた。とんでもない。できるものなら、永遠にこのままでいたい。

エルは静かに泣いていた。ニックの肩に顔を押しつけ、嗚咽をこらえようとしているが、失敗している。

エルの涙に、ニックもつらくなった。

ニックは長いあいだエルを抱きしめていた。泣きたいだけ泣くのが一番だ。エルが落ち着いてから、ゆっくりと体を離し、彼女の顔を見た。エルは顔をそむけたが、ニックはそっと自分のほうを向かせた。

泣いたあとでも、エルはニックの知っているなかでだれよりも美しかった。信じられない。エルは土壇場で救出され、フードをかぶせられてはじめての場所に連れてこられた。十年ぶりの再会にショックを受けた。ニックに死ぬほど激しく突かれ、号泣した。

それなのに美しい。目は腫れていないし、鼻の頭も赤くなっていない。クリスタルの破片のような涙が、象牙色の肌の上で乾きかけているだけだ。ああ……見ているだけで胸が痛い。

ニックはエルのなかに入ったまま、全体重をかけていた。エルに伝えなければならないことがある。それは言葉だけでなく、体でも伝えなければならない。エルには真実が聞こえる、彼女は真実を感じ取れるはずだと、ニックは心の深いところで知っている。

「二度ときみのそばを離れない」

エルは明るいブルーの瞳で警戒するようにニックを見ている。耳を傾けている。ニックを感じている。真っ赤な嘘は言葉だけでなく体全体でつくものだ。嘘を示す信号はごく小さく、ほとんど感知されない。けれど、いまニックとエルは全身で触れあっている。ニックはエルのなかにいる。体は揺るぎなく真実を語っている。

エルはニックの目を覗きこんだ。「置いていかれたと思っていたの。また置いていかれたと」

ニックは痛ましさに目を閉じた。「ああ。わかる。でも、あのときはどうしようもなかった。帰ってきてすぐにローレンスへ行った――だけど、きみはいなかった」

「あの夜」エルはささやいた。「あの夜、家を出たの。あれ以上、あそこにいたら死にそうな気がした」

そのときのエルの気持ちを思うと、胸がぎゅっと縮んだ――かわいそうに、見捨てられたと思って、たったひとりで家を出たのだ。

「だって、あなたに置いていかれたのは二度目だったから」やはり。ニックが恐れていたとおりだった。

真実を話すことはできない――判事に追い出されたのだということは。ニックは、判事が自分を追い出したのは当然だと思っている。だが、エルはそんなふうに思わないだろう。彼女は、父親が衰えていくのをそばで見ているしかなかった。いまさら父親の思い出に怒りをつけくわえるのは、ニックの本意ではない。判事は善良で立派な人だったのに、人生の最後に大きな苦しみに耐えなければならなかったのだから。

判事はこの世にもういないが、ニックを追い出したために娘に恨まれるなど、あってはならない。

ニックは両腕をついて体を起こし、エルを見おろした。心から愛した女を。この十年間、彼女を愛していた。これからも死ぬまで愛しつづけるだろう。

その日は明日かもしれない。

ニックはエルの頭を両手で挟み、心をひらく覚悟をした。

嘘をつくのは上手だ。スパイとしても優秀だった。自分の心の内を正直に打ち明けなければと感じたことはない。けれど、いまはちがった。心のなかまで入りこんできたエルには、すべてを知る権利がある。

ニックはエルの目を見つめ、魂をひらいた。

「一度目にきみを置いていった理由はいえない。もっともらしい嘘をつくことはできる。おれは嘘が得意だ。はっきりいえば嘘の達人だ。でも、きみには嘘をつかない。一生きみには嘘をつかない。でもこれだけは——いえないんだ。それを受け入れてほしい」

エルはしばらく考えていた。考えていないふりもしなかった。ニックが見ていると、エルはニックの言葉を少しずつ嚙み砕き、理解した。

「わたしには嘘をつかない？」

ニックは屈んでエルの肩にキスをし、また顔をあげた。「ああ、絶対に」

「ここがなんなのか教えて。この場所はいったいなに？」

エルを見つけて以来はじめて、ニックは頰がほころびそうになった。「もちろん教えよう。ここがきみの新しい家だから。これからずっと、おれとほかのみんなとここに住むんだ」

エルはため息をついた。ニックは、エルがそのことを受け入れたのを彼女の声と肌と胸の鼓動に感じた。「教えて。ここはなんなの？」

ニックはエルを抱いたまま寝返りをうち、脇腹を下にした。話せば長くなるが、エルから離れたくなかった。できるだけ長く彼女のなかにいたかった。

そして、ニックは語った。なにもかも。

11

ニックは正午にエルとドアの前で別れのキスを交わし、謎めいた笑みを浮かべていった。

「きみの好きなことをしてくれ」

ドアがひらくと、ニックはエルの背中のくぼみをそっと押した。エルはしぶしぶ前に進んだ。

そこには、よく知っているものばかりがそろっていた。

小型電子顕微鏡、ＥＬＩＳＡキット、滴定装置、クロマトグラフ、ポータブルＭＲＩ……仕事の道具ばかりだ。

これは研究室だ。それも、備品が完璧にそろっている。空気はひんやりして、エルがそれまで勤務してきた研究室と同じにおいがした――消毒薬とオゾンのにおい。世界は無秩序で混沌としているけれど、この部屋のなかには秩序と理性がある。そこもほかの研究室と同じだ。

キャサリンが笑みを浮かべて、白衣を腕にかけて入ってきたときには、エルはすっかりリラックスしていた。「おはよう。よく眠れたかしら。トラウマになってもおかしくない体験をしたもの」キャサリンは身を乗り出し、エルの頰に軽くキスをした。昨日と同じく、キャサリンが触れたところから熱いものがさっと広がった。

キャサリンが差し出した白衣は、エルにぴったりのサイズだった。白衣を着るのは、魔法の鎧を身に着けるのと同じだ。エルはやっといつもの自分、ほんとうの自分に戻れた気がした。これでまた自分を律することができる。

キャサリンの優しい微笑に、エルはいまの気持ちを理解してもらったような気がした。

「ステラがあなたとニックに朝食を届けたっていってたわ。そうなの？」

エルの頰は赤くならなかった。思わせぶりな言葉ではなかったし、ニックとのことを探るような感じでもなかった。キャサリンはほんとうにエルがしっかり眠り、朝食をとったのかどうか知りたかっただけなのだ。エルはますますリラックスした。

「朝食。そうね。ステラっていう人が届けてくれたあのお料理を、朝食と呼んでいいのかどうか。朝食って、普通はコーヒーとヨーグルトとかでしょ。だから、朝食って言葉ではものたりない。〝饗宴〟っていうほうがふさわしいと思う。もちろん〝すばらしい〟という言葉もつけたさなくちゃ」

キャサリンの笑みはまばゆかった。「さすがはうちのステラだわ」

「ステラがだれかは教えてもらえないんでしょう」エルは首をかしげた。「ジョンは、名前を聞けばわかる人みたいないい方をしてたけど。だけど、わたしは売れっ子シェフには詳しくないのよね。正直いって、アリス・ウォーターズが引退したあとは、なんていうシェフが有名なのか知らないの。ステラっていうシェフも聞いたことがないわ」

キャサリンが一瞬ためらった。きっと秘密中の秘密なのだ。「ごめんなさい」エルはいった。「わたしには関係のない——」

「ステラ・カミングズ」キャサリンが池に小石を放るようにいった名前に、エルはあんぐりと口をあけた。

「ステラ・カミングズって、女優の？」一二度、オスカーを受賞した伝説の女優だ。一度目は、まだ子どものときだ。史上最年少のオスカー受賞者。世界でもっとも美しい女性という評判だった。ストーカーに襲われて行方をくらませたと噂されている。ときどき、ステラを目撃したという者が現れたが——エルヴィスを目撃したという者がいたように——たいていは嘘と判明した。「彼女がここにいるの？」

キャサリンはもう一度エルの手を取った。また肌の下が不思議と熱くなった。「ええ、ここにいる。話せば長くなるんだけど、要するに、ほんとうに危険な状況からここへ逃げてきたの。ほかにもここに逃げてきた人はたくさんいるわ。わたしもそのひとり。ここは——もっと適切な言葉があればいいんだけど——コミュニティなの。わたしたちはヘイヴンと呼んでる。ここで食料をつくって、エネルギーも完全に自給してる。外の世界は必要ないの。

なかには指名手配犯もいるわ。わたしも、それからニックとマックとジョンもそう。これも話せば長くなるけど」

「ニックが少し話してくれたわ」エルは静かにいった。

「そう。ということは、わたしたちがここのことを秘密にしておきたい理由は知ってるのね」

「ええ。わたしもかくまってほしい。わたしも四人の男に狙われているもの。ニックが来てくれなかったら捕まってたわ」

キャサリンはエルに二脚の小さな肘掛け椅子を見せた。研究室にはめずらしい。とにかくコロナ研究所にはなかったのはたしかだ。ひらいたドアのむこうに、こぢんまりとしているが、設備のととのった診療所のような部屋が見えた。ということは、この研究室は体調のよくない人が医師に相談できる場所を兼ねているのだろう。ほんとうに興味深いところだ。

ふたりは膝を突きあわせて座り、やや身を乗り出した。この場所のなにかが——美しさと秩序、人々の親切、そして正直に認めれば、ニックの存在が、エルをリラックスさせてくれた。いつもはよく知らない人はもちろん、知っている人に対しても遠慮してしまうのに、着心地の悪い古い服のように、人見知りな自分を脱ぎ捨てることができた。

エルは普段、自分のことをあまり人に話さないようにしている。とくに、眠っているあいだに別の場所へ飛んでいくことは伏せている。ただし、コロナ研究所では、ソフィや同僚の研究者に超能力の話をしても大丈夫だと感じた。

キャサリンと一緒にいると、エルは信頼と理解という温かい泡で包まれているような気分になった。「ニックのことだけど」キャサリンがいった。

「ええ」

「ゆうべ、あなたから呼ばれたといっていたの。強力で、あらがいがたいメッセージがあなたから届いたと感じたらしい。本気であなたが助けを求めていると信じていたわ。それで、あなたのもとへ行こうと躍起になってた」

エルはうなずいた。ここからが正念場だ。自分が遠くの人間にコンタクトしたことを、キャサリンに信じてもらわなければならない。わたしは十年も会っていなかった人に、携帯電話もパーソナルコミュニケーターも使わずにＳＯＳを送り、自分の位置を知らせたの。おかしな頭のなかの魔法を使って。

そんな話を聞いたら、だれだってこの女はおかしいと思うだろう。自分は正気だし、ただちょっと変わった力を持っているのだということを、エルはゆっくりと順序立ててキャサリンに説明するつもりだった。自分がおかしいのではないという科学的な証拠はコロナ研究所に置いてきたので、ここでは数値や映像を言葉に置き換えるしかない。

エルは深呼吸した。「あの、話しておかなければならないことがあるの。なかなか信じてもらえないと思うけど。ほんとうに信じがたい話だから」

キャサリンはかすかに笑った。「話してみて」

胃が痛くなったので、エルは意識して呼吸を深くした。ストレスや不安に対処する方法はよくわかっている。来たるべき試練に対処するために、体が充分な酸素を供給しようとしているのだ。

「わたしは幽体離脱ができるの。幽体離脱って、体から抜け出す体験をあらわす昔ながらの言葉よ。ずっと前からこの……才能があったの。能力が。なんと呼んでもいいけど。子どものころは、やけにリアルな夢だと思ってた。で、その特別な夢を見たあとに目を覚ますと、とても疲れてるの。夢のなかで、故郷のカンザス州ローレンスをうろついたわ。父が友人とポーカーをしてるところを見たり、学校の友達や知りあいを見かけたりした。六歳のときに母を亡くしたんだけど、夢はそのころから頻繁になった。一週間に何度も見ることもあった。父は、わたしがいつも疲れてるのは、母を亡くした悲しみのせいだと思ってた。たしかに、それも間接的な原因だったの。そのあとまもなくニックと一緒に暮らすようになって、長いあいだ不思議な夢を見ることもなかった。でも、数年後に突然ニックが姿を消して、父がアルツハイマー病をわずらった。愛する人があの病気になるのはつらいものね」

キャサリンはうなずいた。「ええ、わたしの専門は認知症でしょう。たしかに、愛する人がかかるとつらいわ」

エルはうつむいた。

「それで」キャサリンが促した。「ニックがいなくなって、お父さまがアルツハイマー病にかかって、あなたは……幽体離脱をすることが多くなったの？」

エルはうなずいた。「ええ、たぶん毎晩。毎晩、夢を見るからいつも疲れてた。わたしにとって、あれは特別な夢なの。普通の夢とは区別してる。なぜなら、あの夢は——普通じゃないから」

キャサリンは喉の奥で肯定とも否定ともつかない音をたてた。

「この話は——誓っていうわ、この話は全部ほんとうのことなの。わたしは体から抜け出すことができる。ばかげた話に思われるのはわかってる、でも——」

「いいえ！」キャサリンの目は驚きで丸くなっていた。「信じるわ。当然でしょう」

「信じてくれるの？」エルも自分の目が驚きで丸くなるのがわかった。

「ええ」キャサリンは身を乗り出し、エルに手錠をかけるように手首を握った。温かくやわらかい手錠だ。あのちりちりするような、心地よい温もりが広がった。

キャサリンは目を閉じた。「あなたは、あの連中が追いかけてくるのを恐れている。お友達のことを心配している」眉をひそめる。「ソフィ？」エルはびっくりしてこくりとうなずいたが、キャサリンには見えていない。「お友達は連れていかれた。でも、どこに連れていかれたのか、どうして連れていかれたのか、あなたにはわからない。このことがあってからずっと、あなたは怯えていた。でもニックに会えたよろこびは大きかった。あなたは彼を愛していたから……」

「ずっと前からね」エルは静かにいった。「ずっと前から愛していた」

「ええ、ずっと前から」キャサリンはうなずき、目をあけた。彼女が手を離した瞬間、エルの手首から明かりが消えたような感じがした。「わたしはエンパスなの。物心ついたころから、自分はおかしいんだと思ってた。あなたとちがって、自分の才能を科学的に研究してみようと思ったことはないわ。呪いだと思ってた。人の心が読めると、楽しいことばかりじゃないから」

エルはうなずいた。「そうでしょうね」エルもふたたび身を乗り出した。「あなたは――自分の力を利用して仕事をしているのね。力という言葉でいいかしら？　わたしたちは知覚学といってるの。とりあえず、名前があったほうがいいでしょ」

「悪くない名前ね。ところで、あなたの研究はアーカ製薬が資金を提供していたようね」

エルはうなずいた。

「わたしたちはつい最近、アーカ製薬の研究に強制的に参加させられていた人たちを救出したの。ジョンがアーカのコンピュータに侵入して、すべてのデータをもらったわ。ぜひあなたと一緒に調べたいの」

「アーカはスタンフォード大の研究にも資金を提供していた。その研究がもとで、デルフィ・プロジェクトが立ちあがった。デルフィ・プロジェクトとは、超感覚の研究プロジェクトよ。いくつか興味深い理論に取り組んでいたの」

「ここで研究をつづけたい?」キャサリンがさっと手を広げた。「ここにはちゃんとした研究室もあるし、必要なものがあればすべて用意できる。資金にかぎりはないから、なんでも手に入る。お金で買えないものは、なんていうか、ただでいただくの」

「それもジョンね」

「当たり」

ふたりで笑みを交わしたあと、エルは真顔になった。「USBにどっさりデータが入ってるし、ほかにもアクセスできるものがある。だけどその前にソフィたちを見つけなくちゃ。コロナの雇った連中に誘拐されたのよ、きっとよくないことが起きる」

「ええ」キャサリンも真剣になった。「コロナはアーカの傘下だもの。アーカに誘拐されたのならまずいわ」口元を引き締めた。「あなたに紹介したい人たちがいるの。三カ月前に瀕死で救出された四人。ハイテクな研究所、といっても実質的には牢獄に一年間、閉じこめられて実験台にされていたの。四人のうちでもとくにリーダーは、わたしも見たことがないくらいたくさんの手術のあとが残ってる」

「ルシウス・ウォード? ニックに聞いたわ」

「あの人たちになされたことは犯罪よ。アーカが誘拐しはじめたということは、そのうち恐ろしいことが起きる。その前に止めないと。お友達を助け出さなくちゃ」

「キャサリン……」エルは口ごもった。「じつは一度、アーカの研究所に行ったことがあるの。なんだか怖いところだった。セキュリティがやけに厳しいの。そこらじゅうに警備員がいて、セキュリティシステムも高度で、バックアップも万全。あそこを攻撃するなんて無理じゃないかしら」

「大丈夫、大丈夫」キャサリンはエルの手をそっとたたき、立ちあがった。「わたしたちにはそのへんの用心棒なんかよりはるかにすごい人たちがついてる。ゴースト・オプスの全員がここにいるんだもの。地球上のどんな敵にも立ち向かえる。彼らは無敵よ」エルはテーブルのほうへ向いて、ボタンを押し、静かに話しかけた。「マック？　みんなを集めてくれる？　話があるの」

サンフランシスコ
アーカ製薬

薬瓶（バイアル）が四本ある。一本、二本、三本、四本。

リーは、塵ひとつない大きなデスクに置いた艶消し加工のアルミのバイアルケースをじっと眺めた。ホルダーは周囲を逆さまに映し出し、デスクの下の世界とつながっているかのように見えた。ケース脇のボタンを慎重に押し、デスク表面に投影されたキーボードで暗証番号を入力すると、期待どおり真空シールがはずれる音がした。

このバイアルはアーカ製薬の子会社の製品で、生体有害物質の容器としてISO規格を満たすどころか、その二倍の厳しい基準をクリアしている。割れない、壊れない。ハンマーでたたこうが、戦車で轢こうが、ひび割れひとつ入らない。割れないし、簡単にはあかないのだ。

文明が急に途絶えたとして、千年後の地球に住む生物が——リーは鼠だろうと思う——無傷のバイアルを見つけて、かすかに盛り上がったアーカのロゴを前肢でなで、なにが入っているのかと小さな脳味噌で考えるかもしれない。

力。このなかには力が入っている。強大な力。世界を変える力。そして、それを作ったのはリーだ。リーが作りあげたのだ。

この力を自分のなかに取りこまず、外の世界に放とうとしているとは、ばかげているように思える。自分自身が強大な力の持ち主になれるのに。

ウォリアー・プロジェクトは実験の失敗がつづいたので、リーは希望を失いかけていたが、かの有名なエジソンも、科学者には失敗はないといっていた。実験がうまくいかない方法を発見するだけだ、と。

リーは故郷の中国にいたころから、そして嫌悪するこのアメリカ合衆国へ連れてこられてからも、祖国で支配者になることを夢見ていた。見る目のある者にとっては、いま世界でもっとも力のある国が中国であることは明らかだ。リーは千年先までそうであってほしいと考えている。地球上でもっとも古い文明を築きあげたのに、長いあいだ休眠状態にあった。だがいま、長い眠りから覚め、人類の覇者たる地位につこうとしている。

優秀な製品のみならず、優秀な人間を生み出す国。そのひとり目がリーだ。

リーは三カ月前、アーカ製薬が買収した小さな企業、ミロン研究所の地下に造った秘密の研究室へ行った。フリンに資金を援助させている研究は、国内のあちこちにある子会社の小さな研究所に分散して進めるべきだと考えていた。プロジェクトの全貌はだれも知らない。アーカ製薬の経営陣も、もちろん知らない。アメリカ資本主義を資本主義のゲームでたたきのめすのはたまらなく楽しい。アメリカの破滅の準備がアメリカ国内で進んでいる。灯台もと暗し。

それなのに、北京はもう時間がないといってきた。中国科学技術部の高官になった幼なじみのチャオ・ユーにはじめて接触したとき、彼はウォリアー・プロジェクトに惚れこみ、科学技術部部長チャン・ウェイその人につないでくれた。

科学技術部全体が興奮に沸いたが、リーが実験で問題を発見するたびに、その興奮も冷めていった。理論は完璧だった。小さな実験の成功は積みあがっていたが、再現性に欠け、北京に完成を報告することはできなかった。進行を早めるためには、さらに大規模な実験を実施しなければならず、その資金が必要だ。つまり、フリンの金がなくてはならないのだ。

フリンに超能力現象を見せるつもりはなかったが、背に腹は代えられない。フリンは感心し、資金を倍増してくれたが、遅きに失した感がある。祖国へ凱旋する門は閉じかけている。

ひらめいたのはそのときだ。もともとリーは、暗号化した大量のデータと、バイアル一ケース分の薬品、数種の動画を携えて祖国に降り立つつもりだった。チャオ・ユーは科学者なので、データの分析と解説をまかせることはできるが、時間がかかる。数日、数週間、いや数カ月はかかるかもしれない。リーにそんな時間の余裕はない。期限が迫っているのだから、目に見える成果を持って帰り、最短で薬品を大量生産できるようにしなければならない。生産と配送の体制をととのえ、兵士に集団投与できるようになるまでに半年かかる。ただちに生産を開始するには、信頼できるエビデンスがすぐに必要だ。では、リー自身がウォリアー・プロジェクトの歩く広告塔になればいい。

そんなわけで、リーは自分の体で実験をはじめた。少量の投与からはじめたが、結果は驚くべきものだった。リーは力が強く敏捷になったように感じた。実際、強く敏捷になった。先日、リーは一マイルを三分で走ることに挑戦した。それまでジョギングすらしたことはなかったし、そもそも運動は得意ではなかった。ところが、あっさりとオリンピック記録を破ったのだ。

それまでよりずっと強く敏捷になり、頭も冴えて最高の気分だった。だが、薬が効果をあらわすまでにかなりの時間がかかった。研究室でも戦場でもスピードは重要だ。すぐに効果があらわれなければならない。そこで、増殖の速いウィルスを媒介物にくわえてみた。動物実験では目覚ましい効果をあらわした。

あの四人の兵士が奪われたのはじつに残念だった。特殊部隊の隊員で実験しなければならない。元軍人のフリンなら実験材料を豊富に持っているはずだが、何度持ちかけても、あの間抜けは拒絶した。たとえ退役していても、特殊部隊の隊員が行方不明になったら騒がれるというのだ。

ゴースト・オブスは例外だったようだ。彼らについては公式な記録がない。それどころか、公式に存在しないことになっている。ほかの兵士を実験台にしたいと頼んでも、フリンは頑として聞き入れなかった。

にわかに怒りがリーを揺さぶった——熱い憎悪のパルスが全身をめぐった。怒りは心地よい。怒りは正しい。一歩前進するたびに、フリンが邪魔してくる。当初の計画では、新任の政府高官として、春節を北京で祝うはずだった。春節はとうに過ぎてしまった。マーケット・ストリートのペントハウスで明かりもつけず立ちつくし、春節のパレードの騒音を聞くだけで終わった。そしていま、新しい期限が設定されたからには、フリンにぐずぐずと金を出し惜しみされるわけにはいかない。チャンスがつぶれてしまう。

憎悪は正しい。憎悪は心地よい。リーは拳を握り、その手がフリンのたるんだ首をつかみ、気管をつぶすところを想像した。顔の色が紫から青に変わるのを眺め、舌骨が折れる小さな音を待ち構えるのは、どんなに楽しいだろう。

いますぐにでもやれる。片手でやれる。ひそかに握力を試したときは、握力計で測定できる最大値の百キロを軽々と記録した。おそらくフリンの喉など片手でつぶせる。

想像するとおもしろくてたまらなくなった。

そうとも、自分がウォリアー・プロジェクトの歩く広告塔になる。

最後の真空シールをはずし、ドライアイスの煙と一緒に中央のシリンダーがせりあがってくるのを見つめた。シリンダーがカチリという音とともに止まり、九十度傾くと、脇から押し出された注射器のなかに、三本のバイアルの中身が自動的に注ぎこまれた。

美しい道具だ。アメリカはいまでもこのようなすばらしいものを難なく作れるのだ。

リーは右手で注射器を取り、髪の毛ほどにも細い針を天井に向けた。シャツの袖をまくり、左腕をデスクに置いてほれぼれと眺めた。この一カ月で発達した筋肉は、いつもはスーツに隠れている。いま、リーの左腕はがっしりと引き締まり、新しく形成された筋肉に酸素を運ぶ血管が浮き出ている。

頬をゆるめ、痛みを感じさせない針を血管に刺す。たくましく冷酷な戦闘マシーンができる。ふたつの博士号を持つ戦闘マシーン。

ウィルスを混ぜた新しい薬が――SL‐62が、温めた軟膏のような熱をもって体内に広がる。いい気持ちだ、じつにいい。最高の気分だ。

あと少し調整すれば、実用に供することができる。くそ野郎のフリンがけちけちしなければ、六週間前に完成していたのだが。

リーはつかのまたじろいだ。くそ野郎という言葉を最後に使ったのはいつだったか思い出せなかった。いや、そんな言葉が頭に浮かんだことすらなかったはずだ。自分らしくない。とにかく、以前の自分ではない。新しい自分は、どんな言葉でも使える。言葉遣いなどくそくらえだ。

全身に力が満ちてきて、リーは立ちあがった。視界がぼやけたが、眼鏡をはずすと鮮明になった。外は雨が降っていて、昼なのに薄暗い。だが、リーの目のなかは明るく、五百メートル先のフェリー・ビルディングの前にいる人間の顔も見えた。

リーはのびをしてほほえんだ。すばらしい気分だ。ほんとうにすばらしい。

ブルー山

三人はひとりずつ研究室に入った。最初がマック、次にジョン、最後がニックだ。そこに彼女がいた。白衣を着た美しい姿に、ニックは息を呑んだ。ただ美しいだけではなく……しっくりきた。生まれながらにヘイヴンの研究室にいることが決まっていたかのようだった。

エルとキャサリンはひたいを突きあわせて議論していた。真剣にやりあっているが、うまは合うらしい。ふたりとも美しく——キャサリンはたしかにきれいだが、エルにはかなわない、とニックは思う——ひとりの髪は濃い褐色、もうひとりは淡いブロンド。ニックの知っているなかでもっとも頭のよい女性ふたりが、冷や汗の一粒もかかずに、おぞましい話をしている。

ニックはすぐさまエルのそばへ行き、隣に座った。彼女の手の甲にキスをしてから、身を乗り出して頬にもキスをした。

ぽかんとしているマックとジョンを完全に無視してやった。ふたりはニックに翼が生えて宙を舞っているかのように、まじまじと見ている。

「やあ」ニックは口元をほころばせた。顔に新しい筋肉ができたような感じだった。ここ数年、ほとんど笑ったことがなかったからだ。もともとよく笑うたちではなかった。だが、エルが正式にヘイヴンの一員として、正式に自分の——なんにせよ、彼女がそこにいるだけで、笑う価値がある。「困ったことはないか?」

エルはため息をつき、ニックにもたれた。よしよし。ニックはエルの肩を抱き、どっちがより安心しているのだろうと思った。自分か、エルか。なにがあっても、ふたりで立ち向かえばいい。

「話があるの」キャサリンがいった。「みんなで決めたほうがいいことだから。エルに話してもらうけど、まずみんな彼女のことを知っておいたほうがいいと思うの。わたしがエンパスだということは、みんなも知ってるでしょう。人の感情が読めて、最近は思考も読める。でも――信じてね――あなたたちの頭のなかに入らないよう、ほんとうに努力してるの」

ニックとジョンは低く笑った。いまキャサリンに頭のなかを読まれたら、彼女は真っ赤な顔をして逃げるだろう。ニックの一部は、話を聞く準備ができている。ブリーフィングに呼ばれたのはわかっていた。いかにもブリーフィングがはじまるという雰囲気だし、大人になってからのニックはブリーフィングの繰り返しで生きてきた。だから、ちゃんと話を聞くつもりではあるが、ニックの別の部分は、つい……遊んでしまう。

ほかのことを考えろ。

たとえば、エルの手がやわらかいこととか。頬も。首も。どこもかしこもやわらかい。人間の肌があんなにふんわりしているとは信じられない。早くエルの全身にキスをしたい。まずは白い胸元から、鼓動に合わせて震える左胸に唇を這わせ、手はたいらな腹へ、それから明るい茶色の雲にも似たヘアへ……。

「エル？」

ニックはぎくりとした。ばか野郎。もう勃起しかけているじゃないか。なんてこった。まずいぞ。マックとジョンほどめざといやつらはいない。ふたりとも気づいただろうか。ニックはもぞもぞと脚を組んだ。日焼けしているから、顔が紅潮しても目立たないのはありがたい。いや、自分は顔を赤らめたりしないが、それでも。

キャサリンが前に立ち、エルの手を取っていた。

まずい。完全にぼんやりしていた。マックに知られたらどやしつけられる。

エルはキャサリンの脇へ移動した。ありがたいことに、これでもう、彼女の脚のあいだがどんなにやわらかいか考えたくならずにすむ……。

「もちろん、わたしのことはもう知ってるでしょう。わたしはエル・コノリー」ニックはまだその名前になれていなかった。そして、彼女が名前を変えたことにも、まだこだわっていた。「生物学者で、興味のある領域は人間の脳。それから、もうひとつ知っておいてほしいことがあるの」エルはキャサリンと短く目を合わせた。キャサリンはかすかにうなずいた。

「わたしは幽体離脱ができるの」

はあ？　ニックは眉をひそめて体を起こした。なんだって？

ジョンも身を乗り出した。「いまなんていった？」

キャサリンが手をあげて制した。「すぐには理解できないのはわかるわ。でもわたしのことはもうわかってくれてるんだから、今回は多少、受け入れやすいはずよ」

たしかに、キャサリンが触れるだけで人の気持ちを読めることを受け入れるのは、とんでもなく大変だった。ニックとジョンは、彼女に敵意さえ抱いた。マックだけは、あの恐ろしい顔をなんとも思わない相手に出会えて舞いあがっていたが。ルシウス・ウォードがパロアルトの研究所に囚われている、彼を救出してほしいとキャサリンにいわれたときは……ニックもジョンも頭にきて暴れだすところだった。

ルシウスは部下を捨てた。金のためにニックたちをだまし、突発的な偽の任務を与えたところが作戦は失敗し、ニックとジョン、マックは取り残された。三人はある研究所を爆破した罪で逮捕された。そもそもその研究所を爆破したのは、ペスト菌を使った細菌兵器を開発しているという情報が入ったからだ――もちろん、偽の情報だった。あれは悪夢だった。ゴースト・オプスのメンバーが目をそむけてきた悪夢のひとつだ。彼らは研究所に侵入して爆破し、結局はまったくの無実だった研究者たちを殺し、あげくのはてに反逆罪で告発された。ルシウスは姿を消した。その後、焼け落ちた研究所の競合企業から彼が大金を受け取ったというニュースが報道された。つまり、ニックたちは信じていたリーダーに売られたのだ。

そんなふうに、ニックたちは考えていた。ルシウスへの憎悪は新しい人生を支える基盤でもあった。だから、キャサリンが現れ、ルシウスは裏切り者じゃなかったなどというたわごとをマックに吹きこんでも、そんな話を信じるのはあっさり彼女に陥落した間抜けだけだった――つまりマックだ。それまでの彼は切り立つ岩壁のように難攻不落だった。

証拠はなにか？

その疑問に、キャサリンはルシウスに触れて真実を知ったと答えた。おかしな女に頼まれたからといって、ありもしない話に命を賭けてつきあわなければならないのか？　たしかに、アメリカ合衆国政府と陸軍が全力で捜してもマックを見つけられずにいるのに、キャサリンは捜し出した。それにしても、だ。

ニックとジョンはもう少しで銃を抜き、キャサリンを撃つところだったが——たぶん、先にマックを撃たなければならなかっただろう——そのとき、彼女がふたりに触れた。

ニックにとって、そんな体験ははじめてだった。大きな世界がそこに、キャサリンのなかにあった。ニックはキャサリンにすべてを知られてしまった。肌を介して彼女のなかに流れこんだのだ。十年間、胸の奥に隠していたことすべてが。キャサリンは、それを読み取った。エルの名前と詳しいいきさつこそわからなかったが、キャサリンはニックの悲しみと深い絶望を正確に感じ取った。エルが元気で生きているのかどうか、幸せにしているのか、それとも困窮しているのかわからず、ニックはやけになっていた。キャサリンはそのことをニックに触れただけでいいあてた。ジョンもキャサリンもなにもいわなかったが、彼女はジョンの心も読んだ。なんにせよ、つらい真実だったようだ。

だから、ニックもジョンも、キャサリンがオカルトめいた話をしても、ほんとうのことだと信じる。マックはいうに及ばない。月はホログラフィだとキャサリンがいえば信じるくらいだ。

部屋のなかは静まりかえっていた。ニックは眉をひそめた。「それは、詳しくいえばどういうことなんだ?」

今度はエルが口をひらいた。「眠っているあいだに、自分の体から抜け出せるってこと。

厳密にいえば眠っているわけじゃないの。昏睡状態に近いわ。幽体離脱中に脳波を取ったら、ほとんど平らな直線だったから。この力を憎むかわりに分析しはじめて、まだ一年くらいしかたっていないんだけどね。三カ月前、以前から超能力と呼ばれていた能力に関する研究プロジェクトに参加することになったの。資金を提供したのは、アーカ製薬」

ニックは歯を食いしばり、マックは低くうなった。ルシウスと三人のゴースト・オプスのメンバー——ロメロ、ランドキスト、ペルトン——を誘拐し、拷問に等しい扱いで瀕死にいたらしめたのがアーカ製薬だ。だから、アーカにつながるものはすべて〝くそいまいましいものリスト〟に入れられることになる。

エルがボタンを押すと、照明が暗くなり、ホログラムが浮かびあがった。十人の顔が五人ずつ二段で映し出された。ニックは、二段目にエルの顔を見つけた。「プロジェクトに参加していたオリジナル・メンバーよ。わたしとソフィ・ダニエルズが実験計画を立てて、監督していたの」

エルは小さなリモコンを操り、緑の芝地のなかに立っている低い建物を映し出した。「ここで、実験がおこなわれていた」

「待て！」ジョンはひどく顔をしかめていた。「ちょっと戻ってくれ」

「ええ」エルはいわれたとおりに顔写真を再度呼び出した。「これでいい？」

「ああ。上段のまんなかの女性はだれだ？」

ニックはジョンを見た。ジョンは緊張をあらわにし、顔をこわばらせている。いつもクールなサーファー野郎の仮面をかぶっている彼にしてはめずらしい。ニックはジョンがぴりぴりしているところを見たことがない。銃撃戦でも冷静なのだ。

この女性を知っているのだろうか?

エルは笑顔で答えた。「ソフィ・ダニエルズ。わたしの親友。スタンフォードで卒業研究を共同でやったの。彼女の専攻は生理学だけど。生理学で修士を取って、疫学で博士号を目指してる」

なんとまあ。みんな頭がいいんだな。

「彼女もその——力の持ち主か?」ジョンは首を絞められたような声をしていた。ニックには、ジョンがなぜそんなことを訊くのかわかる。女はオカルトめいた力の持ち主でなくても、さまざまな力を持っているものだ。だが、エルもキャサリンもこのソフィという女性も、本物の力を持っている。男はそれを受け入れるしかない。

エルは唇を引き結んだ。「それは確かめられなかったの。まだ研究をはじめたばかりだったけど。でも——」エルは口ごもった。「ソフィはヒーラーなの。自分から話すことはなかったけれど、彼女が触れたひどい傷が治るのを見たわ。だけど、あとがきついの。何日もまいってしまって」またエルはためらった。「コロナはそのことを知らないわ。だれも知らない。でも、fMRIのスクリーニングを通過したから、プロジェクトに参加したのよ。わたしと同じように、データの確認と整理が仕事だった」

ジョンのあごが動いていた。「被験者に実験の管理もさせるのはめずらしいんじゃないか?」

「そうね」エルはうなずいた。「発表するときに、そこが大きな問題になったかも。でも、コロナが出した条件がそれで、給料を払ってるのもコロナだもの。だから、異例ではあるわね。それに、ここ一週間はほかにも人が来てたわ」

「たとえば?」キャサリンが尋ねた。

「さあ。まるでプロジェクト自体が熱病にかかったみたいだった。いつもの半分の時間で、三倍の実験をするように指示されたの。結果はコーディネーターのオフィスに直接送られたわ。本来は一週間かけてデータを集めて整理して提出するんだけど。そうしたら——」エルは口をつぐみ、ひとりひとりの顔を見た。「——同僚が消えはじめたの。一昨日の時点では三人。規定では、被験者は毎朝九時に研究所に来ることになっていたのに、だれも来なかったの。ソフィもわたしも、被験者の携帯や自宅に電話をかけたけど、だれも出なかった。そして昨日は——いいえ、もう一昨日ね——わたしたち四人とソフィしかいなかった。わたしは被験者になって、ソフィが監督したの。それから、帰宅したあとに、ソフィから電話がかかってきた。わたしたちは囲いこまれてたんだって、パニックになってた。ソフィもさらわれて、わたしもねらわれた。あとはみんな知ってるでしょう」

ああ、知っているとも。ニックは拳に力をこめた。連中はエルをねらった。だから処刑された。

エルの声が懇願の色を帯びた。「あなたたちがここに……隠れてるのは知ってる。あの人たちとは――」十人のホログラムを指さす。「――なんの関係もないこともわかってる。でも、わたしにとっては大事な人たちだし、意志に反して捕らえられたのよ。みんな無事かどうか……最悪の事態が起きていないか、心配なの」自分をなだめるように、深く息を吸った。

ホログラムの明かりを背景に、エルの顔のまわりの髪が淡い金色の後光に見えた。だが、後光の下にあるのは天使の顔ではない。

この十年間、ニックの心のなかに、頭のなかにあったのは、もう存在しないエルの姿だった。長いあいだニックの頭のなかのエルは、裕福な父親の庇護のもとで大事に育てられた少女のままだった。その後、父親の病に打ちのめされ、病的なまでにやせてやつれた若い娘の姿に変わった。

ニックの頭のなかでは、エルはずっと無力でニックの保護を必要としていた。だから、ニックはいてもたってもいられず、数年のあいだにどんどん焦燥を募らせていたのだ。ひとりぼっちのエル。捕食者だらけの世界でひとりぼっちのエル。世界がどんなに冷酷か、ニックは知りつくしている。歩けてしゃべれるようになったころから知っている。たとえ善良な人間でも、弱ければつぶされてしまうと。

エルは善良だ。ニックは心の底からそう思う。なにがあっても、エルの善良さはなくならない。持ち前の性質だからだ。エルは子どものころから、他人にさりげない親切をほどこしていた。それが普通ではないことに少しも気づいていなかった。週に二度、通ってくる庭師には、かならずアイスティーを供した。隣家の子どもが白血病にかかると、エルは見舞いに行き、化学療法を受けているあいだずっと本を読んでやっていた。

善良な心と無防備さは禍（わざわい）を呼ぶ。サイレンが鳴り響くほどの危険もくわわる。陸軍、レンジャー、デルタ、ゴースト・オプス。成人してからのニックの生活では、無防備になりようがなかった。人類が使うどんな武器に対しても、たとえ石や素手でも抵抗するよう訓練された。実際、何度となく自衛しなければならなかった。世界は性悪な場所だから。

だが、エルがそんな世界から自分を守ることができるか？　この十年間、来る日も来る日も、金もなく、頼る友人もなく家を出た彼女を思い、頭に釘を打ちこまれるようだった。

夜になると、困っている彼女が思い浮かんだ。

一文無しで、どこかの町の片隅にひとりぼっちでたたずむエル。

ヒッチハイクをして、ナイフを持った男の車に乗りこんでしまったエル。

治安の悪い場所に迷いこんでしまい、ならず者の集団に尾行されているエル。

ひとりぼっちで無力な姿しか思い浮かばなかった。

かつてはひとりぼっちで無力だったかもしれないが、いまはちがう。

いまニックの前にいる彼女は美しく、見るからに頭がよさそうだ。なにひとつ見落とさないような明るいブルーの瞳、しっかりした顔の骨格にも知性がにじみ出ているし、口をひらくたびに頭のよさを実感させる。みずからを律する強さが、体の線に見て取れる。

それに、ちくしょう。スタンフォードの博士さまだ。博士号はシリアルのおまけについてくるものじゃない。しかもスタンフォードは学費がかかる。十万ドルを超えると聞いたことがある。つまり、エルはその金を自分で稼いだか、奨学金をもらったか、その両方をやってのけたのだ。なんにせよ、エルは侮れない。

あの無力で青白いやせた娘がニックの心を砕いたとするなら、この強く自信にあふれた女性は心をとろかした。エルはニックをまったく必要としていない。ニックがいなくても、自分の世界を切りひらいていける。

けれど、もしエルさえよければ。ニックはいつまでも彼女のものでいるつもりだ。

よし、やるぞ。友達を助けてほしい？　エルの望みはなんだって聞いてやる。

「おれはやる」ニックはいった。

「おれも」マックがうなずきながら低くとどろくような声でいった。

「決まりだ」ジョンが息を吐いた。

エルは目の前にいる三人の男とひとりの女の顔を眺めた。キャサリンはまちがいなく味方だ。それだけでも、ちょっとした奇跡だ。なんの関係もない人たちのために、夫のマックが危険な場所へ行くのを許してくれるなんて。

ニックも味方だ。今朝、そういってくれた。自分が頼めば、ニックは地雷原でも地獄でも行ってくれるのだと思うと怖くなった。そういう力は怖い。いつか慣れるとも思えない。あまりにも長いあいだひとりでいたので、ニックのような人がそばにいて、なんでも頼みを聞いてくれるというのは、すごいことだけれど怖いような気がする。

もしかしたら、わたしはニックとキャサリンのご主人とサーファーさんを死に導いているのではないだろうか。

ソフィたちももう生きていないかもしれない。コロナはソフィたちを罠に、エルを誘き出そうとしているのかもしれない。けれど、頼る者もなく無力なみんなを放っておくわけにはいかないし、自分ひとりの力でみんなを助けられるわけがない。

だからエルは、自分たちの命を賭けて少し変わった才能を持つ人々の命を救いにいこうとしている男たちの顔をじっと見つめた。

弱さや迷いを探したが、見つからなかった。

エルはホログラムを指さした。「危険にさらされているこの人たちを助けて。コロナの研究者のあいだで、脳の一部を精製して注射剤にする新しい方法が開発されたという噂が流れたの。すでに数人の脳が〝収穫〟されたとか。ちなみに、科学の世界で使われる言葉よ、素敵でしょう。収穫。人間は穀物じゃないのにね。以前の研究グループのメンバーが消えたといわれてるわ。わたしは真剣に聞いてなかったの。そういう噂ってしょっちゅう流れてくるし、ばかげてるもの」いったん言葉を切り、深呼吸した。「でも、いまは……もしかしたら、ばかげた噂じゃなかったのかも。ほんとうのことだったのかもしれない。研究の最高責任者が常軌を逸してしまっていたら、求めている結果を出すために、なにをするか、どこまでするのかわからないわ。なにか、わたしにはわからないことが裏で動いている。ソフィもわたしもなんとなくいやな予感はしていたけれど、実験のデータを管理するのが精一杯で、とりあえず深く考えないことにしたの。ただの予感だったし」

「でも、その予感は当たっていたわけだ」ニックはわかってくれた。ニックは低くいった。「当たっていた。でも、いまからどこへ行けばいいのか、みんながどこへ連れていかれたのかわからない。パロアルト近辺は研究所が点在してるわ。そのうち多くはアーカが所有してる。もしかすると、地下にあるかもしれないし、アーカの資料にも載っていないかもしれない。実際、どこにあってもおかしくないわ。みんなが連れていかれた研究所がパロアルトにあると決まったわけでもない。ワゴン車でどこにでも連れていける」

そう思うと、エルは怖くなった。ソフィたちが連れていかれた場所は、決して見つからないかもしれない。

マックが地中から湧きあがるような、低くざらついた声をあげた。「まったく心当たりはないのか？　たとえば、プロジェクトに協力している研究所がほかにないか？　協力機関のリストは？」

エルは肩をすくめた。「わたしの知るかぎり、ほかにはないわ。わたしは参加者全員のメールアドレスを知っているし、ほかの研究所の関係者がいないか、自分のパソコンでみんなのメールを監視してるけど、いまのところそういう人はいなかった」

「追跡装置は？」キャサリンが尋ねた。エルは自分の腕から取り出した機器について、キャサリンには話してあった。

男たちがさっと背筋をのばした。「追跡装置だと？」ニックは問いただした。

エルは腕をあげて袖をまくり、絆創膏を指さした。あとでニックに叱られそうだ。今朝、これはなにかと尋ねられ、ちょっと切っただけだと答えたのだ。「被験者は全員、マイクロチップを注射されたの。バイタルサインのモニターだといわれていた。週に一度、リーダーに腕をかざすとデータがダウンロードされる。でも、ソフィから逃げろって電話がかかってきたときに、チップを取り出せといわれて、そのとおりにしたの」

「で、それをいつおれに話すつもりだったんだ？」ニックのあごが引き締まった。エルは肩をすくめた。

「データベースはどこが管理しているか知ってるか？」ジョンが尋ねた。ニックは、ジョンがITの専門家だといっていた。

「あいにく」エルはかぶりを振った。「普通に考えれば研究所だろうけど、でもいまとなっては、そもそもデルフィ・プロジェクトはいわば闇の研究だったのかもしれないと思うの。もしそうなら、だれかのラップトップに暗号化したファイルとして保存されているでしょうね。だれかはわからないけど」

「ゆうべの人工衛星の映像を見てみよう。手がかりがあるかもしれない」ニックがマックを見た。「ドローンは飛ばしたか？」

マックはかぶりを振った。

「くそっ」ニックは拳で膝を軽くたたいた。「場所の目処がつかなければ、飛ばすことはできないな。もし地下に連れていかれたのなら、いまさらドローンを飛ばしても意味がないし」

ああ。エルにはニックのいらだちが理解できた。目的地がわからなければ救出に迎えない。全員が一カ所に囚われているともかぎらない。それに、まだ全員が生きているかどうかも定かではないのだ。

「よし」マックがきっぱりといった。「任務を割り当てる。エル、きみは知っていることをすべて書き出してくれ。ひとつ残らずだ。それをキャサリンと精査して、引きつづき被験者のメールアカウントを監視してくれ」

「キーワードをもとにパスワードを生成するプログラムを設計した。だれかのパソコンがハッキングされ次第、おびただしいパスワードを生成して、ひとつのパケットで送っていっせいに解読する」ジョンがいった。エルは目をみはった。外の世界でそんなプログラムがあれば、何百万ドルも稼げる。

エルはうなずいた。「すごく助かるわ」

マックは指示をつづけた。「人工衛星の映像も分析しろ。キーホール15から撮影した映像を四十八時間前までさかのぼって、範囲もパロアルト近郊まで広げろ。被験者たちを早くから誘拐していた可能性もある」

エルは思わず息を呑んだ。人工衛星キーホールは最高機密だ。〝知ったら死を免れないたぐいの機密だ。なぜエルが知っているかというと、エルを口説こうとしたアナリストが教えてくれたのだ。そのあと、エルはダークネットにアクセスして調べてみた。噂では、キーホールのレンズを通せば月光の下のクレジットカードの番号すら読み取れるらしい。「そんなことができるの？」ジョンに尋ねずにはいられなかった。「キーホールにハッキングできるの？」

「できるさ」マックの顔が動いた。顔の筋肉が奇妙な形になったが、ほかの人なら笑顔になったかもしれないような動きだった。

「エルの家に追跡装置を回収しにいかないと。中身をダウンロードして、逆行分析する。できるかな、エル？」ジョンが尋ねた。

エルは考えた。ジョンがそれほど有能なら、できるかもしれない。各装置には基本命令セットが実装され、信号を発信するようにプログラムされているはず。その信号をキャッチして、ほかの装置の信号も探せば……エルはうなずいた。「ええ。基本プロトコルにハッキングできれば、ほかの装置の位置情報がわかる。ただし――」

「ただし、みんなが生きていれば、か」ジョンが険しい顔で引き継いだ。

ああ。エルは腹部を押さえた。ジョンを見る。「でも――でも、わたしの家は監視されているんじゃないかしら？　みんなの家に監視係を配置するほど人員に余裕があるのかどうかは知らないけど、お金は潤沢だったみたい。待ち伏せしているかもしれない」

「望むところだ」ジョンの青い瞳がにわかに暗くなった。

エルは身震いした。仲間を誘拐し、どこかに閉じこめ、おそらく殺そうとしている連中は邪悪だ。彼らを破滅させるためならよろこんで協力したい。だから、この屈強な三人が味方であることをよろこぶべきだ。でも、ジョンが一瞬浮かべたあの表情は……。

「よし」マックが低い声でいった。特別な声だ。彼が声を発するたびに、キャサリンがかすかに輝く。まるでキャサリンの体内に電球があり、マックの声でスイッチが入るかのようだ。

「みんな、自分のやるべきことはわかったな。行動開始だ」

「あせるな、マック。なにか忘れていないか？」エルが聞いたことのない深い声がした。

その声は、ニックたち三人に電撃のような効果をもたらした。三人ははじかれたようにすばやく立ちあがった。椅子の脚が床をひっかいた。体が震えるほど緊張し、腕をさっとあげて敬礼する。どの顔にも驚きがあらわになっていた。

キャサリンも立ちつくしていた。だれもドアがあく音に気づいていなかった。エルにも、それがありえないことだとわかるようになっていた。ニックたち三人に不意打ちをかけることができる人がいるなんて。

三人を驚かせた張本人はかなり年を取っていて、隣にいる背の高い女性と杖を頼りにやっとのことで立っていた。とてもニックたちを驚かせるような人間には見えない。

「大佐!」マックが吠え、ニックとジョンもつづいた。

その男は、かつては背が高く、屈強だったのだろうと思わせた。いまでは背中が曲がり、大きな骨格から肌がたれさがっている。一歩踏み出すのもつらいのか、動きが遅かった。無理もない。エルはこれほど多くの手術の跡がある人間を見たことがなかった。髪のない大きな頭からだぶだぶのスウェットシャツのなかへ消えているのも、手術の跡だ。

かたわらの女性は、変わった顔をしていた。きれいだが……万華鏡を見ているような感じがする。皮膚が菱形のピースのつぎはぎになっているのだが、ぴったり整合しているわけではない。それでも、物腰は美しく上品だった。

手術跡のある男は、キャサリンとエルのそばへ女性につかまってすり足で歩いてきた。彼が身を屈めて小声で女性にいった言葉が、エルにも聞こえた。「ありがとう、ステラ」女性は輝くような笑みを彼に向けた。何本もの白い線が交差している頬が横にのびた。男が返した微笑は優しかった。ふたりのあいだに一瞬なにかがひらめいたのを感じ、エルは男が見かけほど年老いていないのではと思った。

ステラ！　不意に、万華鏡が動いてぴたりとピースがはまり、エルは彼女がだれかわかった。かつては世界でもっとも有名な女優かつ世界屈指の美女とうたわれ、いまはヘイヴンのシェフとなった女性。エルはぽかんとステラを見つめてサインをもらうべきかどうか迷っていた。ステラが五年前に主演した映画は、当時どん底にいたエルに勇気と希望を与えてくれたのだ。そんなわけで、傷跡だらけの男のあとから三人の男が入ってきたことに、エルは気づいていなかった。

その三人は見たところ若そうだが、傷跡だらけの男と同じように、動きは老人のものだった。骨太で大柄だが、ひどい苦痛に耐えていたらしく、やせ細り、頬がげっそりとこけていた。強風が吹けば飛んでいきそうだったが、すり足で傷跡だらけの男の後ろに集まった。その様子は、幽霊にぼんやりとした影が付き従うさまを思わせた。

ステラはつかのま傷跡だらけの男から離れ、エルの頬にキスをした。「ヘイヴンへようこそ」エルはよろこびで頬を紅潮させた。ステラ・カミングズが頬にキスをしてくれた！

ステラは男のそばへ戻った。男の顔にかすかな笑みがよぎった。

「休め」男が号令をかけた。久しぶりに声を出したのか、しわがれていた。はっきりと発音するのもつらいようだった。ひとことひとこと苦労しながらも、いいたいことをいうという気概にあふれていた。「われわれをはめたくそ野郎ども（マザーファッカーズ）を一網打尽にするいい機会だと思う――」暗い目で室内を見まわし、キャサリン、エル、ステラと順に目を合わせた。「ご婦人方、汚い言葉で申し訳ない」まじめくさっていった。

「わたしたちは科学者だもの」キャサリンがいった。「くそ野郎ども（ファッカーズ）というのは専門用語でしょう」

ふたたび男の顔にかすかな笑みが浮かぶ。そのとき、めちゃくちゃになった外見の奥に隠れている以前の彼がエルには見えた。きっとこの人は……魅力的だったのだろう。いまでもわかる。ステラにもわかるのだろう。なぜなら、彼女は一瞬たりとも彼の顔から目を離さない。

「返礼はきっちりやる」男はそっけなくいった。

やはり多くの傷を負った男たちのうち、ふたりがぎくしゃくとうなずいた。明らかに、体の自由がきかなくなっている。「き、き、きっちり」ひとりがつっかえながらもいった。大脳新皮質の部分を囲むように丸い傷跡がケロイドになっていた。脳にセンサーを埋めこまれていたのだ。

ほかの三人は、立っているだけで疲れるらしく、真っ青な顔をしていた。センサーの傷跡がある男は震えていた。作戦行動どころか朝食をとることもできないように見えた。エルはその場にいる人々を見まわした。負傷者の体の状態について、だれも触れない。少し待ったが、部屋のなかは静まりかえっていた。

しかたがない。わたしが悪者になるしかない。

「ほんとうにありがたいけれど」優しく口火を切った。「でも、みなさんには――」

リーダーの男が苦労して振り返り、エルをじっと見つめた。その視線の強さに、エルはとっさにあとずさりたくなった。その力は痛めつけられた体に閉じこめられてはいるが、彼のなかでは強さと知性が結集し、輝きを放っている。

彼は苦労しながらもゆっくりと話した。「誘拐されて囚われている人たちがいるんだろう。おそらく実験台にされたあと、殺されることになる。救出作戦に参加できないのなら、わたしは死んだほうがましだ。われわれも助けられた身だ。おまえたちと一緒に現地へ行きたいところだが、マック」もとからしわがれていた声が途切れた。彼は首の腱を切られたかのように、深くうなだれた。けれど、しばらくして顔をあげたときには、黒い瞳は強い意志で輝いていた。「だが、危機管理室を守り、情報を伝達することはできる。われわれも救出作戦に参加する。おまえたちとともに。フーヤ！」

「フーヤ！」七人の男のぴったりとそろった鬨の声が力強く響いた。

12

サンフランシスコ
アーカ製薬本社

リーのオフィスの壁は、一面全体が大きなモニターとなり、ホログラムが明るく浮かびあがっていた。ホログラムの下部には、日付を含めたデータが並んでいる。三カ月前の日付だ。

パロアルトのミロン研究所が映っている。完全に破壊される前の姿が。そのときのことを思い出し、リーは拳を握りしめた。キャサリン・ヤングが前触れもなく奮起し、リーの部下たちを出し抜いたのだ。リー自身も大きな損害をこうむり、プロジェクト全体がつぶされかけた。たったひとりの女と彼女に肩入れした得体の知れない男たちのせいで、数年分の苦労が台無しになるところだった。

得体の知れない男たちがセキュリティシステムになんらかの細工をしたのか、監視カメラはほとんど壊れていて、攻撃の一部しか映っていなかった。セキュリティシステムには大金をつぎこんだのだが。

あのときの怒りは、いまでもくすぶっている。

攻撃グループのなかにヤングがいることはすぐにわかった。彼女は大胆にもカードキーを偽造してリー専用の研究室、レベル4に侵入したのだ。

研究室は、ミロンの職員すら存在を知らない地下四階にあった。法に抵触する実験をしていたからだ。ヤングたちが荒らしていった研究室を、リーはみずからの手で完全に破壊しなければならなかった。当局の捜査が入ったときに、地下はただの備品倉庫だったともっともらしく証言するためだ。幸い、捜査員のなかには科学の専門知識を持つ人物はいなかった。とはいえ、地下の研究室に勤務していた職員三名を買収しなければならなかったのは、懐に響いた。金も時間も労力も浪費した。

フリンも北京も、リーにプレッシャーをかけてきた。まったく科学的ではないやり方だ。科学とは、一歩一歩おごそかな足取りで進んでいくものだ。プロセスにプレッシャーをかけられるのは不快きわまりない。フリンのような非科学的な人間には理解できないだろう。

リーが取り組んでいる研究は、世界を一変する可能性を持つ。電気の利用と同じくらい重要な意味がある。いや、それ以上だ。人間の一部の性質を変えるのだから。拙速に進めてよいことではない。

ＳＬ－61をみずからの体に注射したのは、天才的なひらめきだった。おかげで力がみなぎり、以前よりさらに頭が冴えている。不屈の人間になった気がするとしかいいようがない。だが、足りない要素もあった。それはちょうどレベル４を破壊された夜に、動物実験によって発見したものだ。

リーはレベル４を愛していた。まさにリーの王国だった。リーが重要な決断をくだし、生命体を創造する場所だった。あそこでは、リーは神だった。レベル４では、動物試験法に違反する実験をおこなっていた。たしかに、科学より下等な動物の権利を重視するおかしな連中のロビー活動によって定められた法律のもとでは、リーのしていたことは違法かもしれない。だが、必要な実験だった。腕力と敏捷性と知能を増幅させるＳＬの効果を、実際に試さなければならない。

リーとＳＬは、ある意味ダンスを踊っていた。二歩進んで一歩さがり、三歩進んで二歩さがる。また一歩進んで三歩さがる。そして、十歩進むといった具合だ。

もちろん、非常に複雑な作業だ。細胞レベルで変化をもたらし、その効果を安定させなければならない。リーは改善を急いでいた。有史以来、だれも成し遂げなかったことだ。その偉業が完成しつつある。ひとつひとつの実験で問題が見つかっても、そこから新しい可能性につながる。

愚か者のフリンは、そのことがわからない。あきれたことに、北京の科学技術部の連中もそうだった。プロセスを重視する者などひとりもいなかった。リーは生命の謎そのものを解き明かそうとしているのに、だれひとり関心を持たなかった。彼らがほしがるのはわかりやすい結果だけだった。戦地で兵士の能力を増幅させるドラッグ、時間がたっても効果が安定しているドラッグ、そして生産にコストがかからないドラッグ。

リー以外のだれにもわからないのだ。

あのときは、五十九回目の試験に挑んでいた。エジソンの一万回にはかなわない。たった五十九回だ。だがその五十九回目に……。

地下深くの動物実験室で、リーはボノボを飼育しているケージのなかに、世界を変える鍵を見つけた。あの実験室では十頭の健康なボノボを飼育していた。穏やかな性質の大型類人猿だ。そのうち九頭が、SL‐59によるネガティブな効果を示していた。落ち着きがなくなり、その後死亡したのだ。

ところが、十頭目は……。

リーはホログラムの記録画像を見た。あれから、この映像を何度も繰り返し見ながら、血液と脳の組織の分析結果を精査した。そして、もとのMRIデータと検死報告書を見くらべているうちに、部下の研究者たちが見落としていたことに気づいた――視床下部にわずかな変性が見られ、中脳水道の温度があがっていた。両方とも、SL‐59を投与したのちに、いちじるしく変化していた。

ホログラムは、これが三カ月前に撮影した実体のない映像とは思えないほどリアルだった。

そのホログラムに映っているリーは、プレキシガラスのケージの前に立ち、美しい獣を眺めている。

ケージの正面のデータパッドに映っている文字も鮮明に読み取れた。性別、遺伝情報、MRIとCATのスキャンデータ、知能検査の結果、SL‐59の投与量、投薬回数。

ほかのケージのなかのボノボは、どんよりした目でほとんど動かずに座っていた。

だが、八番のボノボはちがった。ほら、力なく座ったりしていない。二本の脚でバランスを取って立ちあがり、茶色い目は鋭く光っている。ホログラムのなかのリーは、ボノボをじっと観察している。そして明らかに、ボノボもリーを観察している。

カメラはリーの背後に配置されていたので、顔は見えないが、その時点で心電図をチェックしているのがわかる。ボノボは群れのなかでは穏やかだが、ほかの種の存在に興奮することがある。

八番の心拍は変わりない。

すばらしい。SL‐59によって心拍をコントロールできるようになったのか、あるいは本能的な恐怖を抑えることができるようになったのだ。その両方かもしれない。そのとき、忘れられないことが起きた。ボノボはリーの手に武器がないことを確認し、なにをたくらんでいるのか探るようにリーの目を見た。ボノボのなかに、荒削りな知性が宿ったことはまちがいない。

リーとボノボは種を隔てる一線を挟み、たがいを値踏みするようににらみあっていた。しばらくして、ボノボが突然リーに襲いかかろうとプレキシガラスに体当たりしはじめた。ボノボは、しまいにはぼろぼろになって息絶えた。

だが、その数分間のおかげで、知性を維持しながら暴力性を調節する方法を考えるようになった。そして、遺伝子操作したウィルスを媒介にすれば壁を突破できると思いついた。

SL−59は失敗作だった。SL−60も失敗した。だがSL−62は……すばらしい。

一時間前に、リーはSL−62を自分に注射した。

ホログラムのなかのリーは、ボノボが繰り返しプレキシガラスに体当たりして死んでいくのを眺めている。ついにボノボが折れた骨の袋となって、藁を敷き詰めた床にくずおれた瞬間、リーは映像を早戻しした。

リーは立ちあがり、自分とボノボがにらみあった瞬間を眺めた。

眺めているうちに、体に力がみなぎってきた。血流がすみずみの筋肉まで酸素をたっぷり運んでいくのがわかる。全身の筋肉ひとつひとつを意識し、それらが巧みに組みあわさってすばらしい力を生み出すのを感じる。金融街の高層ビルの二十二階にいるのに、裸足でジャングルに立ち、肌と血と骨を通して大地とつながり、力をやりとりしているような気分だった。

ホログラムが消え、リーは窓辺へ行って街を見おろした。片方の手をガラスに当てる。その手はガラスを突き破って眼下の通りへのびていき、寒いなか足早に歩いていく小さな人々に届きそうだった。あんな連中など簡単にたたきつぶせる。無意味にあくせくしている蟻みたいなやつらだ。迷ってばかりいる腰抜けたちだ。

まもなく、彼らはいまのように無秩序に生きるのではなく、もっと大きな目的のために利用されるようになる。

そのときには、リーは無敵の超人を集めた軍隊をみずから率いている。人類がずっと夢見てきたことではないか——自分たちを導いてくれる優れた人種の出現は。大地と大地で生きるものたちを強大な力で統べる神々の神話が、世界じゅうに伝わっている——古代の人間は、このような未来が来ると知っていたのではないか。リーは、その過程を速め、神の力をふさわしい手にあずけたのだ。

もちろん、神の力を手にしたのはリーだ。生命力が全身にほとばしり、筋肉と腱がさらに強力に再編されるのを感じる。脳細胞が新たにシナプスを形成するのがわかる。視界が鮮明になり、眼下の通りをうろつく蟻たちの髪の一本一本が見わけられそうな気がする。聴覚も鋭くなり、自動空調システムのごく低いハム音も聞こえる。外はみぞれまじりの雪が降りはじめていたが、小さな氷の粒が窓ガラスをたたく音も聞こえる。それから——。

ドアのあく音がした。

「おい、リー」フリンの耳障りな声がとどろいた。「きさま、いったいなにを考えて——」

フリンの声を聞いたとたん、頭のなかに熱い靄がたちこめた。くそ野郎。くそいまいましいくそ野郎。全身の細胞が、赤くひりつく憎悪に騒いでいる。

リーは部屋のまんなかへすばやく戻り、デスクからなにか光るものをつかむと、つかんだその手を突き出した。フリンが目を丸くして自分の体を見おろす。胸から小さなぴかぴか光る棒が覗いている。純粋なチタンのペーパーナイフが、心臓に突き刺さっていた。

フリンは、自分が死んだことをわかっていなかった。

立ちつくし、よろめき、体勢を立てなおし、ナイフの取っ手を中心に、真っ白いアルマーニのシャツに大きな赤い花が咲くのを見ていた。ふたたびよろめき、片膝をつくと、がっくりとうなだれた。喉からごろごろという音がしたが、言葉になっていなかった。

よし。フリンはしゃべりすぎだ。

リーの一部は、百八十センチ離れた場所でくるりと振り返ったにもかかわらず、デスクを通り過ぎる瞬間にペーパーナイフを取り、直感的にフリンの肋骨のあいだから心臓を正確に刺したことに満足していた。

リーは、フリンがもう片方の膝をついて床に倒れ伏すのをかたわらで見ていた。フリンの心臓はそのあともしばし拍動をつづけていたが、やがてじわじわと血の流れが止まった。

雪の夜空を背景に明るい部屋の窓ガラスに映った自分の姿を見やる。頭のなかに闇が降りてきた。目は大きく見ひらかれ、口元には薄い笑みが浮かんでいる。リーはしばらく自分を眺めていた。あっというまにフリンの体から血が流れ出てしまったように、ガラスに映った生きものがだれなのか認識する力がリーのなかから枯れていった。

きょろきょろと周囲を見まわす。ここがどこかわからない。やや背中を丸め、鉤爪のように指を丸めた両手で胸元を押さえた。壁だ……ここを出ていかなければ。動け。体が行動したがっている、血を求めている。まったくの偶然によって、リーはドアのない三面の壁ではなく、ドアのある壁のほうへ歩いていった。生体認証システムがリーの横顔を認証し、ドアがひらいた。

リーは少しも疑問に思わなかった。もはや推論能力はほとんど残っていなかった。ただ、ドアを出て階段をおりれば外に出られることはわかっていた。階段は外の世界に通じている。世界は彼を待っている。

彼は階段を探しはじめた。

女が別のドアから出てきた。リーを認めて目を丸くし、凍りついた手からバインダーを取り落とした。「リー博士——」問いかけるような口調だったが、答は返ってこなかった。リーは女に飛びかかると、両肩をつかんで首に歯を立てた。二口で耳を嚙みちぎり、血まみれで痙攣している女を放り捨てた。

外に。外に出たい。おれは強い、狩りをしたい——狩りをせずにはいられない。殺したい。

リーは階段を駆けおりた。まだ階段がどういうものかはわかっていた。だが、人々が行き交うロビーに着いたときには、もうわからなくなっていた。でも、問題ない。ここに肉がたっぷりあるから。

どれが獲物かは、まだわかっていた。

廊下で女はゆっくりと目を覚ました。片方の手で側頭部を抑えて眉をひそめた。痛い、濡れている……そう感じるものの、その感覚をいいあらわす言葉がわからなかった。鉤爪の形をした両手が胸元を押さえる。殺したい。殺したい。獲物が近くにいる。においがする。不安定ながらも断固とした足取りで、彼女は廊下を走っていく。そこに、二頭の生きものが現れた。

獲物だ。

ブルー山

「召しあがれ」ステラ・カミングズはポテト・グラタンの皿をルシウスのほうへ押した。ルシウスはようやく食べられるようになったばかりなので、ほんの少量だ。ルシウスはステラのむかいで、つらそうだが懸命に背中をまっすぐにのばしていた。ルシウスのような体験をすれば、ほかの人間ならもう百回は死んでいるはずだ。彼は、ステラがストーカーにされたことより何倍もひどい目にあっている。そう思うと、ステラの胸は張り裂けそうだった。

　この人はすごい。

「きみはおれにそれしかいわないんだな。食べろとしか」ルシウスは黒い目をステラに据えた。「おれのことを五歳児だと思ってるな」

　衰弱していても、ルシウス・ウォードは侮れない。まさか、五歳児なんて思うわけがない。

「召しあがれ」ステラはもう一度いい、彼にほほえみかけた。

　彼の顔つきが急に鋭くなった。大きな手がステラの手を包む。「ああ、ステラ。きみは美しい」

　きみは美しい。かつてのステラは、いつもその言葉をさまざまなバリエーションで聞かされていた。子役だったころは〝かわいらしい〟といわれていたが、思春期に入るころには〝美しい〟になった。骨格の変化とホルモンの変化がうまく作用し、ステラはぶざまな思春期を送らずにすんだ。その時期も女優をつづけることができた。三十五歳までに百二十本の映画に出演し、世界屈指の美女とうたわれた。

　そしてステラはどうなったか？　あいかわらずで、さらに仕事をこなした。仕事は増えるばかりだった。いいよってきた男たちは、みんなステラの顔に惹かれていた。その顔の中身を気に入ったわけではなかった。ステラの生活が仕事漬けで、遊ぶ余裕などほとんどないことを知ると、男たちの熱意は消えた。

美しさは愛情をもたらしてはくれなかった。

いまでは、美しさはなくしてしまった。

「もう美しくないわ、ルシウス」ステラは悲しみをこめずにいった。不思議なことに、美しさを失ったことで、ステラのなかのなにかが解き放たれた。いま身近にいる人たちは、ステラの顔ではなく、中身を好きでいてくれる。遠い世界の映画スターのステラではなく、地下コミュニティの一員であるステラを。

ステラはもう映画スターではない。二度と映画の仕事はできない。ストーカーはステラをめった切りにした。全身で九十七カ所、そのうち十四カ所は顔だ。右頰を大きく切られ、顔の右半分は笑うことができない。だれかがステラを万華鏡に入れて、振ったらこうなったという感じだ。

ルシウスの手に力が入った。「美しいよ」彼はきっぱりと繰り返した。

信じられない。

恋愛とは——ストーカーに襲われたのを境に、完全に縁が切れてしまった。以前はセックスの相手もいたが、愛情で結ばれたことはなかった。けれど、事件のあとは両方とも自分とはまったく関係のないものになった。ステラは事件後、傷を癒しながら、元家政婦のエレナの親戚が経営しているブルー山近くのダイナーで調理を担当していた。なにかせずにはいられなかった。呼吸をせずにはいられないのと同じで、自分の手で、成果がはっきりと見えるものを作らずにはいられなかった。だから、エレナに親戚を紹介してもらったあと、ステラは厨房の仕事に没頭し、創作料理をはじめた。安食堂はこぎれいでうまいものを出す店になり、いっぱしのレストランになろうとしていた。ちょうどそのころ、ステラのもとに、ストーカーが逃げたという知らせが入った。

ステラは休憩中で、男性客とおしゃべりしていた。彼は見た目がよく、謎めいた男で、ときどき店に来たが、決して名前を教えてくれなかった。ステラは、人が尊重すべきもののひとつはプライバシーだと身をもって学んでいた。セクシュアリティだけでなく、さまざまなことを〝訊かない、いわない〟ルールは大事だ。ステラも彼も、自分のことはしゃべりたくない。ふたりはそこで一致していた。

そのときニュースが入った――地下深くの暗い独房にいてほしかったストーカーの切り裂き魔、スティーヴ・ガーディナーは、裁判では精神科病院での入院治療をいいわたされていたが、入院先の病院から逃げたという。

それまでステラは男性客とおしゃべりしていたが、急に体の芯から恐怖が湧き、全身ががたがたと震えだした。その恐怖はあまりにも大きく、息もできずなにも考えられなかった。

その男性客がジョンだった。ジョンはステラがひどく怯え、取り乱しているのを見て取ると、なにもいわずに彼女をヘイヴンに連れていった。以来、ステラははぐれ者のコミュニティの一員になり、幸せに暮らしている。

ヘイヴンでは、友人と生きる目的を見つけた。でも、愛は？　よりによって、この場所でそれが見つかるかもしれないとは、いままで思ったこともなかった。

ステラは自分の手を覆っている大きな手を見おろした。あの恐ろしい晩を思い出す。三カ月前、ルシウス・ウォードとミゲル・ロメロ、ラリー・ランドキスト、ボブ・ペルトンが、ナチスの強制収容所を思わせる研究所から救出され、ヘイヴンへ連れてこられた晩のことを。四人は手術痕だらけで、飢えて歩くこともできないほど衰弱していた。一週間キャサリンが点滴して、ようやくベッドで体を起こすことができるようになった。

そこからは、ステラが引き継いだ。四人にできるだけ栄養価が高く、食べやすいものを用意することが、ステラの使命となった。

とくに、四人のリーダーは重症だった。ルシウス・ウォード。マックたちはルシウスを大佐と呼んだ。

彼らのあらゆる動きが、ルシウスへの敬意をあらわしていた。ステラが知っているルシウスは、かつては屈強だったのが、ひどく痛めつけられて限界までやせ細ってしまった男だが、それでも接しているうちに、部下に尊敬されている理由がわかった。彼には、あらゆる点で畏敬の念を抱かずにはいられない。

ステラは、ルシウスが苦痛に耐えながら、回復に向けてこつこつと努力するのを見守っていた。キャサリンに、十歩進んでみようと提案されれば、五十歩進んだ。じりじりと進むあいだずっと、痛みに顔をしかめていた。

彼はここに来てから笑顔を見せたことはないし、顔のしわからも、本来よく笑うたちではないことが見て取れたが、ステラが部屋に入っていくと、表情が明るくなった。

そう、つまり親密になれる可能性があるということだ。

でも、まずはっきりしておかなければならないことがある。「美しいなんていってくれなくてもいいのよ、ルシウス」ステラは優しくいった。「わたしは自分がもう美しくないことはわかってる。あなたが気にしないなら、わたしも気にしない」

ステラが話しているあいだ、ルシウスの黒い瞳はステラの顔をすみずみまで見ていた。ステラは見られることになれている。美しかったころ、男たちはあからさまにステラを凝視した。人間ではない珍種の生きものを見るような目で。切り裂かれたあとは、別の理由で凝視された。電車の脱線事故を見るような目で。

ヘイヴンの人々はステラの傷を気にもとめない。それは、ステラがヘイヴンを愛している理由のひとつだ。

ルシウスはほほえみ、自分の右頰の火傷の跡をいじった。ステラの手を取り、手のひらに口づけした。彼は長いあいだそのままじっとしていた。ステラは指先を動かし、ルシウスの口のまわりの傷跡に触れ、あごひげのチクチクする感じを味わった。

しばらくして、ルシウスはステラの手をテーブルに置いたが、握ったまま放さなかった。

「きみの映画が観られなくなって残念だとは思わない。きみが子役だったころから、どの作品も観ているが。まれに見る美しさとまれに見る才能の持ち主だった。でも、いまのほうがずっと美しいと思うし、きみの才能はここのみんなが賞賛している」

「みんながよろこんでくれているのは知ってる」ステラはルシウスにほほえんだ。みんなはいつも料理をほめてくれ、ほめ言葉には熱意がこもっている。なぜかはわかっている。ステラが来て、厨房をリフォームするまで、マックが調理していた。そのころの話をする者はみんな顔をしかめた。

ルシウスがまたステラの目を覗きこんだ。鋭い視線に、ルシウスが頭のなかに入ってきて歩きまわっているような気がしてくる。「以前よりいまのほうがずっと美しいといっても、きみは信じてくれないんだな」

ステラはさりげなくほほえみつづけた。「ルシウス、そんなことといってくれなくていいのよ。必要ないわ」

「わかっている。でも、いわないわけにはいかない。ステラ――」ルシウスは口をつぐんだ。唇を舐める。唾を呑みこむ。手を見おろし、またステラの顔に目を戻した。

ルシウスのことをよく知らなければ、緊張していると勘違いしたかもしれない。もちろん、彼が緊張するわけがない。マックとニック、ジョンは地上でもっとも屈強な男たちだ。有能でなにごとも恐れず、意志が強い。政府と軍に平然と立ち向かう。そんな御しにくい彼らを、いまステラの手を握っている男が、上官として統率していた。彼らを従えて戦闘に赴いた。そんな男が、どぎまぎと緊張するわけがない。

けれど……。

「ステラ、きみに伝えたいことがある」普段からしわがれている声が、さらにかすれていた。「だが、いいにくい……なかなかいえない」

「聞かせて、ルシウス」彼がなにかをいいよどむことなどあるのだろうか。

ルシウスは深呼吸した。「きみを愛してしまいそうだ。いや、取り消す。もう愛している。ヘイヴンに連れてこられて、はじめてきみに会ったときから」

嘘。涙で目がじんとした。四人ともルシウスたちがヘイヴンに連れてこられたときは、歩けなかったので担架にのっていた。瀕死の状態だった。重症のルシウスが診療所のベッドに横たわっていた姿を、ステラは忘れていない。かつてはたくましかった男が、死ぬ寸前まで痛めつけられた姿は、見ているだけで胸が痛んだ。キャサリンも死にかけて昏睡状態だったので、ステラとヘイヴンの看護師、パットとサルヴァトーレの三人が看護を引き受けた。

ステラ自身も、襲われたあとに四度の手術を受け、数カ月入院した。退屈しのぎに看護師の仕事を観察していたおかげで、仕事の呑みこみはよかった。

ベッドに寝ているルシウスのそばへ行くと、彼はつかのま目をあけた。「大丈夫、わたしたちがお世話するわ」ステラはささやいた。ルシウスはうなずいて、また眠りに戻った。

彼と目が合ったのは、そのときが最初だった。

それ以来、ステラはルシウスの世話をしてきた。同情からではない。とんでもない。半分は怒りだ。自分自身も彼と同じように、非道な暴力の標的となった。暴力を受けるのがどんなことかよく知っている。ルシウスのように、国に人生を捧げた英雄が、獣のようにつながれて痛めつけられた——それがステラの憤りを煽った。

だが、ルシウスの世話をしたほんとうの理由は、裸でヘイヴンにかつぎこまれた瀕死の男のなかに、以前の屈強で比類ない男がはっきりと見えたからだ。最初から、彼が勇敢で強い男であることはわかっていた。ルシウスは、強く勇敢で、明晰な男だった。ステラが美しかったように、彼も魅力的だったはずだ。それなのに、怪物の手に落ちてしまった。ステラはそこから立ちなおり、彼も立ちなおりつつある。ルシウスがもとの自分に戻ろうと努力しているのを見ているうちに、ステラは彼に心を奪われてしまった。

ルシウスはステラの顔に手をのばし、左眉から右あごまで走っているいちばん大きな傷を指でなぞった。六十四針縫わなければならなかった傷だ。幸い、目は無事だった。

ステラはとっさに身を引いた。抜糸して以来、そこに触れた者はだれもいない。

「大丈夫だ」ルシウスがささやいた。「大丈夫。落ち着いて。触れさせてくれ」少しざらついた彼の指が、白く盛りあがった深い傷の跡をゆっくりと何度もなぞった。

それは最初にやられた傷だった。ストーカーは完全にステラの不意を襲った。ステラのスタッフは、数年前からストーカーの存在を知っていた。だが、〝ステラが仕事に集中できなくなる〟のを恐れ、本人にはストーカーがいることを伏せていた。いや、自分たちがうまい汁を吸えなくなるのを恐れたのだ。ストーカーは、脅迫状や気味の悪い贈り物を送りつけ、威嚇の電話もかけてきた。それらはすべて、スタッフが遮断した。ステラが付き人だと思っていた男は、じつはボディガードだった。その男の死体が、寝室のドアの外で血の海のなかに横たわっていた。

その傷は、いちばん痛みがひどかった。ステラの顔と人生をふたつに分断したのだ。ルシウスの手は優しく、まなざしからは、彼がすべてをわかってくれていることが伝わった。ふたりは静かな部屋で向かいあって座っていた。ルシウスの指先が、ステラのこめかみからあごに走る悪夢の名残を何度もなぞる。ステラの目からこぼれた大きな涙の粒を、親指がぬぐう。

なぜかルシウスの瞳は、ステラをよくわかっている。そんな人はひとりもいなかった。ステラの名声は、周囲の人とのあいだに石の壁を築いていた。恋人たちすら、ステラの体をよろこばせることはできても、心には触れられなかった。どのみち、だれもステラの心に触れたがらなかった。いつもそうだった。

それなのに、壊れた顔と壊れた体を持つこの男は、ステラの心に触れた。

嗚咽が漏れ、あわててこらえた。ステラは泣いたことがない。泣くのは……まちがっている。

「泣かないで」ルシウスの低い声はとても優しかった。「まだ話は終わってない」

ステラはうなずいた。喉が詰まって声が出ない。

「きみを愛している、ステラ。きみにあげるものはなにもないけれど。自分自身、なにもない。立っているのもやっとで、仕事もない、ここ以外に住むところもない。部下とともに追われている身だ。逮捕されたら軍法会議にかけられる。いや、法廷までたどり着けないかもしれない。見つかったらその場で射殺されるだろう。おれには未来と呼べるものすらない。完全な男に戻ることもないだろう。でも、誓っていうが、だれよりもきみを愛している。いつかはおれも快復する。本気でそう信じている。ただ、今日明日で快復するわけじゃない。それでも――待っていてくれるか？」

力強く、傷跡だらけのいとおしい顔が、ステラにすべてをさらけだしている。不安をあらわにしている。黒い目がステラの目を見つめている。

いままでは涙がとめどなくあふれ、唇の上にたまっていた。ステラは空いているほうの手でルシウスの頬を包んだ。

「待たないわ、ルシウス」たじろいだ彼の手をきつく握る。「待つ必要がないもの。わたしはもうあなたのものよ」

「ジョンはエルの家で手がかりを見つけられるかしらね」キャサリンが、いいにおいのする湯気をまといつかせてバスルームから出てきた。時間の靄のなかから女神が現れたようだ。

まといつく湯気がきっかけで、時間の靄だの女神だの思い浮かべるとは。まったくなんてこった。マックは、ここ最近の自分の思考がまったくわからなくなっていた。BC――キャサリン以前のマックなら、絶対に考えなかったことだ。ところが、最近はこんなことばかり頭に浮かぶ。

キャサリンと出会ってからというもの、人生は変化の連続だ。とくに、彼女の腹の小さなふくらみ。目にするたびに、触れるたびに、胸のなかで心臓がどきんと跳ねる。おれの子ども。おれたちの子ども。キャサリンはマックの心であり命だが、子どもはこの世で唯一の血縁になる。それを思うだけで、マックは武者震いする。

キャサリンが悲しげな笑みを浮かべてベッドへ歩いてきた。アーカ製薬のまわし者に追われる恐怖をよく知っている者がいるとすれば、それはキャサリンだ。

マックは両腕を広げ、キャサリンを抱きとめて満足のうなり声を漏らした。世界は修復しようがないほど壊れてしまったが、妻を抱きしめると、精巧な機械がきちんと動いているような、カチッという音が聞こえるような気がする。

キャサリンのやわらかな褐色の髪をなでおろす。「今夜必要なものが見つからないとしても、明日徹底的に探す。みんなでいっせいにやる。大丈夫だ」

マックはキャサリンの笑顔を見おろした。うなずいた彼女の頭がマックの肩に触れた。

だが、キャサリンは納得していない。巨大な多国籍企業にたった数人で立ち向かわなければならないのだから無理もないが、その数人は最強だ。それに、秘密兵器がふたつある――キャサリンとエルだ。

ふたりは山ほど学位を持った秀才だし、やる気満々だ。

「あなたとニックとジョンには感謝してる」キャサリンはマックの顔を見あげ、火傷の跡がある頬に手を添えた。彼女に触れられると、いつものようにそこからふわりと温かくなり、元気が出てきた。それだけではない。キャサリンは、マックのなかで急に湧きあがってきた欲望を感じて目をみはった。別に変わったことではない。キャサリンとふたりきりになると、決まって下腹のあたりがそわそわしてくるのだから。

いまみたいに。

キャサリンは妊娠しているし、診療所で忙しく働いているので、マックは欲望に蓋をかぶせようと懸命に努力している。せめて勃起しないようにしなければならない。自分の自由にさせたら、というか、股間のものに好き勝手させたら、キャサリンは一晩じゅう、それどころか昼間の大半もベッドで仰向けになっていなければならない。だが、マックはキャサリンを心から愛しているので、欲望を覚えるたびに従わないようにしている。キャサリンに拒まれたことはないが、マックもいまでは彼女の気持ちを読めるようになっている。彼女が疲れているときは、美しいシルバーグレーの目の下に隈ができ、象牙色の肌がますます白くなる。そんなときは、マックは絶対に手を出さない。キャサリンが仕事に没頭しているときも、邪魔しないようにする。

いま、キャサリンはまちがいなく不安を感じている。マックは彼女の眉間のしわを親指でなでた。「やるしかないからな」優しくいった。「とくにニックはそうだ。あいつはひとりで行かなければならないとしても行く。そんなことはさせられない」

キャサリンが心配するのも理解できた。見知らぬ人々のために命を賭けるわけだ。捕まれば死ぬ。それは百も承知だ。だがそれよりも、マックたちが捕まったり死んだりするようなことがあれば、ヘイヴンも死ぬ。それも、穏やかな死ではない。マックたちのまわりに集まってきた小さなコミュニティは、マックにとっても、コミュニティの全員にとっても、かけがえのないものだ。みんな完全な自給自足を目指して行動しているとはいえ、やはりゴースト・オプスが盗んでくるものや、外の世界から持ちこむものに、まだまだ頼らなければならない。コミュニティを守り、方向づけるのは、ゴースト・オプスだ。マックたちがいなくなれば、ヘイヴンは崩壊する。

そして、マックの子どもは父親なしで育つことになる。

マックはその考えをすぐさま握りつぶした。キャサリンにすぐ伝わってしまうのだから、そんなことは考えてはいけない。

「あの人たちを救出するのは、必要なことよ」キャサリンが静かにいった。「疑いの余地はない。ニックのためだけじゃないわ、わたしたちのためにもね」マックの顔を探るように見た。「これは必要なこと。強い予感がするの」

キャサリンが強い予感を覚えるときは、その予感はかならず当たる。だが、いま彼女の予感は不安をともなっているらしい。また眉間にしわが寄り、口角がさがった。

マックは特効薬を持っている。「強い予感?」

その口調に、キャサリンはピンときたようだ。首をかしげ、険しい目でマックをにらんだ。

「マック」

マックは眉をひょいとうごかした。「おれも強い予感がするんだ。ほら」彼女の手を取り、股間に置いた。ああ、まただ。半分硬くなっていたペニスが、いつものように彼女のすばらしい温もりを感じると、鋼のように硬くなった。「感じるだろう」

キャサリンの手がペニスを包んだ。「そうねえ……すごく感じる」とつぶやく。

マックはキャサリンの手に腰を押しつけた。「だろ。強い予感がするから、なんとかしてくれないか。ほかのやつらのことは忘れて。おれを助けてくれ」

キャサリンは笑い、マックの顔を引き寄せてキスをした。キャサリンはうれしそうだった。マックの思惑どおりだ。

任務完了。

「彼女を連れ戻す」ニックの静かな宣言に、エルは驚いて彼を見た。過保護なニックのことだから、たぶんセックスで気をまぎらしてくれるものと思っていた。自分はどうやらそれで簡単に元気を取り戻すようだ。とにかく、ニックが相手なら。ところが、ニックは核心に斬りこんできた。

「ええ、そう願ってる」エルは両手の指をからめて、ぱっと離した。子どものころからの癖だ。「ソフィが囚われてると思っただけで耐えられない。ソフィはいい人なの。優しくて、善良で」ニックの顔を見あげた。

彼の表情は優しかった。「わかってる。きみやキャサリンのように、いい人なんだろう。ジョンとマックとおれは、一度も任務に失敗したことがないといったら、気が楽になるか？例外は、はめられたときの一件だけだ」

エルはほほえんだ。「ええ、楽になったわ」ほんとうだった。同僚と親友を救出できるのは、世界でニックだけだ。彼の友人たちの助けがあれば大丈夫だ。友情の糸が救いの糸をつむいでいる。

ふたりはベッドに座っていた。エルはニックのたくましい肩にもたれた。体を触れあわせると、気持ちが落ち着く。ニックはエルの手に手を重ね、指をからめた。

「見せたいものがあるんだ」ニックが耳元でささやいた。

「わたしの気をまぎらせようとしてる？」

「それもある。でも、それよりきれいなものを見せたいからだ。きれいなものに気づくには時間がかかるものだろう」

エルは首をひねり、目を丸くしてニックの顔を見た。ニックはいつから哲学者になったの？

ニックがにんまりと笑った。「そんな顔で見るな。おれは動物じゃないぞ」

エルは空いているほうの手でニックの頬を包んだ。「ええ、そうね」たしかに、ニックは完全な人間だ。新たに見えたニックの一面は、エルの心に衝撃を与えた。彼の顔には新しいしわができていて、疲れて見える。彼もマックもジョンも、追われているのに、自分たちの安全よりコミュニティを守ることに心を砕いている。

彼はエルの問題を丸ごと背負ってくれたのだ。それがあまりにも自然だったので、たったいまエルはそのことに気づいた。

ニックには体が惹かれるだけでなく、強い感情をかきたてられ、エルは目がくらみそうだった。それまで彼のことは、ただの人間ではなく超人だと思っていた。けれど、彼はただの人間でもあったのだ。疲れることもあるし、落胆することもある。軍人としての人生が穢されたときは悲しんだかもしれない。自分たちを頼っているヘイヴンの人々に対する責任を重く感じているかもしれない。

けれど、決して外には見せない。

いま、エルはひとりの人間を目の当たりにしている。たくさんの強みと、少しの弱みを持つ人間を。エルはその弱みのひとつなのだ。

「見せて」エルはささやいた。ニックがきれいなものを見せたいというのなら、ぜひ見たい。

「ああ。覚悟しろよ」

ニックが手をのばしてなにかを押した。エルの息は胸のなかで止まった。

部屋の壁が……消えた。親切な魔法使いが、ベッドを森のなかへ一瞬で移動させてくれたかのようだった。ふたりのまわりにあるのは、月光に照らされた雪景色と、雲の隙間に垣間見える明るい月だけだった。先ほど雪が降ったが、もっと降るという予報が出ている。だがいま、森は静かで平和だった。不完全な世界のなかで、絵葉書のように完璧だ。

「気に入ったか？」耳元でニックの低い声がし、エルは身を震わせた。なにもかも……大きすぎて圧倒される。景色の美しさも――魔法で移動したベッドの周囲の森は魔法のように美しい――そして、かたわらの人への愛も。そして、このはぐれ者のコミュニティに感じはじめた強い愛着も。

「気に入ったわ。どうしてこんな――」耳の後ろの敏感な場所にキスをされ、最後までいえなかった。ニックの手は、太ももをなでながらナイトガウンをめくりあげている。

「んーん」ニックが満足そうな声を漏らした。彼の裸の胸が振動するのを背中に感じた。

ニックはいつも裸で寝る。エルはちょっと困る。彼は誘惑が服を着て歩いているようなものだから。裸だとあらがえない。

「どうしてこんなふうに壁が消えるの？」いくらニックでも、これは普通ではない。いくらヘイヴンでも。

「消えたんじゃない。モニターになったんだ。これはヘイヴンの周囲に設置した監視カメラが撮ってる映像だ。ここはおれの気に入ってる場所でね。あとで、きみの好きな場所も映るようプログラムしよう。これはリアルタイムの映像だが、録画したものも見ることができる。朝日とか日没とか」ニックの手はエルの芯を見つけ、ざらついた指が円を描いた。エルはニックの肩に頭をあずけた。「きみの望むままだ」

「すごい」

「え？　これが望むことか？」太い指がすべりこんできて、エルはわななかいた。十分前は、セックスをするつもりなどなかった。くたびれているし、緊張して不安だった。でも、そのときはそのとき、いまはいま。不安も緊張もエルのなかから出ていった。たぶん、外のすばらしい景色のなかで渦を巻いている。なくなってはいない。でも遠くにある。もちろん、いずれ戻ってくるけれど、いまは自分の体が感じることに集中すればいい。背中にぴったり添う彼の体、情熱をかきたてる彼の指に。

ニックが軽く歯を立てた。痛くはないが、エルは感電したかのようにびくりとした。肌が粟立ち、脚のあいだが濡れ、もっとひらいていくのを感じる。

「それでいい」ニックが耳元でささやき、エルはまた体を震わせた。「ほかのことは考えるな。おれがしていることだけに集中しろ」指がすべりこみ、出ていき、さらに奥へ入ってくる。「ほかのことは忘れろ」

「考えるといえば……」

親指でクリトリスを丸くなでられ、エルは跳びあがった。腕の縛めがきつくなる。勃起したペニスが背中をつついているが、ニックが入ってくる気配はない。ひたすらエルを抱きしめ、舐めて歯を立てる。そのあいだも、彼の指はすっかり濡れそぼった部分を愛撫し、吸いつくような音をたてている。快感が渦を巻きながら一点に収縮していく。最後に親指でひとなでされた瞬間、エルは限界を超えた。オーガズムに呑みこまれ、いつまでも彼の指を締めつけた。

「ああ」ため息が漏れた。

「考えるといえば？」耳元で低い声がした。体がぞくりと震える。

「え？」

「考えるといえば。きみがそういっただろ」

ええと。考えるといえば。いまとなっては意味がない。体の全細胞が満ち足りてふくらんでいる。またため息が漏れた。

ニックが肩で背中を押してきた。「なにかいいかけてたんじゃないのか」

「ええ。でも忘れちゃった」

「集中してみろ」

集中。いうは易し、おこなうは難し。彼の手で胸をすっぽりと覆われていては無理だ。でも、なにか大事なことだったような気がする――「あ」

「なんだ？」

エルは振り返り、ニックの頰に手を添えた。無精ひげがちくちくした。

「剃らなくちゃな」

「ええ、でも、それをいいたかったんじゃないの。キャサリンがいってたわ、すごくすごくいいセックスが力を増幅させてるんじゃないかって。たぶんキャサリンとマックのことだと思うけど。セックスのおかげで、少しテレパシーが使えるようになったって。とくにマックには」

ニックの笑みが大きくなった。「へえ、セックスが？」

「すごくすごくいいセックスがね」エルは取り澄ましていった。

「確かめてみよう」ニックは脇へどき、エルをベッドに横たえた。片方の手でエルの頭を支えてキスをしながら、もう片方の手で脚のあいだをなでた。そこは恥ずかしいほど濡れている。ニックは指で円を描き、奥へ侵入した。オーガズムの名残で、エルは過敏になっている。

感じやすい部分をざらついた指でなでられると、ほとんど電撃のような快感が走った。

ニックは手をどけ、エルが抗議するより先にペニスをつかませた。ああ、なんてさわり心地がいいのだろう。硬くて熱くて、ベルベットのようになめらかで。エルは手を上下に動かし、その効果を感じた。ニックは息を荒くし、エルの唇をむさぼる。背中の引き締まった筋肉がますます硬くなった。

「きみのなかに入りたい」ニックはキスをしながらささやいた。

エルは脚をもっと広げ、ニックを導いた。熱くて硬いものが奥へすべりこんできた瞬間、大きな声をあげそうになった。ふたりはしばらくそのまま動かなかった。動いたら、感覚がショートしそうだった。

ニックは上体を起こして両腕をつき、エルの瞳を見つめながら動きだした。最初はゆっくりと、エルの顔のすみずみを見ながら動く。エルもニックを見つめ返した。ニックをよろこばせているのを確かめながら、自分も蜂蜜のようにとろりとしたよろこびを味わえるなんて、すばらしい気分だ。エルはニックの腰のくぼみの上で足首を組み、たくましい筋肉に肌をこすられ、なかをこすられるのを楽しんだ。

エルはニックの汗ばんだ肩に口づけしたまま目を閉じた。愛してる、ニック。そう思ったとたん、ニックが不意に動きを止めた。

目をあけると、衝撃で呆然としたニックの顔が見えた。瞳に奇妙な光が宿り、頬骨のあたりが引きつっている。首の筋も緊張して張りつめていた。

「おれもきみを愛しているんだ、エル」ニックがいった。エルは驚きに手を口にあてた。きみの言葉が聞こえたんだ。頭のなかで。ニックの声が聞こえた。エルの頭のなかで。わたしも聞こえたわ。

ニックはエルに激しくキスをし、荒々しく突きこんだ。エルの体のなかへ入りこもうとしているかのように、エルと一体になろうとしているかのように、容赦なく性急に突いた。いまよ、ニック。

ニックの動きがさらに激しくなった。ふたりはたがいにしがみつき、同じ激しさでのぼりつめた。エルは自分のなかが収縮してニックを締めつけ、もっと奥へ引きこもうとしているのを感じた。

汗ばんでぐったりとしたニックの体がのしかかってきた。きつく抱きしめられ、息もつけない。

頭のなかでおやすみという声がして、エルは眠りについた。

眠りは親しい友人のようにエルを包み、エルはその抱擁のなかにいつまでもたゆたっていた。あざやかで非現実的なイメージが次々と花ひらいた。夢だ。

やがて——やがて、エルは夢を見た。

エルは空間と時間のくびきから解放され、純粋な存在となって空高く飛んでいた。感情はなく、ひたすら目的地に向かって矢のように飛んでいく。港のそばの街へ、目に見えないケージへ向かって。モンスターに囚われている友人たちの絶望した顔、顔、顔。みんな望みを失い、エルを呼んでいる……。

エルはベッドの上でさっと起きあがった。ニックも目を覚まし、真顔でエルと向きあった。

「みんなの居場所がわかったわ」エルがいうと、ニックもうなずいた。

パロアルト

ジョンは、エルのアパートメントから一ブロック離れた茂みにひそんでいた。携帯モニターをチェックする。暗視ゴーグル越しに、ジョンだけに見える特殊モニターに映像が映っている。発光しないので、だれにも気づかれない。

映像は、頭上を飛んでいるドローンが送ってくる。まず、自分の姿を探し、どのカメラにもとらえられていないことに満足した。裸眼ではもちろん見えず、赤外線カメラとサーモグラフィの映像にも映っていない。頭からつま先まで、一般には出まわっていないステルス・スーツに包まれているからだ。本来ならジョンも手に入れられないものだ。ジョンはテキサスの軍事施設からこれをいただいてきた。

ドローンの映像からは、近隣にひとけがないことがわかった。女性科学者がひとりで自宅に帰ってくるのを待ち構えている監視役たちの姿はない。残念だ。一戦交えるのを楽しみにしていたのだが。

敵は、大佐と世界一のチームメイトを痛めつけた連中だ。ジョンはしばらく息を止めて怒りを静めた。怒りにかられるとろくなことがない。ところが、落ち着いたと思ったとたん、エルの友人ソフィの顔が脳裏にひらめいた。

彼女はキャサリンやエルと顔立ちはちがうが、どことなく似た雰囲気があった——知的で優しそうで、誠実そうだった。人のために働く者の顔。なによりも美しかった。この世界では、あんな女性はなかなか育たない。それなのに、彼女は囚われている。

あの女性もルシウスのような目にあうのだろうか——研究室の鼠のように、痛めつけられて死んでしまうのか。

許せない。

ふたたび息を止めて気持ちを落ち着かせた。意外だ。自分は自制心の塊なのに。自分が周囲にどんな顔を見せているか、よくわかっている。のんびりしてクールで不まじめ。マックとニックは——まあ、軍人らしく見える。タフで冷静で、威圧的。ジョンはちがう。愛想のよいご機嫌な顔を、努力して作りあげてきた。ジョンを知らない者は、きっとドラッグを決めているのだろうと勘違いするかもしれない。そんな連中は、ジョンがどんなにドラッグを憎んでいるか知らない。何人もの命を奪ってきた軍人だということにも気づかない。

ジョンはいつも熱くなりすぎないように気をつけている。やるべきことはやるが、聖戦の戦士を気取っているわけではなく、ゴキブリをたたきつぶす害虫退治業者のような気分でやっている。

ところが、大佐とチームメイトを拷問した連中にソフィ・ダニエルズが囚われていると思うと、クールでも無関心でもいられなかった。白熱の激しい怒りを感じ、目の前がゆがむほどだった。ばか、しっかりしろ。感情に溺れたら、だれも助けられない。エルの美しい友人が台に縛りつけられ、切られ、痛めつけられるのを想像してはだめだ……。

くそっ。

ゴースト・オプスでは自律神経系をコントロールするすべを教わった。狙撃手は心臓の拍動すら遅くできなければならない。ジョンはさらに一分間、しゃがんだまま目を閉じ、深くゆっくりとした呼吸を繰り返して動悸をしずめた。努めてソフィ・ダニエルズのことを頭から追い払った。

よし。

彼女を捕らえた連中を捜し出し、心臓をえぐり出すために。

ジョンは目をあけ、レーザー光線のように目標へ向かって飛び出した。

一帯はアパートメントの多い一角で、静まりかえっていた。茂みから樹木へ、そこから車へ、だれにも見られずに移動する。どんな監視カメラにも映っていない。エルのアパートメントが視界に入ると、足を止めて携帯モニターをタップした。ジョンみずから発明したものだ──アパートメントの周囲に起爆装置やトリップワイヤーが隠されていても、かならず感知する。半径五百メートルになにも映っていないのを確かめ、ジョンは前進した。

もう急いでも大丈夫だ。アパートメントの玄関のセキュリティを突破し、階段で二階へのぼる。エルの部屋の鍵は取るに足らないしろものだったので、ジョンはさっさと解錠してなかに入った。

キャサリンの部屋が荒らされたように、ここも荒らされていた。ただ、科学的といってもよいほど、手際のよさが感じられた。割れるものはひとつ残らず割れ、やわらかいものはすべて切り裂かれ、電子機器はたたき壊されていた。

まあ、エルは二度とここには帰ってこない。部屋のドアは永遠に閉ざされたままだ。エルはニックとともにいるし、ニックはもはやヘイヴンの一部だ。ジョンは室内の写真を撮り、危機管理室へ送信すると、バスルームへ向かった。案の定、目的のものはシンクの上にあった。エルの腕に埋めこまれていた追跡装置だ。ここを荒らした連中が、ちゃんと置いていってくれた。これは連中をエルのもとへは連れていかなかった。無人のバスルームに連れてきただけだ。

ジョンはキャサリンから借りたピンセットでチップをつまみあげると、しげしげと眺め、チップからのびている触手に血と肉片がこびりついているのを見て顔をしかめた。取り出すときは死ぬほど痛かっただろう。

チップ本体は非常に小さく、硬い素材でできていて、見たところひらくようにはできていないようだった。信号を発するのはたしかだが、データを移すためのソケットかなにかがあるはずだ。ジョンはゴーグルのすぐ前までチップを持ちあげ、ゴーグルの脇をタップして顕微鏡モードにした。ああ！　やっぱりあった。極小のソケットだ。よし！　これでくそったれどもを捕まえられる。

手持ちの極細の光学繊維ケーブルをピンセットでつまみ、ソケットに差しこんでダウンロードを開始した。たちまちモニターにデータが現れはじめた。最初のデータは三カ月前のもので、エルのあらゆる身体的データを網羅していた。最後に、この追跡装置をほかの装置と接続するパスコードが表示された。ソフィを含め、ほかのかわいそうな十人に埋めこまれた十個のチップに接続できた。六個はもはや作動していない。その六人は、おそらく殺されてしまったのだろう。

ジョンはGPSのマップに生存している四人のデータを上書きすると、そのまましばらくモニターを見つめていた。息を吸っては吐く。落ち着いた声が出せるようになってから、通信ユニットをタップした。

「居場所がわかったぞ」

13

サンフランシスコ

日の出まで三時間を残した午前五時、ヘリコプターは地上四十階建てのアーカ製薬本社屋上に、音もなく降り立った。雪はやみ、空は晴れていたが、ニックはだれにも見られていないと確信していた。マーケット・ストリートにいる者が夜空を見あげ、星座の一部が真っ黒に切り取られていることに気づかないかぎり大丈夫だ。いや、気づいても、雲がよぎっただけだと勘違いしたかもしれない。やけに速い雲だな、と。

ジョンがパロアルトからヘリでブルー山へ戻り、全員を乗せてサンフランシスコへ飛んできた。途中、カウホロウのレンタル倉庫の上でホバリングし、マックが降下した。マックは倉庫に保管してあった黒いワゴン車を運転し、アーカ製薬本社の入っている白く細長いビルの入口につける手はずになっている。生きているエルの友人たちは、そのビルのどこかにいるはずだった。

ビル内部の様子はまったくわからなかった。ジョンがセキュリティシステムに侵入できなかったのだ。こんなことははじめてだった。手元にあるのは、市庁舎に保管されているビルの建築図面だけだ。

つまり、バッテリー・ストリートに立つビルは、情報収集という点では難攻不落だった。とにかく侵入して、うまくいくことを願うしかない。

ゴースト・オプス史上、もっとも行きあたりばったりの侵入計画だ。だが、選択肢はほかにない。

エルは薬で眠りについた。アーカ製薬本社で待っている、ニックとはテレパシーで交信する、といいのこして。彼女がそういっても、マックもキャサリンもまばたきひとつしなかった。エルがコンタクトできなくても、ニックとジョンのふたりで囚われの人々を捜し出し、なんとしても脱出するつもりだ。いざとなれば、マックも合流する。

これは自殺行為なんかじゃない。断じてちがう。ニックは何度も自分にそういいきかせた。

ちらりとジョンを見やる。これはいかにもむこう見ずなジョンの好きそうな任務だから、きっとおもしろがっているにちがいないと、ニックは思っていた。ところが、ちがった。ジョンの厳しい顔つきに、ニックは驚いた。

ニックはやみくもに突入するのが嫌いだ。マックやジョンもそうだ。情報が少なければ、失敗する可能性も高まる。失敗とは、無残な死と同義語だ。ジョンはビルの設計図面を手に入れたが、図面にのっていない階もあった。それは違法だ。サンフランシスコの建物検査局に保管する建築図面には、完全な意匠図と設備図を入れなければならないのに、アーカ製薬は賄賂を使ったのか、複数の階の図面が白紙のままだった。電気の配線さえわからない。しかも、ビルに地下はないことになっている。キャサリンとエルの話とは矛盾する。ということは、秘密の地下階があるはずだ。

何階分だろう？

知ったことか。

ニックは歯を食いしばりすぎて、こめかみが痛くなった。愛する者が待ってくれているのに、戦闘へ赴かなければならないのがこれほどつらいとは、いままで知らなかった。ゴースト・オプスがなぜあのような顔ぶれになったのか、いまさらながらよくわかった。念入りにふるいにかけられ、故郷で待つ者がいない人間だけが選ばれている。女もいない、子どももいない、ペットの犬や金魚すらいないことが条件――いまなら骨の髄まで、その理由がわかる。

帰りたい、自分の帰りを待っている者を抱きしめたくてたまらないという気持ちは、作戦行動中に集中力を欠く原因になる。作戦行動中に集中力を欠くとは、おのれの頭に銃口を突きつけ、引き金を引くようなものだ。

まずい。

いつも戦闘準備がととのっているかどうかは、身体能力にかかっている。トレーニング、射撃、またトレーニング、また射撃——反射的に動き、考えるより速く反応できるようになるまで、これを繰り返す。

だが、考えないわけにはいかない。作戦行動開始前のブリーフィングでは絶対に予期できなかった方向へ絶えず状況が変化していくなかで、次にどう動くか考えなければならない。戦闘プランなしでは、敵との衝突を生きのびることはできない。災難は起きるものだ。そして、そんな状況にも慣れる。

頭のなかは作戦だけにしておかなければならない。ほかのことは締め出さなければならない。青白い顔のエルを残してきたことは忘れろ。エルは全力をつくして——キャサリンがマックのために全力をつくしているように——勇敢で楽天的であろうとしている。ニックが帰ってこないのではないかと心配しながらも。

いまいましいのは——自分も同じ心配をしていることだ。

またしてもまずい。

戦う男が頭をひっかきまわされるようなことを考えてどうする。真剣に任務に取り組まなければだめだ、死ぬ覚悟で。

いや、死ぬ覚悟などできていない。少しもできていない。寿命がつきるまでエルと一緒にいたい。ブルー山のヘイヴンで。もうすぐヘイヴンは完全な自給自足体制を作りあげ、壊れた世界に背を向けて、閉じた空間で幸せに暮らせるようになる。寿命がつきるまでエルと一緒に暮らす――そうとも。彼女の隣で目を覚まし、一緒に食事をし、一緒に眠るんだ。

エルを抱くんだ。

その思いに、ニックはぎょっとした。ひとつには、体内に熱いものがすさまじい勢いで広がったせいだ。そしてもうひとつ、自分がエルをただ抱いていたのではなく、彼女と愛を交わしていたことにはじめて気づいたから……。

なんてこった。そういうことだ。自分は一生、そうしていたいんだ。

エルがほしい。エルが必要だ。
ニ、ニ、ニック……。
「屋上のドアがあいてるぞ」ジョンのそっけない声がニックの哀れな脳内パーティをぶち壊した。ニックはわれに返り、心の準備をした。

屋上を注意深くチェックしながら、暗視ゴーグルの絞りを調節した。頭上四・五メートルの空中に突き出たポールの先で航空障害灯が輝き、その光がまぶしかった。
ニ、ニ、ニック……。
屋上は平坦な緑色だった。ニックは屋上の四分の一の範囲に視線を走らせた――視野の四分の一を確認してまばたきし、隣の四分の一を確認する……。

あった。屋上のドアだ。ジョンのいったとおり、あいている。

振り返ると、ジョンと目が合った。おかしいな。声に出していったも同然だった。

ニック。なにかが変だわ。

ニックはエルがコンタクトを試みていることに気づき、はっとした。みごとにやってのけたのだ。エルは、ニックたちがアーカの屋上に着地したころには眠っているようにするといっていた。

ニック……。

つかのまニックは、自分がセキュリティの厳しいビルの屋上にいて、どこにどんな状態で閉じこめられているのかもわからない四人を救出にいくところだということを忘れた。もう大丈夫だ。エルがここにいる。

いまではエルを完全に感じる。優しい手になでられているように、頼りになる温もりが頭のなかにある。

「エルとつながった」ニックはジョンにいった。

ジョンの口元が引き締まった。「ほんとうか？　なんていってる？」

「なにかが変だと」

ジョンの反応は、こんなときの常套句、〝そんなこたあ、わかりきってる(ノー・シット・シャーロック)〟だったはずだ。だが、口にはしなかった。ジョンはなにもいわなかった。ふたたび口元を引き締めただけだ。

ふたりは二手にわかれ、武器を手に屈んで屋上のドアへじりじりと近づいた。あいたドアがトラップでも、ひとりは生き残れるだろう。

エルもニックの頭のなかにいた。ニックの邪魔をしてはいけないと直感で理解しているのか、完全に沈黙している。

ふたりはドアにたどり着いた。ドアはほんの少しだけあいていて、そのむこう側は暗かった。ジョンは右側で腹這いになり、武器をかついだ。ニックはしばし待ち、ドアのむこうから音がしないか耳を澄ませた。

そこにはだれもいないわ。頭のなかでかすかな声がした。

成功させたいのなら、エルを信用しなければならない。

ニックはドアを蹴り、階段に雨水が浸入しないように設置された背の高い防壁を跳び越えると、ほとんど音をたてずに着地し、武器を構えた。敵に対面する準備はできていたが——。

だれもいない。

階段にはだれもいない。エルの声はあやふやだった。当惑しているのだ。

ニックは手すり越しに、ずっと下までつづいている階段を見おろした。踊り場に非常口のランプがぼんやりともっているが、なんの役にも立たない。下のほうは見えなかった。

アーカ製薬の本社は二十二階から一階までを占めているはずだ。

ニックは武器を構えた。ジョンとふたりで息を合わせて動きだす。ニックは慎重に階段の縁を踏んでおりながら、階下からの銃撃に備えた。ジョンはニックと背中あわせになり、上からの攻撃に備えた。ふたりとも武器のトリガーボタンに指をかけている。このスタンガンは、瞬時に実弾を発射する銃に変えることができる。

行くぞ。

二十二階のドアも、少しだけあいていた。二十三階まではすべてのドアが閉まっていて、脇の壁にキーパッドがあった。今度もニックが先立ち、ドアの隙間に銃口を差しこんでゆっくりと押した。

なんだこれは！　男が床に倒れ、頭のまわりに血だまりができていた。白いシャツに黒いパンツという格好で、どうやら事務職らしい。横腹を下にして、片方の腕をありえない角度で曲げていた。

男の喉は切り裂かれていた。なにかに——だれかに？——喉の大部分をちぎられ、そこから大量に出血したようだ。

い、い、死んでるわ。

ニックは頭のなかでエルにうなずいた。ああ。二本指で大動脈に触れなくてもわかる。

ジョンと目を合わせた。
ニ、ニック！　後ろ！　エルの声が頭のなかで叫んだ。ニックがくるりと振り返ったそのとき、すさまじい雄叫びをあげて大きな獣が襲いかかってきた。顔中を血まみれにし、両手をニックのほうへのばしている。それは突然ジャンプし——。
どさりと床に倒れた。頭の半分を銃弾に吹き飛ばされていた。ニックは昔ながらの銃弾が好きだ。

「なんだこりゃ!」ジョンのしわがれたささやき声が聞こえた。ふたりとも片方の膝をつき、次の襲撃に備えたが、なにも現れなかった。ニックは、先ほど襲いかかってきた男を観察してから、ゆっくりと立ちあがった。さっきはよくわからなかったが——撃ち殺すのが精一杯で——いま死体のそばへ歩いていって見てみると、男は血まみれで——うわ。ニックは屈みこんだ。こいつがくわえてるのは、人間の耳じゃないか？　攻撃してきたときは、歯と鉤爪が目立っていたが、血糊と歯にはさまった耳がなければ、月に二度、ゴルフのコースをカートでまわり、その後クラブのレストランでたっぷりランチをとるような、太った管理職に見える。

男はでっぷり肉がついていた。かつては白く、いまは赤く染まったシャツは、腹のあたりのボタンがはちきれそうだった。髪は薄い。スーツは上等で、靴は磨いてある——それなのに、ヒグマのように襲いかかってきた。

ニ、ニック……。

なんだ？　ニックは上の空で返事をした。大企業の幹部クラスの社員ふたりが、ひとりはおかしくなって、もうひとりは……もっとおかしくなった？　ニックはひとり目の顔をつま先であちこち転がしてみた。ふたり目の男がくわえていた耳は、ひとり目の男のものではなかった。だれか別の人間の耳だ。

つまり、こいつがなんにせよ、まだほかにいる。

ニック、エレベーターで地下二階へ行って、早く。エルの声が少し大きくなり、切迫した響きを帯びてきた。

ニックはジョンのほうを向いた。「エルがエレベーターで地下二階へ早く行けといってる」

ジョンのことはそれほどよく知らない。ケンブリッジ研究所でくその雨が降ってきたのは――あの研究所は、いまふたりにくその雨を降らせている会社の傘下だった――ニックがゴースト・オプスに入って三度目の任務中だった。ともに戦い、ともに生きて帰ってくることを何度も繰り返して、絆が結ばれる。たった二度の任務のあと、三度目は最悪の結果に終わったのだから……ジョンはニックを信頼していないかもしれない。

だが、ジョンはためらわなかった。

ふたりはエレベーターへ走り、ニックは地下二階のボタンを押した。照明が点滅し、不意に消え、また明るくなった。

「なんだ?」ジョンがいった。

ニックはかぶりを振った。わからない。

急いで。頭のなかでエルのささやき声が聞こえた。

カチッという音につづいて、マックの声がした。「位置に着いた」

ニックは耳元をタップした。「了解」へイヴンに切り替える。「キャサリン。エルはどうしてる？」

エルの精神は、ニックには説明できないが、嘘やまやかしではないことはわかる方法でここにいる。だが、体はヘイヴンに残り、昏睡状態にある。ニックは、キャサリンにまかせておけばエルは大丈夫だと頭では理解しているが、心では心配していた。こっちにいるエルは撃たれたり殺されたりすることはないが、ニックを骨の髄まで不安にさせるなにかが起きているような気がした。ここは邪悪な感じがする。これまでも闇の力が支配する場所には、何度となく足を踏み入れたことがある。憎悪と権力への欲望が強い動機となる場所なら、ニックも対処できる。戦士とは人間の最悪の部分と直面し、戦うものだ。戦士が戦士たるゆえんだ。

だが、ここで起きているなにかは、ニックを死ぬほど不安にさせる。エルには、ここではなく遠くにいてほしい。ここにいるのは体ではなく精神だが、それでもやはり気になる。

キャサリンの落ち着いた優しい声が聞こえた。ジョンが反応しないので、キャサリンはニックだけに聞こえるチャンネルに切り替えたようだ。「エルは大丈夫。バイタルは安定してるわ。わたしがついてる。エルが目を覚ますか、あなたたちが帰ってくるまでそばを離れない」

体の緊張がほぐれた。キャサリンがエルのそばにいてくれる。

わたしのことは心配しないで。頭のなかの声は厳しかった。集中して。ぐずぐずしてはいけないわ。一瞬の沈黙があり、エレベーターが地下二階に到着し、チャイムの音が鳴ったとき、ふたたびエルの声がした。ふたり……二匹。ドアのすぐ外にいる！

ドアがひらく前に、ニックはジョンの肩をたたいてしゃがんだ。ジョンもつづいた。「二匹。気をつけろ」ニックがささやいた直後、ドアがひらいた。ニックが右、ジョンが左になって前進する――。

なんてこった！

そこは大量殺戮の現場だった。

廊下に死体が散乱している。どれも血痕のついた白衣を着ている。あたりは血の海だ。ナイフではなく、素手で引き裂かれたとおぼしき死体もある。

生臭い血のにおいと、ツンとする尿のにおい、明らかにわかる便のにおいが混じっている――暴力による死のにおいだ。

リノリウムの床は血でぬるぬるし、白い壁も血まみれだ。天井も飛び散る血で汚れていた。

ニック！

ふたり……二匹が曲がり角のむこうからいきなり現れた。返り血を浴び、口をあけて両手を鉤爪の形にしている。兵士並みに突進してくるが、二匹は兵士ではない。ニックとジョンはためらった。どう見ても、普通の市民だからだ。いや、市民だったというべきか。

以前は白かったのが、いまは血でこわばっている白衣を着た男女だった。女は若いアジア系で美人だ。というか、美人だったらしい。いまの彼女は生じたばかりの怒りに顔をゆがめ、叫びながら廊下を走ってくる。遅れて走ってくる男はやせていて、やはり血に染まった白衣が膝のまわりでぱたぱたはためいている。薄くなった髪が逆立って目の上にたれ、よたよたした男の足取りに合わせて跳ねた。

「くそっ」ジョンがつぶやいた。男は走っている——走ろうとしている。足首が折れているのに。折れたのがわかっていない、痛みを感じていない。感じているのはなまなましい怒りだけで、力のかぎり走りながらニックとジョンへ向かってくる。

男女の目に人間らしさはなく、瞳孔が虹彩の際まで広がっているので、瞳が真っ黒に見えた。女は死を告げる妖精バンシーさながらの金切り声をあげ、指を鉤爪のように曲げて跳びあがった。

ニック……。

ジョンが女を、ニックが男を撃った。二匹の頭のまわりに血しぶきが赤い後光となって広がる。二発がほとんど同時にそれぞれの標的に命中し、銃声は一発だったように聞こえた。

廊下の先を右へ行って。

「廊下の先を右だ」ニックはいった。声が震えないようにするのに骨が折れた。

ニックとジョンはすばやく視線を交わし、前進した。脳が床や壁に飛び散ってしまった女をまたぐ。その両手は、まだ鉤爪の形に丸まっていた。あおむけに倒れ、後頭部から血を流している男の足首は、ぐちゃぐちゃに砕けていた。白い骨がグレーのソックスを突き破り、足はほんの皮一枚でつながっているだけで床に転がっていた。

その人の社員証をもらって、
ニックは屈んで白衣のポケットから社員証をはずした。小さいが鮮明なホログラム写真には、人のよさそうな笑みを浮かべた、働き盛りの中年研究者が写っている。ニックは、男のゆがんだ死に顔を見おろした。本人とホログラムを見比べなければ、同一人物だとは思えなかっただろう。

急いで。

ニックはおぞましい恐怖をしまいこみ、任務に集中した。戦地でさんざん恐ろしい目にあったが、これはまちがいなく最悪だ。まったく普通の研究者が、突然獰猛な野獣に変わってしまうとは。

手を前方に振りあげ、それから右を指し、ジョンと駆け足で進みはじめた。走りながら、ふたりとも空気のにおいを嗅いだ。なにかが燃えている。ふたりは全力で走りだした。火災の起きた地下に閉じこめられるのは悪夢だ。ケンブリッジで経験しているニックとしては、二度と同じ目にあいたくない。

角を右に曲がると、長い廊下の先は行き止まりになっていた。ドアはない。エレベーターもない。死体がないのは幸いだ。ふたりはペースをあげた。社員証で壁のどこかがひらくかもしれないと思ったとき——。

社員証を掲げて。

廊下の奥の壁が、密閉されていた空間にシューッと空気が流れこむ音をたててひらいた。背中に吹きつける風が汗を冷やす。ということは、壁のむこうは気圧が低い。おそらく、生体有害物質を扱う研究室だ。

ここよ。わたしは先に行く……。

ニックは頭のなかのかすかな光にエルの存在を感じた。その光は消えていく。ただ、心配するひまはなかった。目の前にあるのは、一列に並んだ透明の箱だった、いや、ちがう。うなじの毛が逆立った。透明な檻だ。

人間の檻。

全部で十個あるが、そのうち七個は空だった。

そこらじゅうにモニターやホログラムや、ニックにはわからない機材があった。電気機器から発生するオゾンのにおいがし、機材が作動する低いハム音が聞こえた。

突然、ジョンが通路を足早に進んでいき、それぞれの檻のなかを確かめた。

最初の檻には、背の高い褐色の髪の男が入っていた。彼はニックたちをまじまじと見て、口をあけた。なにか叫びながら檻の壁を拳でたたいているが、音はしなかった。ニックは、男がしきりに指さす中央のコンソールの前へ行った。男は指でOの形を作った。

ボタンか。

ニックは眉根を寄せて見おろした。ボタンは五個ある。黒、白、赤、黄、青。男の顔を見ると、彼は〝あ、か〟と口を動かした。ニックは赤いボタンを押した。低い音とともにそれぞれの檻の扉があき、三人の人間が出てきた。

「ソフィ！」ジョンがどなった。「ソフィ・ダニエルズ？　ソフィはどこだ？」

「残念だ」褐色の髪の男がかぶりを振った。「ソフィは連れていかれた」

ジョンの顔はすさまじい形相に変わり、ブルーの瞳が氷のかけらのように光った。

ふわふわの短い赤毛の女が口をひらいた。「わたしたちを助けにきてくれたの？　お願い、助けて。このビルのなかでは恐ろしいことが起きてる。助けにきてくれたのなら、いますぐここを出なくちゃ」

「ソフィを助けるまでは行けない」ジョンの唇は白くなるほどきつく結ばれていた。

ニックは手をあげた。「エルがおれたちをここへ送った」囚われ人たちがいっせいに低いつぶやき声を漏らした。「外にワゴン車を待たせてある。出口を探そう」

「どこに車があるの？」もうひとりの男が尋ねた。ブロンドのドレッドヘアで、十二歳くらいに見えるが、少なくとも十八歳にはなっているはずだ。プロジェクトの被験者全員がインフォームドコンセントの書類にサインしたと、エルがいっていた。

「ブッシュ・ストリート。サンサムとバッテリーの中間あたり」

「ぼくは通用口を知ってる」若者がいった。「案内するよ」

そのとき照明が点滅し、全員が天井を見あげた。照明は二秒間消えてまたついた。先ほどより暗くなっていた。ビルの電力が自家発電に切り替わったのだ。

「行こう」若者が真剣な顔でいった。「急がないと」

「ソフィも連れていく」ジョンがいった。断固とした表情で、鼻孔が広がっている。

ハニー？　ちょっと助けてくれないか。

見てくるわ。

ニックはジョンの腕を取り、隅へ引っぱっていった。「エルがソフィを捜してる。もしここにいなければ、あの子のいうとおりすぐに出るぞ」

ジョンは雄牛さながらに大きく息を吐いた。いらだたしげにニックの手を振り払う。「わかったよ」歯を食いしばりながらいった。

サイレンが鳴った。騒々しい、空襲警報のようなサイレンだ。元囚人たちは、青ざめて焦燥に引きつった顔でニックたちを見た。ニックには、彼らの気持ちがよくわかった。実験鼠のように扱われて殺されるのを免れられるかもしれないのに、土壇場で待たされるのだ。赤毛の女が泣き声をあげ、すぐにこらえた。

ハニー？

ここにはいないわ、ニック。

「いない」ニックはジョンの目を見据えた。「彼女はここにいない。エルが捜したが、いなかった」

ジョンは緊張で体を震わせながら立ちつくし、機材の側面を拳でたたくと、囚われ人たちのほうを向いた。「持っていくものはあるか？」

褐色の髪の男が少し考え、かぶりを振った。「できればサーバーからデータをダウンロードしたいところだけど、三十分はかかる」

「いや」ジョンの目がすっと細くなった。「三十分もいらない」彼はとっておきの百テラバイトのフラッシュドライブを取り出し、プロセッサーに差しこむと、スイッチを入れた。もはやサイレンの音は最高潮に達し、煙のにおいが漂っている。ジョンはドライブを抜いた。「完了」

「すげえ」若者の目が丸くなった。「どうやったの？　そんな――」

いますぐみんなを連れ出して。その子、レスについていけばいいわ。レスが順路を知ってる。早く。

「よし、行くぞ」ニックは全員をドアへ集め、ジョンが護衛になった。ライフルを構えて邪魔なスコープをおろす。スコープは月面の岩も見えるほどだが、狭い場所では役立たずだ。

もう一度だけ、最後に――。

ニックの頭のなかの声がかき消えた。ふわりとしたエルの存在に信じられないほど励まされていたのに、それがぷつりと消え、空虚な冷たさが残った。さびしい。

ジョンが廊下へ顔を突き出し、外に出るようみんなに合図した。

ニックはぼんやりと突っ立っていた。耳元をタップしても彼女とオンラインでつながるわけではない、彼女を呼び戻すスイッチもない。エルは消えてしまった。どうすれば戻ってくるのか見当もつかない。ひどくさびしく、頭のなかにいるエルにどんなに助けられたか、いまさらながらひしひしと感じていた。

ひとつだけたしかなことがある――彼女がいなければ、どこにも行けない。

カチッという音につづいて、キャサリンの声がした。緊迫した口調で、背後で機械の警告音が鳴っている。「ニック?」冷静な声を出そうと努力しているが、パニックが伝わってくる。「ニック、エルのバイタルが消えたの」

ニックは耳元をタップした。「なんだと?」と叫ぶ。「いったいどういう意味だ?」

キャサリンの声が少し落ち着いた。彼女が全員を同じチャンネルにつないだと同時に、ジョンが驚いて目を見ひらき、振り返った。

「バイタルサインがなくなったのよ。心拍も、脳波も、呼吸も。止まってしまった。あなたはエルを感じる? まだそこにいる?」

「いや!」いない、彼女を感じない。ここにはいない。取り残された冷たい感じがあるだけだ。このビルでずっと感じていた、両手で優しくなでてくれるような温もりとつながりが途切れてしまった。なにもない——空白だけだ。

くそっ！

ニックは絶望してくるりと体の向きを変えた。捜しにいこうにも、どこを捜せばいいのかわからない。エルを見つけるなんて無理だ。エルの体は三百二十キロ離れた場所にあるが、彼女の魂は……どこにいる？

行くあてもなく、ぐるぐるその場でまわった。全身に冷や汗が吹き出し、心臓が早鐘を打っている。正気を失ったように見えるだろうが、かまっていられない。

「おい、行くぞ」ジョンがサイレンにかき消されないよう大声でいった。ドアの外で、不安そうな囚われ人たちがジョンのまわりに集まっている。「エルはここにいない。時間を無駄にするな」

非常灯が点滅して消え、あたりは二秒ほど真っ暗闇になった。ふたたび照明がついたときには、ますます暗くなっていた。バックアップ電力がどんどん減っている。煙のにおいは刻一刻と強まっていった。

マックの声がした。「十一階と十階が燃えているようだ。消防車がマーケット・ストリートを走ってる。玄関から人がわらわら出てくるぞ。早く逃げろ。おまえもだ、ニック・ロス」

だめだ、おれは行けない。エルを置いていけるわけがない。いやエルはヘイヴンにいるが

――。

耳元でドンと鈍い音がした。「エルに電気ショックをかけてるの、ニック」またドンという音。「でも、効かない。心電図の波は一度だけ高くなって、平らに戻ってしまう」

「もう一度やってくれ」ニックはどなった。またドンという音が聞こえた。

沈黙が五百年もつづいたように感じたが、たぶん五秒ほどしかたっていない。

キャサリンが戻ってきた。「逝ってしまうわ、ニック。手のほどこしようがない」キャサリンの声は悲しみに満ちていた。平坦なハム音が聞こえる。本来なら、エルの拍動とともにリズムを刻んでいるべき音だ。

「嘘だ！」ニックは叫んだ。全細胞がパニックで暴れている。これほどのパニックは一度も体験したことがない。どうすればいいんだ。自分は訓練を積んでいる。それも厳しい訓練を積み、どんな窮地にも対応できるはずなのに。武装した連中に待ち伏せされても、銃撃戦でも――どんなときも的確に動ける。でもいま、三百二十キロの彼方でエルが死にかけているときに、ここでエルを見失って、どうすればいいのか――さっぱりわからない。ニックはジョンと目を合わせた。「彼女を置いていけない。おれは行けない。おまえたちはここを出ろ」

「ねえ」若者が前に出て、サイレンに負けじと声を張りあげた。「エル・コノリーを捜してるんでしょ？」

ニックはぎくしゃくと首を縦に振った。喉が詰まっていた。

「彼女は幽体離脱ができるんだよ。それって電磁現象だ。四つむこうの部屋に、ファラデー・ケージがある。ほら、電磁波を遮断する箱。第四研究室ってドアに書いてあるんだ。たぶん――」

「ニック」キャサリンの声が詰まった。「ああ、ニック、ほんとうにごめんなさい。逝ってしまった。エルは逝ってしまった」

「おれたちも行かないと」マックの厳しい声はきっぱりとして、なんの感情もあらわれていなかった。「おまえには任務がある。出てこい。急げ」

「いやだ！」ニックはふたたび叫んだ。命令を拒絶したのは生まれてはじめてだ。ジョンを追い払うように手を振った。「みんなを車へ連れていけ！　おれもすぐに追いかける」

エルは逝っていない。そんなはずはない。やっと会えたばかりなんだ、十年も行方不明だったが、やっと会えた。こんなことがあってたまるか。これからマックとジョンと、囚われていた人々とワゴン車に飛び乗り、犠牲になった人間のにおいに満ちたこの場所を離れ、限界までスピードを出してブルー山へ走るんだ。

エルは待っていてくれる。この先寿命がつきるまで、毎日おれを待っていてくれるはずだ。そして、あのレスって子と、褐色の髪の男と、赤毛の女をヘイヴンに迎え入れ、三人も住人になる。なるに決まっている。特別な力を持っていて、追われているのだから、すぐにヘイヴンにもなじむだろう。キャサリンとエルがいるし。いまじゃ、ヘイヴンではオカルトめいたことが命の糧になってる。そのうち、空中に浮かんだり、時間を旅したり、病気やけがを癒す子どもたちが生まれる。エルとおれの子どももそのひとりだ。

もちろん、子どもは何人もほしい。いままで子どもがほしいなんて思ったことはなかったが。わざわざこんな世界で子どもを生む意味は？　世界は壊れ、修復しようがない。でも——エルは壊れていないし、おれも壊れていない。子どもたちはたくましく、才能に恵まれて聡明に育つだろう。

子どもがほしい。家族がほしい。エルと喧嘩して、仲直りのセックスをして。身ごもったエルが美しさを増すのを見守りたい。キャサリンもマックの子を身ごもって、どんどん美しくなった。ヘイヴンで、なにか大きなものを創造したい。それがなにかはわからない。おれは兵士だ。わかるわけがない。でも、キャサリンとエルならわかるだろう。おれもその場にいたいし、エルにはそばにいてほしい。

だから、エルは死んでない。死なせない。

ジョンは囚われていた人々を連れて廊下を進み、右へ曲がる前に振り返ってニックを見た。ジョンにふたり分の仕事をさせている。本来なら、ひとりが先頭に立ち、もうひとりがしんがりを守る。ジョンでもひとりでその両方をこなすのは無理だ。だが、ジョンのまなざしに非難の色はなかった。ジョンはやるべきことをやっている。ニックがやるべきことをやれるように。

チームワーク。

エルとチームワークをしていたのに。エルとはチーム、ふたりでひと組だった。ふたりはたがいのものだった。いままでも、これからもずっとだ。視界がぼやけ、ニックは目をぬぐった。いまいましい煙だ。

ニックはジョンたちとは反対方向に向かった。

「ニック！」マックがどなった。携帯モニターで全員の動きを見ていた彼は、ニックがジョンから離れるのを見とがめた。「いますぐ戻れ！」

ニックはマックの音声を切った。

できるかぎり速く廊下を走った。マックやジョンや、避難者たちが待っているからではない。もしかしたらエルを救えるかもしれないという思いから、ニックは全力で走った。イカレているのはわかっている。九十九パーセントうまくいかないが、百パーセントよりはましだ。百パーセントの失敗とは、エルを永遠に失うことを意味するから――そんなのは認められない、認めない。

第一研究室、第二研究室、第三研究室……第四研究室――ここだ！　スピードを出しすぎて横すべりしながら向きを変えて研究室に入り、懸命にファラデー・ケージを探した。ハイスクールの物理の授業はほとんど聞いていなかったし、軍に入って勉強しなおしたとはいえ、実物を見たことはない。

研究室は広く、機材がひしめきあっていた。ニックは奥の壁へ向かってどんどん進みながら、邪魔な機材をライフルの台尻でたたき払い、少しでもケージらしく見えるものを探した。奥の壁の前で立ち止まる。胸を激しく上下させ、ぼやけた目であちこち見まわした。

見覚えのある機材は一割ほどしかなかった。ここにあるのは科学マニア御用達のものばかりだ。謎の働きをするものが入った金属の箱ばかり――くそ、くそ、くそ……なにを探せばいいんだ。

ニックは逆上し、自立している機械を立てつづけに蹴り倒した。プレキシガラスの破片が床にぶつかってガシャンと音をたて、ダイヤルがころころと転がっていき――その先に、それがあった。ニックはあえぎながら立ちつくし、金属の檻を見おろした。これがファラデー・ケージにちがいない。愚鈍な獣のようにそれを眺める。涙と汗が頬をつたう――ぶるりとかぶりを振って、われに返った。一秒たりとも無駄にできない。

行け行け行け！　コンバット・ベストから手榴弾を取り出し、金属のケージに投げつけ、上部に二台の遠心分離器を備えた大きな機材の後ろにしゃがんだ。百年にも感じた一秒が過ぎ、手榴弾が爆発し、金属の破片が一面に飛び散った。なかには、ニックの背後の壁に突き刺さったものもあった。

ニックは立ちあがり、煙をあげている残骸を見た。がらくたのなかから、エルにつながるなにかを見つけられないかと思った瞬間、耳元でキャサリンの声がした。

「やったわ！　エルが目をあけたの！　ニック！　エルが目をあけたわ、また閉じたけど、心電図は心拍を刻んでる！　信じられない、エルは生きてる！」

「とっとと出てこい！」ふたたび音声を入れるとマックの叫び声がして、ニックはドアから廊下に飛び出した。ああ――出てやるとも！　ヘイヴンでエルが生き返ったからには、人間の限界のスピードで帰ってやる。

ニックは廊下の死体を次々と跳び越え、火災のせいでエレベーターが動いていないかもしれないので、非常階段で一階にあがった。防火扉のハンドルを押し、通用口を目指して走った。

視野が狭くなっている。よくない徴候だ。視野狭窄にならないよう、訓練は受けている。なぜなら死を意味するからだ。五感を完全にひらかずに、前方しか見ていないのは危険だ。だが、頭はマックのもとへ行かなければ、早くサンフランシスコを離れてヘイヴンへ帰らなければという思いでいっぱいだった。そして、兵士が集中力を欠いているときに、災難は起きる。

横から不意に体がぶつかってきた。効果音つきの悪夢だ。その直後、体の持ち主が見えた。女じゃないか。メイクがめちゃくちゃに崩れ、かつては白かった白衣の前が真っ赤だ。野獣めいた危険なうなり声をあげている。貴重な一秒間、ニックはためらってしまった。これは女だ、でもおれを殺そうとしている。

その隙に、体重五十五キロの女がうなりながらニックを床に押し倒し、顔に嚙みつこうと歯をむき出した。口紅と血で赤く染まった口にかじられる前に、ニックは鼻に肘鉄を喰らわせて女を突き飛ばした。女がどんな薬をやっているのか知らないが、鎮痛剤にはちがいない。そうでなければ、痛みで体をふたつに折っているはずだ。血まみれの顔の真ん中で、鼻は平らにつぶれていた。それなのに、女はよろよろと立ちあがり、ニックに体当たりしてきた。

なんてこった。

ニックは脇へよけ、唯一できることをした――スタンガンをホルスターから抜き、致死量すれすれの電流レベルで女を感電させた。女はどさりと倒れた。

「ニック!」マックが叫んだ。

「いま行く、ボス」ニックは声が震えないように努めたが、とても冷静ではなかった。広いロビーを抜け、死体を跳び越え、大きなガラスドアの外に出た。「ちょっと問題があったが――」急停止し、角のむこうのマーケット・ストリートを見やった。

通りは大混乱だった。チャイナ銀行の新しい本店ビルの外で、二台の車が昆虫のようにひっくりかえっている。二体の死体が道路に転がっているが、死因は交通事故ではない。一体は腕を切断されたのではなく引きちぎられていた。その腕が六十センチほど離れたところに落ちている。もう一体は――ひどい。ニックは目をそむけた。熊に出くわしたかのように、顔の半分がつぶれていた。

もちろん、サンフランシスコ中心部のマーケット・ストリートに、熊はいない。フェイスブックのビルも燃え、プレキシガラスが熱でゆがんでいる。人々が悲鳴をあげながら逃げ出していく。そばの曲がり角で、四人の男がつかみあいをしている。だれかがニックの腕をがっちりとつかみ、ワゴン車に放りこんだ。ドアが閉まったと同時に、マックが車を発進させた。

ニックはぼうぜんとしてマックとジョンを見た。「いったいなにが起きてるんだ?」マックは返事をしなかった。壊れた車の隙間をすり抜け、走ってくる車をよけるのに忙しかったからだ。信号は消えていた。

ドンという音がして、男がワゴン車にはねかえった。いきりたち、血に濡れた拳を振りあげている。かつては上等だったスーツを着て髪を流行のスタイルにととのえたオフィスワーカーが、逆上したヒヒに似たうなり声をあげている。

「早くここを出よう」ジョンがうんざりしたようにいい、マックは限界までアクセルを踏みこむと、フェリー・ビルディングの前で右に曲がり、ベイブリッジへ車を飛ばした。

「よーし」ニックはいった。「帰るぞ」

雨が降っている。顔にあたる雨がうっとうしい。ぽたん、ぽたん、ぽたん。

エルは手をあげて滴をぬぐおうとしたが、五十キロはあるかのように手が重い。なにかが手をつかんだ。温かくて、がっしりとしたものが。それは、風船のようにふわふわと空高く飛んでいきそうなエルの魂をつなぎとめてくれた。

頬にそっと触れられた。いまのは唇？　また雨が降ってきた。

まぶたが震えた。

「その調子だ、ハニー」耳元で低い声がした。「そのきれいなベイビーブルーを見せてくれ」

エルは目をあけた。ニックの顔が、自分の顔にくっついていた。彼の頬が濡れている。声は普通だった。ほとんどうれしそうだった。それなのに、顔は青ざめ、口の両脇に深く白いしわが刻まれている。

「思い出したわ」声がしわがれた。数年ぶりに口をきいたような気がするほど、喉が痛かった。一度、二度、まばたきをして、周囲を見まわす。そこは診療所だった。エルはベッドに寝ていた。少し離れたところにキャサリンが立っていて、マックが太い腕を彼女の肩にまわしている。そのとなりに、同僚で被験者仲間のレスがいた。金色のドレッドヘアに囲まれた顔が青白い。モイラとロジャーもいる。

レスがかすかに笑った。「お帰り、コノリー」

エルはなんとかうなずいたものの、首が痛かった。

つらくて暗い記憶が一気に戻ってきた。「思い出した。わたし、あなたの前にいて、ほかに囚われている人がいないか捜してた。囚われている人はいなかったけれど、暴力の犠牲になった人たちが床に倒れているのを見たわ。残虐な軍勢が通り過ぎたみたいなありさまだった。この目が信じられなかった。それから、なにかの脇を通り過ぎたとき、カチッと音がして、そこから記憶が途切れてる」

レスが憤慨していた。「罠だったんだ、きみを狙った罠だ。それか、ほかに幽体離脱ができる人を狙った。きみの電磁波を閉じこめて停滞させた。それで、きみの体は死にはじめた」

ニックは深呼吸した。ますます疲れて見えた。きつく目をつぶる。「いったんは死んだんだぞ」ふたたび目をあけ、エルを真剣なまなざしで見た。「二度とあんなことはするな」

「しない」しわがれた声でいったとたん、奇妙な咳が出た。笑い声だった。「しないわ」

ニックは少し顔を引いて、エルの目を見つめた。「寿命がつきるまでおれのそばにいろ。二度ときみを目の届かないところへ行かせない。絶対にだ」

「なんだかやりにくそう」エルは目をきょろりと上に向けたかったが、そんなことをすると頭が痛くなりそうだ。「バスルームに行くときはどうするの？　『プロジェクト・ランウェイ』のシーズン十八を観たいときは？」たじろいだニックに、エルはほほえんだ。笑うと痛かったが、心地よい痛みだった。一秒ごとに気分がよくなっていく。二度と死ぬものですか。こんなに痛いのなら。

「ああ、エル」ニックがささやいた。その目がエルの口元に落ち、そのとたんに体に力があふれ、火照りと欲望を感じた。セックスの予感だ。いまはまだ弱っているけれど、ニックがこんな気持ちにさせてくれるのなら、すぐに元気になりそうだ。

ニックは屈んでエルにキスをした。唇をかすめるだけの、名ばかりのキスだった。病気のおばあちゃんにするようなものだ。

いやよ。

危うく死にかけたんだから、もう少しましなものがほしい。慎み深い口づけひとつで、こんなに元気が出て、力が湧いてきたんだもの。エルは腕をあげ、ニックの首にまわして引き寄せた。口をあけてニックの唇の合わせ目を舌でなぞる。彼の驚きを感じ、味わえた。けれど、長くはつづかなかった。ニックは今度こそ口をあけてしっかりとエルの唇をふさぐと、舌で探りはじめ……。

「別の場所でやれ」おもしろがっているようなマックの低い声がして、エルははっとわれに返った。ニックの唇が離れた。ニックはエルが伸ばした手を取り、手のひらを上にした。

「よろこんで」ニックはキャサリンを見た。「もう行ってもいいのか？」

エルの頬があざやかなピンク色に染まった。ニックの意図が、わかりすぎるほどわかった。

「気分はどう？　めまいはしない？」

「エル？」キャサリンは懸命に笑いをこらえている。「気分はどうかって？　最高。完全に、このうえなく元気。エルはベッドから両脚をおろし、すばやく体のチェックをした。めまいなし、力の入らないところもなし、痛みもなし。ただ、恥ずかしいほど強い性欲を感じる。ニックの目を見たエルは、彼の微笑に失神しそうになった。

ええ。もうすっかり大丈夫。

「おい」ジョンが入ってきた。その口調に、だれもが彼のほうを向いた。キャサリンの肩を抱くマックの腕に力が入った。「こんなものを見つけた」

ジョンがコンソールをタップすると、大きな中央モニターが明るくなった。画像が揺れ、なにが映っているのかわかるまで、少し時間がかかった。画面下のキャプションは、〝ニュース速報・サンフランシスコ発〟と書いてある。

ハンサムなアンダーソン・クーパーのまじめくさった顔が画面に大写しになった。彼の背後で、街が燃えている。

「カリフォルニア州オークランド沖に停泊中の軍用艦から、アンダーソン・クーパーが中継でお伝えします。わたしの背後に見えるのはサンフランシスコ、正しくはサンフランシスコだったところです。現在は煙の立ちのぼる廃墟となっていて、明るいのは依然燃えているところばかりです。市内数カ所で爆発が起きました。街じゅうに煙が充満し、上空から撮影することが不可能となっております。ＣＮＮの取材では、海兵隊がベイブリッジとゴールデンゲートブリッジの両方に配置され、州兵部隊がマーケット・ストリート周辺を警備しています。この件について、いまのところ当局のコメントは出ていませんが、なんらかの伝染病ではないかと、多くの識者が見ています。サンフランシスコ全域を隔離している状況のようです。サンフランシスコ市長ミーガン・マーレイ氏からもスピルバーグ州知事からも声明は出ていません。電話も応答しません。憶測では――うわあっ！　なんだあれは！　捕まえろ！　そいつだ！　やめろ――」

モニターの映像が途切れた。

沈黙。

エルは突然、悲鳴をあげた。すっかり忘れていたのだ。

「どうした、ハニー？」ニックがすぐさま振り返った。

答える時間も惜しい。エルはコンソールのキーボードをたたき、モニターに現れたものを見てほっと肩の力を抜いた。

「どうしたんだ？」ニックがまた尋ねた。

エルはみんなのほうを振り返った。「ソフィとわたしは秘密の通信手段を使ってたの。二種類のメールアドレスで。ボスに隠れて話したかったから。コロナでなにかよくないことが進められていることに気づいて、メールでやりとりしようと思ったの。すっかり忘れてたわ。

いまのところソフィは無事よ。でも、大変なことになってる」

エルはコンソールの前から離れ、みんなにソフィから届いていたメールを読ませた。ニックのがっしりした腕で肩を抱かれ、エルは彼の温かくたくましい体に寄りかかった。力づけ、励ましてほしかった。

エルへ。アーカは遺伝子操作で毒性の強い伝染性ウィルスを作ってる。そのウィルスは、大脳新皮質の機能を弱めて、辺縁系を活性化させる。いまこれを読んでいるのなら、ウィルスが拡散されたということね。アーカのファイルをハッキングしたら、ワクチンがあるとわかったの。わたしは混乱に乗じて、ワクチンを盗んだ。うちの冷蔵庫にバイアル二百本分のワクチンを保管してる。電力が来なくなったから、ケースの冷却剤はせいぜい九十六時間しかもたない。わたしはいま、ビーチ・ストリートのアパートメントにいる。外には出られない。あの……獣たちが通りをうろついてるから。アパートメントに鍵をかけて閉じこもるしかないの。できれば、あなたかだれかに迎えにきてほしい。

エル、もしこれを読んだら、助けにきて。ワクチンだけが唯一の希望なの。

ソフィ

エルは激しい胸の鼓動を感じながら、室内を見渡した。ニック、ジョン、マック、キャサリン、ステラ、ウォード大佐、それにロメロたち三名がいる。

突然、ジョンが頑丈そうなスチールのドアへ向かった。そこは武器庫だ。

「ジョン？」ニックが眉をひそめた。「なにをするんだ？」

武器庫のドアがあき、ジョンはなかに消えた。しばらくして、大量の武器を装備して出てきた。「ソフィを助けにいく。なにをすると思ってたんだ？」

ニックの腕がエルの肩から離れ、マックも前に出た。「おれたちも一緒に行く」

「だめだ」ジョンは武器庫のドアの前に立った。まだ黒いステルス・スーツを着ている。エルにはわからない武器を体のあちこちに装着している。「ヘリを使うぞ。ひとりで充分だ。あんたたちは、ワクチン製造の準備をしておいてくれ」

ジョンはエルの前へ来て、肩に手を置いた。「ソフィを連れてくるからな、エル。約束する」

彼は走って出ていった。

ニックはエルを抱きしめた。「ジョンは約束をかならず守る。さあ、仕事だ。おれたちには守らなければならない世界がある」

訳者あとがき

お待たせいたしました。リサ・マリー・ライスのロマンティック・サスペンス『ゴースト・オプス』シリーズの第二作『夢見る夜の危険な香り』をお届けします。

アメリカ合衆国の特殊部隊から精鋭を選りすぐり、その存在すら機密とされていた極秘部隊〈ゴースト・オプス〉。前作『危険な夜の果てに』は、そのゴースト・オプスに属していたマックが、他人の感情を読み取る超能力を持つ女性、キャサリンと出会い、彼女の力を借りながら、仲間とともに大切な人々を巨悪から救う物語でした。

マックと彼のチームメイト、ニックとジョンは、ある事情から反逆罪の濡れ衣を着せられて逃亡したのち、カリフォルニア州北部の忘れられた廃坑に一種のコミューン〈ヘイヴン〉を建設し、隠れて生きてきました。やはり冤罪で当局に追われている者やストーカーの被害者など、なにかから逃げている善良な人々が集まってきて、ヘイヴンはハイテクの粋を集めた快適な要塞都市に発展しています。

前作では、マックの仲間ニックに大切な女性がいること、しかし長いあいだ彼女の行方がわからないままになっていることがほのめかされていました。ニックとその女性エルとのあいだになにがあったのか。本書は、十年前のふたりのロマンスから幕をあけます。

十九歳のエルは、たったひとりの肉親だった父親の葬儀で、初恋の相手ニックと数年ぶりに再会しました。おたがい大人になったふたりは、それまでずっと心の内に秘めていた思いを解き放ち、情熱的な一夜を過ごします。しかし、小さな不運と誤解が重なり、ふたたび離ればなれに。

それから十年。エルは生物学者として研究所に勤務し、人間の持つ不思議な力――超能力の研究に従事しています。じつはエルも幼いころから眠っているあいだに体を抜け出してあたりをさまようことがよくありました。いわゆる幽体離脱といわれる現象です。その謎を解き明かしたいとずっと考えていたエルは、みずからが被験者となり、同僚のソフィとともに実験に没頭する毎日を過ごしていました。

そんなある晩、突然エルのもとにソフィから電話がかかってきます。研究所の同僚たちが何者かに誘拐されている、早く逃げろと告げるソフィ。しかし、その電話は途中で切れ、エルにも不気味な黒装束の男たちが迫ります。追い詰められたエルは、はからずもＳＯＳの念を送ってしまいます。十年前に自分を捨てて姿を消した薄情な男、そしていまどこにいるのかもわからないニックに……。

リサ・マリー・ライスはデビュー以来、一貫して美しいヒロインと彼女を守る屈強なヒーローの物語を書きつづけてきました。ロマンティック・サスペンスの基本形ですが、彼女の諸作を見渡すと、ヒーローのヒロインに対する思いの濃さと熱さが、このジャンル全体のなかでも突出しているように思います。そのあたりが、世界中のファンに愛されているのでしょう。

このゴースト・オプスのシリーズは、ライスにとって初めて超能力を扱った作品であり、新たな魅力で好評を得ていますが、これまでの作品同様、ホットなロマンスとアクションがたっぷりで、いつもの彼女らしさも健在です。

本書のヒーロー、ニックも一途にエルを思い、命懸けで守ろうとします。特殊部隊の精鋭として数々の修羅場を生きのびてきた彼が、エルの危機にはいつもの冷静さも失ってしまいます。それでも全力で救出に向かう姿がスリルと共感を呼ぶのではないでしょうか。

マックとキャサリンのあいかわらず仲睦まじい様子も書かれています。美しく聡明なキャサリンにすっかり手なずけられた野獣（？）のマックがほほえましく、読んでいて顔がほころびました。また、前作で瀕死の状態のままへイヴンへ連れてこられたウォード大佐のその後が気になっていた方もいらっしゃることでしょう。彼のロマンスが読めるのも、うれしいプレゼントです。

リサ・マリー・ライスは、わが国でもすっかりホットなサスペンスの定番作家となりました。基本路線から大きくはずれることのない諸作は、もはや安定のリサ・マリー・ライス印といってもよいでしょう。期待を裏切られず、安心して読める作家のひとりだと思います。

ライスは、美しく知的なヒロインと軍人もしくは警察官のヒーローという組みあわせだけではなく、ヒロインをなによりも愛するヒーロー像にこだわり、こんなふうに述べています。

「わたしの書く男性は、相手の女性が好きで好きでたまらないの。新しい武器やスポーツカーやプラズマテレビなんかより、ずっと魅力的に映るのね。しかもそれが一生つづくのよ」

最初は性的な欲望に駆り立てられるも、それが少し落ち着くと、おたがいがいなければ生きていけないほどの強い絆で結ばれる——それがライスの理想であり、その理想をひたすら書いてきた結果、いまがあるのでしょう。彼女には、これからも楽しんで作品を書きつづけてほしいものです。

ゴースト・オプス・シリーズの第三作は、軽薄な仮面に冷徹な顔を隠した〝サーファー野郎〟ジョンと、エルの友人ソフィの物語です。彼らが立ち向かう敵の次の動きも気になります。いずれご紹介できれば幸いです。

ザ・ミステリ・コレクション

夢見る夜の危険な香り

著者　リサ・マリー・ライス

訳者　鈴木美朋

発行所　株式会社 二見書房
東京都千代田区三崎町2-18-11
電話 03(3515)2311［営業］
03(3515)2313［編集］
振替 00170-4-2639

印刷　株式会社 堀内印刷所
製本　株式会社 関川製本所

落丁・乱丁本はお取り替えいたします。
定価は、カバーに表示してあります。

ISBN978-4-576-16078-8
http://www.futami.co.jp/

危険な夜の果てに
リサ・マリー・ライス
鈴木美朋［訳］
〔ゴースト・オプス・シリーズ〕

医師のキャサリンは、治療の鍵を握るのがマックという国からも追われる危険な男だと知る。ついに彼を見つけ、会ったとたん……。新シリーズ一作目！

愛は弾丸のように
リサ・マリー・ライス
林啓恵［訳］
〔プロテクター・シリーズ〕

セキュリティ会社を経営する元シール隊員のサム。そんな彼の事務所の向かいに、絶世の美女ニコールが新たに越してきて……待望の新シリーズ第一弾！

運命は炎のように
リサ・マリー・ライス
林啓恵［訳］
〔プロテクター・シリーズ〕

ハリーが兄弟と共同経営するセキュリティ会社に、ある日、質素な身なりの美女が訪れる。元勤務先の上司の不正を知り、命を狙われ助けを求めに来たというが……

情熱は嵐のように
リサ・マリー・ライス
林啓恵［訳］
〔プロテクター・シリーズ〕

元海兵隊員で、現在はセキュリティ会社を営むマイク。ある過去の出来事のせいで常に孤独感を抱える彼の前にひとりの美女が現れる。一目で心を奪われるマイクだったが…

危険すぎる恋人
リサ・マリー・ライス
林啓恵［訳］
〔デンジャラス・シリーズ〕

雪嵐が吹きすさぶクリスマスイブの日、書店を訪れたジャックをひと目見て恋に落ちるキャロライン。ふたりは巨額なダイヤモンドの行方を探る謎の男に追われはじめる。

眠れずにいる夜は
リサ・マリー・ライス
林啓恵［訳］
〔デンジャラス・シリーズ〕

パリ留学の夢を諦めて故郷で図書館司書をつとめるチャリティに、ふたりの男―ロシアの小説家と図書館で出会った謎の男―が危険すぎる秘密を抱え近づいてきた…

悲しみの夜が明けて
リサ・マリー・ライス
林啓恵［訳］
〔デンジャラス・シリーズ〕

闇の商人ドレイクを怖れさせるものは何もなかった。美貌の画家グレイスに出会うまでは。一枚の絵が二人の運命を一変させた！想いがほとばしるラブ＆サスペンス

愛の弾丸にうちぬかれて
リナ・ディアス
白木るい［訳］

禁断の恋におちた殺し屋とその美しき標的の運命は⁉ダフネ・デュ・モーリア賞サスペンス部門受賞作家が贈るスリリング＆セクシーなノンストップ・サスペンス！

愛の炎が消せなくて
カレン・ローズ
辻早苗［訳］

かつて劇的な一夜を共にし、ある事件で再会した刑事オリヴィアと消防士デイヴィッド。運命に導かれた二人が挑む放火殺人事件の真相は？ＲＩＴＡ賞受賞作、待望の邦訳‼

眠れない夜の秘密
ジェイン・アン・クレンツ
喜須海理子［訳］

グレースは上司が殺害されているのを発見し、失職したうえとある殺人事件にかかわってしまった過去の悪夢にうなされ始める。その後身の周りで不思議なことが起こりはじめ…

略奪
キャサリン・コールター＆J・T・エリソン
水川玲［訳］

元スパイのロンドン警視庁警部とＦＢＩの女性捜査官。謎の殺人事件と〝呪われた宝石〟がふたりの運命を結びつけて──夫婦捜査官Ｓ＆Ｓも活躍する新シリーズ第一弾！

激情
キャサリン・コールター＆J・T・エリソン
水川玲［訳］

平凡な古書店店主が殺害され、彼がある秘密結社のメンバーだと発覚する。その陰にうごめく世にも恐ろしい企みに英国貴族の捜査官が挑む新ＦＢＩシリーズ第二弾！

ひびわれた心を抱いて
シェリー・コレール
藤井喜美枝［訳］

女性TVリポーターを狙った連続殺人事件が発生。連邦捜査官ヘイデンは唯一の生存者ケイトに接触するが…？若き才能が贈る衝撃のデビュー作〈使徒〉シリーズ降臨！

黒き戦士の恋人
J・R・ウォード
安原和見［訳］
〔ブラック・ダガー シリーズ〕

NY郊外の地方新聞社に勤める女性記者ベスは、謎の男ラスに出生の秘密を告げられ、運命が一変する！　読み出したら止まらない全米ナンバーワンのパラノーマル・ロマンス

永遠なる時の恋人
J・R・ウォード
安原和見［訳］
〔ブラック・ダガー シリーズ〕

レイジは人間の女性メアリをひと目見て恋の虜に。戦士としての忠誠か愛しき者への献身か、心は引き裂かれる。困難を乗り越えてふたりは結ばれるのか？　好評第二弾

運命を告げる恋人
J・R・ウォード
安原和見［訳］
〔ブラック・ダガー シリーズ〕

貴族の娘ベラが宿敵〝レッサー〟に誘拐されて六週間。だれもが彼女の生存を絶望視するなか、ザディストだけは彼女を捜しつづけていた…。怒濤の展開の第三弾！

闇を照らす恋人
J・R・ウォード
安原和見［訳］
〔ブラック・ダガー シリーズ〕

元刑事のブッチがヴァンパイア世界に足を踏み入れて九カ月。美しきマリッサに想いを寄せるも梨の礫。贅沢だが無為な日々に焦りを感じていたところ…待望の第四弾

情熱の炎に抱かれて
J・R・ウォード
安原和見［訳］
〔ブラック・ダガー シリーズ〕

深夜のパトロール中に心臓を撃たれ、重傷を負ったヴィシャス。命を救った外科医ジェインに一目惚れすると、彼女を強引に館に連れ帰ってしまうが…急展開の第五弾